푸틴을 죽이는 완벽한 방법

푸틴을 죽이는 완벽한 방법

초판 1쇄 발행 2023년 9월 20일

지은이   김진명
발행인   김인후

편집   박 준
디자인   원재인
마케팅   홍수연
경영총괄   박영철
원고감수   김인서

주소   서울시 은평구 통일로 1034, 판매시설동 228호
문의전화   02-322-8999
팩스   02-322-2933
이메일   eta-books@naver.com
블로그   blog.naver.com/eta-books
인스타그램 instagram.com/etabooks
발행처   이타북스
출판등록   2019년 6월 4일 제2021-000065호

김진명 장편소설

푸틴을
죽이는

완벽한
방법

이타

차례

우크라이나 전쟁은 기울어진 운동장의 결정판이다.

러시아는 극초음속 미사일 등 모든 수단을 동원해 어린이를 포함한 민간인을 수없이 살해하지만 우크라이나는 기껏해야 러시아 영토에 드론을 날리는 게 전부이다.

미국을 비롯한 나토 국가들은 우크라이나에 최신 무기를 공여하면서도 러시아 본토를 때릴 수 있는 무기는 일절 공급하지 않고 있다.

그러다 보니 러시아 국민들의 전쟁 지지율은 놀라울 정도로 높다. 전쟁이란 적의 포탄과 미사일이 날아와 가족이 죽고 도시가 불타올라 그 공포를 이겨낼 길이 없을 때라야 휴전도 종전도 이루어지는 법이다. 하지만 어디서 무슨 일이 벌어지는지도 모를 정도로 러시아 전역이 고요하기만 하니 전쟁 지지율은 고공 행진을 이어가고 있고 푸틴의 인기는 드높기만 하다.

어째서 이렇듯 유례가 없는 불공평한 전쟁이 벌어지고 있는 것인가. 러시아의 부당한 전쟁을 저지하겠다고 나선 미국과 나토는 왜 이렇게 우크라이나 국민의 울부짖음을 방관하고 있는가.

대답은 어렵지 않다.

러시아의 핵을 두려워하는 것이다. 만약 러시아에 핵무기가 없었다면 다국적군이 벌써 모스크바에 진주하여 전쟁은 일찍이 끝났을 것이다.

2020년대 들어 러시아는 가공할 핵폭탄을 계속 만들어내고 있다. 한 발로 프랑스나 텍사스를 통째로 증발시키는 괴력의 핵미사일 사르맛, 높이 5백 미터의 쓰나미를 일으켜 어떤 해안 도시든 모조리 휩쓸어버리는 핵어뢰 포세이돈, 여하한 방식으로도 요격이 불가능한 마하 20 이상의 극초음속 핵미사일 등 인류의 미래를 한없이 어둡게 만드는 최후의 무기들을 마구 쏟아낸다.

푸틴은 우크라이나 침공을 개시하는 바로 그 순간부터 공공연히 세계의 종말을 언급했다. 만약 이 전쟁이 러시아에 불리하게 돌아가면 핵을 터뜨릴 거라는 협박을 노골적으로 해대는 것이다.

푸틴이 아직 중폭격기를 대기시키지도, 핵잠수함을 잠항시키지도, 지상의 사일로를 열지도 않았지만 그의 몇 마디 말만으로도 세계는 잔뜩 겁먹고 있다. 우크라이나 전쟁의 이런 기형적 모습은 이미 세계가 러시아의 핵 협박에 굴복하고 있다는 증좌에 다름 아니다.

푸틴의 핵 협박이 승리로 귀결된다면 앞으로의 국제 질서가 어떻게 될지는 불을 보듯 명확하다. 너도나도 핵을 거머쥐려는 악의 의지가 세계를 뒤덮고 자유민주주의 대신 전체주의와 독재가 결국은 인류를 파멸시킬 것이다. 그간 모든 힘을 핵 개발에 쏟아부어온 김정은 또한 자신이 옳았음을 확신하며 죽기 살기로 핵 능력을 심화시킬 것임은 의심의 여지가 없다.

그런 의미에서 우크라이나 전쟁은 우크라이나만의 전쟁이 아니다.

지금 이 순간 지구는 운명의 갈림길에 서있다.

인류가 이 최초의 핵 협박에 어떻게 대처하는지에 따라 국가 간 공감과 협박이 난무하는 저차원의 주먹 세계로 추락하느냐, 아니면 역사는 진보한다는 확신을 갖고 전 지구인이 차원 높은 미래로 동행하느냐가 결정된다.

나는 전 세계인이 힘을 합쳐 푸틴의 핵 협박을 이겨내야만 한다는 신념으로 이 책『푸틴을 죽이는 완벽한 방법』을 썼다. 혹자는 러시아 지도자 이름을 이렇게 원색적으로 써도 되는 걸까 하는 의문을 가지겠지만 나는 러시아 지도자로서의 푸틴이 아니라 인류에게 최초의 핵 협박을 가하고 있는 최대 악 푸틴을 지목하고자 했다.

나는 작가로서 도스토옙스키와 파스테르나크, 음악 애호가로서 차이콥스키, 여행가로서 원시 그대로의 시베리아, 그리고 인류의 한 사람으로서 이런 위대한 인물과 자연을 품은 러시아를 너무도 사랑한다. 나는 러시아 국민 또한 푸틴이 주입한 위대한 러시아 제국이라는 도그마를 벗어나 모든 세계 시민과 마찬가지로 자유와 번영으로의 동행을 갈망한다는 확신이 있다. 그러므로 나는 오늘 푸틴이 성공하면 내일 세계의 멸망이 온다는 인식을 그 누구보다도 러시아 국민과 함께하고 싶다.

인류의 종말을 부르는 푸틴의 광기를 보며 도스토옙스키의 소설『백치』의 한 구절을 떠올려본다.

"저 맑고 푸른 하늘 밑에서 인간은 과연 무엇을 하며 살아가는 것일까."

첫 소설『무궁화꽃이 피었습니다』때부터 늘 곁에 있어주었던 이승훈 박사, 고향 부산의 세계적 건축가 이용흠 선생, 인품의 교과서 김동백 선생, 그리고 박상혁 대표와 탈고의 기쁨을 같이한다.

2023년 가을

김진명

포세이돈

백해.

러시아 대륙 북서쪽 바렌츠해 아래 몇 개의 반도에 둘러싸인 고요한 바다. 겨울에는 바닷물이 얼고 흰 눈이 덮여 백해라 이름 붙여진 이 아름다운 자연은 그 순백의 명칭과는 달리 깊은 침묵 속에 러시아 핵 전력이 잔뜩 웅크린 비밀의 바다이다.

2021년, 백해의 하늘을 날아오른 극초음속 미사일 치르콘이 무르만스크 상공을 지나 캄차카반도의 목표물을 정통으로 명중시킴으로써 그 비밀의 일단이 드러나자 세계의 핵 전문가들은 전율을 금할 수 없었다. 백해의 고요와 정적 뒤에는 무엇이 도사리고 있는가, 세계 제일의 핵보유국 러시아는 어둠의 심연 저 깊숙이 무엇을 숨겨놓고 있는가.

최근 우크라이나 전쟁이 시작된 이후 지금에 이르기까지 미국의 정보 전문가들은 24시간 내내 이 바다에서 눈을 떼지 못하고 있었다. 바로 러시아 해군에 새로이 인도된 핵어뢰 포세이돈, 그 가공할 무기와 이를 실은 최첨단 잠수함의 행방을 쫓기 위해서였다.

미국 제25 공군 국립항공우주정보센터.

백해를 감시하고 있는 인공위성들이 보내온 사진을 판독하던 분석요원은 한 척의 대형 잠수함이 바닷속으로 잠겨 들어가는 장면을 포착한 순간 다급히 외쳤다.

"벨고로드!"

분석요원의 입술 사이에서 터져 나온 외침에 근무자들의 눈동자 수십 쌍이 일제히 모니터를 향했다. 거대한 물보라를 일으키며 바닷속으로 잠겨 들어가는 초대형 잠수함. 미국이 자랑하는 오하이오급 전략핵잠수함보다 무려 12미터나 더 긴 핵잠수함 벨고로드가 드디어 모습을 드러내는 순간이었다. 넋을 잃은 채 이 괴물 핵잠수함이 물속으로 사라지는 광경을 지켜보던 분석요원들은 벨고로드가 망막에서 지워진 후에도 한참 동안이나 텅 빈 바다의 사진에서 눈길을 거두지 못했다.

"과연 그놈이 실렸을까?"

누군가 혼잣말처럼 내뱉은 긴장된 한마디는 비록 소리는 작았으나 분석요원들의 고막을 강하게 압박했다.

"틀림없이 실렸어!"

미국과 나토의 정보기관에서는 벨고로드가 포세이돈을 탑재하기 위해 특별히 만들어진 핵잠수함이라는 정보를 갖고 있기는 했지만 아직 제대로 확인한 적이 없었다. 따라서 오늘 잠항을 시작한 이 괴물 같은 잠수함에 포세이돈이 실려있는지 여부는 항공우주정보센터를 비롯한 감시체계 안 모든 요원의 최대 관심사였다.

이들이 포세이돈에 유례없이 신경을 집중하는 것은 비단 이 괴물이 폭발하면 5백 미터 높이의 쓰나미를 일으켜 반경 1천5백 킬로미터 이내의 모든 생물을 절멸시키는 전대미문의 위력을 가졌기 때문만이 아니었다. 통상의 탄도미사일은 하늘로 솟구치는 순간 상대국의 레이더에 잡히기 때문에 격추가 가능한 반면, 포세이돈은 최대 사정거리 만 킬로미터를 자랑하는 어뢰 자체에 원자로가 달려있어 목표물에 도달하는 순간까지 심해에서 움직이기 때문에 탐지하기가 거의 불가능하다는 무서움이 있었다.

무엇보다 심각한 문제는 이런 가공할 폭탄이 외부와의 소통이 순탄치 않은 지역으로 들어가버린다는 것이었다. 전략 핵잠수함은 심해 깊숙한 곳에서 작전을 수행하는 만큼 노출되지 않은 채 목표물에 최대한 가까이 다가갈 수 있는 반면, 외부와의 통신이 원활하지 못해 일단 작전 지침이 주어지면 번복하거나 멈추기가 대단히 어려웠다.

1962년의 쿠바 사태가 좋은 예로, 당시 쿠바로 접근하는 소련의 핵잠수함에 경고를 보내기 위해 미 해군은 무작위로 여기저기 폭뢰를 터뜨렸는데 이를 자함에 대한 공격으로 간주한 소련 함장은 핵미사일 발사 명령을 내렸었다.

"수틀리면 쏘아버려!"

모항을 출발할 때 작전사령관이 귓가에 불어넣어준 격려의 한마디를 곧이곧대로 받아들인 함장이 주변에서 미 해군의 폭뢰가 터지자 즉각 핵미사일 발사를 명령해버린 것이었다. 그렇게 전 세계가 핵전쟁에 휩쓸려 들어가기 일보 직전, 핵 사용의 허가권을 가진 부함장은 발사 명령을 필사적으로 거부했고 세계는 가까스로 핵전쟁을 모면했다. 하지만 당시 외부와 교신이 되지 않았던 약 20분의 시간은 전략핵잠수함이 가진 치명적 위험을 전 세계에 적나라하게 보여주었었다.

벨고로드가 백해의 모항을 떠나 사라져버렸다는 보고는 미국과 나토의 정보 당국을 깊은 고민에 빠져들게 만들었다. 심해에 숨어버린 핵잠수함을 추적하는 건 불가능에 가까운 일인 만큼 정보 당국에서는 출항 시기에 따른 수백 가지 가능성을 일일이 분석해 어떻게든 작전의 이유를 알아내야만 했다.

"우크라이나에서 손 떼라는 협박인가."

한 분석요원이 벨고로드가 남긴 하얀 거품 자국을 보며 중얼거렸다.

부차의 비극

키이우 북쪽의 도시 부차.

폐허가 된 부차는 러시아 점령군이 자행하는 약탈과 고문과 살인에 의해 지옥으로 변해있었다. 보급품을 제대로 지급받지 못한 러시아 병사들은 지독히 굶주려 누가 먼저랄 것도 없이 총부리를 겨눈 채 집집마다 들이닥쳐 먹을 것을 빼앗고 가축을 도살했으며 심지어는 개를 잡아먹기도 했다. 술에 취한 채 주택가를 돌아다니며 저항하는 사람이라면 남녀노소를 가리지 않고 즉석에서 쏘아 죽였고 조금이라도 마음에 안 드는 표정을 짓는 시민이 보이면 칼로 찌르거나 망치로 입을 박살 내는 등 끔찍한 살인과 폭력이 이어졌다.

거리는 시체로 넘쳐났고 러시아군을 피해 도망치던 시민들은 시체에서 흘러나온 핏덩이에 미끄러져 울부짖었다. 부서진 머리에서 삐져나온 허연 뇌 조각들이 마치 으깨진 두부처럼 길바닥 군데군데 흩어져있는 위로 육중한 러시아 탱크들은 아직 살아 신음이 새어 나오는 인간의 몸뚱이를 풍선처럼 밟아 터뜨리며 이리저리 달렸다.

드르르륵!

굶주리기는 마찬가지인 탱크병들 또한 거리 좌우에 늘어선 빈 건물들을 향해 마구 분노의 총질을 해댔다. 극도의 굶주림은 이들의 내면에 잠재해있는 악마의 마음을 자극했고 진동하는 피비린내는 림프절 곳곳에 잠복해있던 파괴와 절멸의 본능을 부추겼다.

먹을 것이라고는 구경조차 하지 못한 병사들에게도 무한정 넘쳐나는 게 있다면 그것은 바로 보드카였다. 러시아 병사들은 사막의 순례자가 물을 준비하듯 러시아를 떠날 때 보드카 병을 여기저기 쑤셔 넣었다. 크리스털의 투명함으로 자신의 정체를 숨긴 이 액체는 굶주린 그들의 빈속에 들이부어져 걷잡을 수 없는 광기를 분출시켰다. 병사들의 눈빛은 우크라이나 남자를 볼 때는 살기로 번득거렸고 여자를 볼 때는 욕정의 불길로 이글거렸다.

술에 곤죽이 된 병사들은 진격의 날이 저물거든 움직이는 모든 남자를 향해 총을 갈겨댔고 눈에 띄는 대부분의 여자를 강간했으며 조금이라도 저항하면 가차 없이 바로 죽였다. 끝 간 데 없이 뿜어져 나오는 이들의 광기는 전쟁의 어둠이 길게 드리워질수록 그 잔혹함을 더해갔다.

"뜻이 하늘에서 이루어진 것과 같이 땅에서도 이루어지이다, 아멘."

서른여섯의 미하일은 소박하고 따뜻한 저녁 식사를 가족들과 함께 할 수 있음을 감사해하며 기도를 마쳤다. 다행스럽게도 부차 외곽에 있는 미하일의 동네는 도로에서 벗어나있어 눈에 잘 띄지 않았다.

미하일은 무엇보다도 가정을 소중히 했고 아내 루슬라와 딸 알리사는 그의 행복과 기쁨의 원천이었으며 삶의 전부였다.

"엄마, 우리 동네는 러시아군이 안 오니 다행이야."

루슬라는 얼른 손가락을 입에 갖다 대며 알리사의 말을 끊었다.

"쉿, 그런 말 하면 안 돼. 악마의 염탐꾼이 듣는단 말이야."

매일 들려오는 시내 소식은 흉흉하기 짝이 없었고 간혹 불어오는 바람에 실려 온 피비린내가 코에 스며들었지만 미하일의 동네는 그런대로 안전한 편이었다. 전쟁이 나자 미하일은 즉각 소집에 응했으나 당국에서는 특수부대 출신인 미하일에게 동네 주변을 지키는 임무를 부여했다.

부인 루슬라는 늘 어긋나기만 하는 기도만으로는 안심이 되지 않는지 소녀 때부터 암송하던 시구를 나지막이 읊조렸다.

슬픈 날에는 참고 견디라
기쁨의 날이 오고야 말리니
마음은 미래에 살고 현재는 한없이 우울한 것
이 모든 것 하염없이 지나가나 지나간 것은 그리워진다

루슬라는 마지막 구절을 따라 하는 딸 알리사와 눈을 맞추고 나서야 비로소 안심이 되었다.

이제 열 살인 딸 알리사는 오랫동안 밖에 나가지 못해 따분했지만 들려오는 소식이 죄 무서운 것들이라 이렇게 아빠, 엄마와 같이 있을 수 있다는 사실을 나이답지 않게 기뻐하고 있었다. 더군다나 오늘은 아빠의 생일이었다.

케이크는 없었으나 이미 열흘 전부터 루슬라와 알리사가 준비해온 식사는 전쟁 중의 만찬으로 손색이 없었다. 케이크 대신 빵을 맵시 있게 잘라 성처럼 멋있게 모양을 낸 다음 성벽 위에 미하일의 얼굴을 만들어 붙였다. 그것은 마치 우리

집은 난공불락의 성이고 미하일 당신은 성주라고 말하는 것 같았다.

루슬라는 오래전부터 보관하고 있던 와인을 땄다. 다행히도 집이 약탈을 당하지 않은 덕분에 건재한 갈색 병은 콸콸 소리를 내며 가두어두었던 햇빛과 바람의 시간을 투명한 글라스에 마음껏 토해냈다. 예전처럼 근사한 생일 만찬도 아니었고 준비된 선물도 없었으나 가족이 모두 안전하다는 사실은 그 어느 만찬보다 충만한 기쁨이었고 소중한 선물이었다.

알리사가 귀여운 덧니를 드러내며 미하일에게 빵을 건네는 순간 희미하게 현관문 두드리는 소리가 들렸다. 세 사람은 동시에 서로의 얼굴을 마주 봤다. 이 시각에 문을 두드릴 사람은 없지만 어쩌면 도움을 청하는 동네 사람일 수도 있다는 생각에 미하일은 권총집을 찼고 루슬라는 창문을 통해 주변 동정을 살폈다. 금발의 한 젊은이가 현관 앞에 서있는 걸 본 루슬라는 얼른 미하일에게 상황을 전했다.

"처음 보는 젊은 사람인데 군복 차림은 아녜요."

미하일은 동네의 안전을 떠맡은 상황에서 상대가 누구든 문을 열지 않을 수 없었다. 미하일의 손짓에 따라 루슬라와 알리사는 재빨리 식탁을 치운 다음 방으로 들어갔고 미하일은 아내와 딸의 신발을 신발장에 집어넣고 나서야 문을 열었다.

"무슨 일이오?"

"죄송하지만 물 한 컵만 줄 수 있나요?"

청년이 인사를 한 다음 물었다.

"물론이오."

미하일은 안도했다. 이제 갓 스무 살을 넘겼을까 천진하다 못해 애틋한 느낌까지 드는 청년은 공손한 표정인 데다 밝은 미소를 입가에 떠올리고 있었다.

"그런데 어떻게 여기까지 왔소?"

"총소리를 피해 정처 없이 걷다 보니 발걸음이 여기까지 인도했어요."

"다른 건 괜찮소? 빵도 좀 줄 수 있는데."

"물만 좀 많이 주면 좋겠습니다. 목이 너무도 마르군요."

"잠깐 기다려요."

미하일은 청년을 밖에 세워둔 채 문을 잠그고는 다시 한번 창을 통해 바깥을 살폈다. 청년 외에 다른 사람이 없는 걸 확인한 미하일은 물 한 통을 들고는 문을 열었다. 물을 마시고 난 젊은이가 통을 돌려주자 미하일은 빵을 내밀며 물었다.

"부차에 살아요?"

"아니요."

"그럼 어디?"

"모스크바요. 참, 이해해주실 일이 있는데 사실 나는 러시아 군인이에요. 군복을 입은 채 문을 두드리면 여자들은 도망가고 빵은 숨기거든."

갑자기 청년의 말투가 변한 그 순간 눈앞에 불쑥 몇 자루의 기관단총이 튀어나왔다. 보드카 냄새를 풍기는 러시아 병사들이었다. 미하일의 손이 재빨리 권총으로 향했으나 씨익 웃는 청년의 뒤에서 나타난 무지막지한 병사들은 다짜고짜 개머리판으로 미하일의 얼굴을 찍었다.

"으윽!"

집 안으로 들어선 여섯 명의 러시아 병사들은 피를 철철 흘리며 쓰러진 미하일이 악착같이 일어나려 하자 그를 개머리판으로 마구 내리찍으며 짓밟았다. 병사 하나가 바닥에 떨어진 권총 벨트에서 권총을 꺼내 이리저리 살피더니 웬 떡이냐는 듯 히죽거리며 자신의 주머니에 넣었다.

순식간에 피투성이가 된 미하일은 자신의 아내에게 어떤 일이 생길지 알고 있었다. 수많은 우크라이나 여성들이 러시아 불한당들에 의해 강간당하고 있다는 소문이 부차 시내에 퍼져있었다. 조금이라도 저항하면 그 자리에서 바로 사살된다는 소문도.

미하일은 이들을 아내와 딸이 있는 방에서 떼어내기 위해 고통을 참고 입 안 가득한 피를 뱉어내며 간신히 말을 이었다.

"으으, 차, 창고가 있어."

"이 새끼 뭐라는 거야."

병사 하나가 있는 힘껏 군홧발로 옆구리를 걷어차자 우두둑하며 갈비뼈 부러지는 소리가 들렸다. 미하일은 마치 한 마리 벌레처럼 몸을 이리저리 꼬며 일어나려 허우적거렸고 입으로는 계속 쉿소리를 냈다.

"차, 차……."

소시지도 있고 술도 있어, 저기 창고로 가잔 말이야. 미하일은 무언가를 움켜쥐려는 듯 계속 허공에 팔을 휘저으며 목소리를 내보내려 했으나 머리와 얼굴에서 마구 흘러내리는 피가 목구멍을 막아 거친 숨결만이 허공에 흩어졌다.

"이거 되게 시끄러운 놈이네. 가래 끓는 소리가 주전자 물 끓는 소리보다 커."

얼굴 가득 웃음을 띤 채 구경만 하던 고참이 칼을 꺼내자 현관문을 두드렸던 젊은 병사와 능글맞은 표정의 또 한 놈이 따라서 칼을 꺼냈다. 그들은 누가 먼저랄 것도 없이 미하일의 가슴과 배, 그리고 옆구리와 허벅지를 찔렀다. 피가 분수처럼 뿜어져 나오면서 미하일의 허우적거림은 차츰 잦아들었다.

"가자, 여자는 저 방에 있을 거야!"

이들은 루슬라와 알리사가 있는 방문을 확 열어젖혔다. 바깥에서 일어나고 있는 상황에 눈물범벅이 되어 서로를 부둥켜안고 숨죽인 채 몸을 떨며 기도를 올리고 있던 엄마와 딸은 갑자기 들이닥친 거친 남자들을 마주하자 기겁했다. 루슬라가 군인들을 헤치고 뛰어나와서는 핏덩어리로 변한 미하일에게 달려갔으나 병사 둘이 팔을 뻗어 그녀를 잡았다.

"이년아, 니 허벅지에 피가 묻으면 내 기분이 엿 같아지잖아!"

병사 하나가 한 손으로는 루슬라의 가슴을 움켜쥐고 나머지 한 손은 팬티 속에 집어넣었다.

"이년 생긴 거 봐. 아주 정신 나갈 거 같은데."

미하일은 정신이 혼미한 와중에도 아내와 딸을 살려야 한다는 집념으로 일어나려 악착같이 버둥거렸으나 루슬라와 알리사의 비명은 아득한 메아리처럼 의식 저편으로 사라져만 갔다. 어떻게든 정신을 놓지 않으려 안간힘을 쓰던 그의 손이 허공에서 몇 번 허우적거리다 결국 바닥으로 축 늘어지고 말았다.

"미하일!"

루슬라는 울부짖었으나 러시아 병사들은 키득거리며 루슬라의 옷을 벗기기 시작했다. 한 병사의 손이 자신의 팬티를 끌어 내리는 순간 루슬라의 뇌리에 한 가닥 불길한 생각이 전광석화처럼 스치고 지나갔다. 알리사.

왹 돌아간 루슬라의 눈길 끝에서는 이제 겨우 열 살인 알리사를 둘러싼 러시아 병사들이 헤벌쭉 웃고 있었다. 알리사는 엄마와 눈길이 부딪치자 혼신의 힘을 다해 억센 러시아 병사의 손아귀를 벗어나려 소리 질렀다.

"엄마!"

루슬라는 저항을 멈추고 자신의 손으로 황급히 팬티와 브래지어를 벗었다. 그러고는 무릎을 꿇고 애원했다.

"내가 모두 다 상대할게요. 뭐든 다 할게요. 애는 그냥 두세요. 이제 갓 열 살이에요. 아이만큼은 놔줘요. 제발 부탁해요."

그러나 루슬라의 애원은 아무 소용이 없었다. 러시아 병사들은 오히려 재미있다는 듯 알리사를 끌고 와 그녀의 옆에 무릎 꿇리고는 벨트를 풀어 바지춤을 끌어 내렸다.

"아악! 제발 아이는 건들지 말라고!"

루슬라가 필사적으로 외치자 러시아 병사는 시끄럽다는 듯 표정을 찌푸린 채 개머리판으로 그녀의 머리를 내리쳤다. 머리에 피를 흘리며 쓰러진 루슬라의 눈에 울음을 터뜨리는 알리사의 모습이 들어왔다.

"아아! 엄마!"

공포에 억눌린 알리사의 울음소리와 가슴이 찢어지는 비통함을 미친 듯 토해내는 루슬라의 비명이 온 집 안에 울렸으나 누구도 듣는 사람이 없었다. 설사 누군가 듣는다 한들 소용이 있을 리 없었다.

미하일은 루슬라와 알리사와 함께 시원한 바람을 맞으며 푸른 초원을 마냥 뛰어다녔다. 자작나무 숲에서 쏴 소리를 내며 불어오는 바람은 쉴 새 없이 알리사의 얼굴을 간질여댔고 울려 나오는 새들의 지저귐은 가족의 행복을 시샘하는 말괄량이들의 수다처럼 가볍게 초원에 내려앉았다.

"아빠! 사랑해요."

"알리사, 사랑해. 루슬라도!"

파란 하늘에 떠다니는 뭉게구름은 먼 곳의 이야기를 한바탕 풀어놓느라 느릿느릿 움직였으며 맑고 선명한 하늘 빛깔을 담아 뭉게구름 사이로 언뜻언뜻 내려 쏘이는 금빛 햇살이 초원에 푸르름을 더했다.

"낄낄낄!"

갑자기 불길한 웃음소리가 들렸다. 초원은 사라지고 여섯 명의 러시아 군인들이 게걸스럽게 웃고 있었다. 현관문을 두드릴 때나 개머리판을 휘두를 때나 여섯 명이 번갈아가며 아내와 딸에게 끔찍한 일을 벌일 때나 그들은 웃음을 그치지 않았다. 알리사와 루슬라의 비명 소리에 섞여서 들려오는 웃음소리 때문에 미하일은 귀를 막았다. 웃음은 협박이나 폭행보다 오히려 더욱 잔인했다. 미하일은 허공에 대고 외쳤다. 너희들 왜 웃는 거야. 왜 그렇게 웃고 있는 거냐고!

꿈이었다. 미하일은 악몽에서 깨어나려고 마구 발버둥 쳤다. 희미한 빛이 망막에 들어오고 주변에 무언가 형체가 하나둘 나타나기 시작하더니 이윽고 웅성거리는 소리가 들렸다.

"이제야 깨어나셨군요. 3개월 하고도 8일 동안 병원에 누워 계셨습니다. 내내 의식 없는 상태로요."

미하일은 러시아군이 시체를 묻은 구덩이들을 찾아 파헤치고 다녔다.

수도 없는 폭력과 고문, 살인의 결과로 던져진 시체들은 형체를 알아볼 수 없을 만큼 끔찍했다. 고문을 받아 너덜너덜해진 사지, 불붙인 종이나 헝겊을 방독면 속에 집어넣어 질식시킨 화상 입은 얼굴, 머리가 깨어지고 얼굴이 함몰된 시체. 어떤 구덩이에는 수백 구의 시신이 철사로 아무렇게나 결박된 채 엉겨 붙어 누가 누구인지 분간할 수도 없었으며 또 어떤 구덩이는 포클레인으로 단단하게 다져져 묻힌 시체를 일일이 찾아낼 도리조차 없었다.

미하일이 성치 않은 몸으로 기어다니다시피 구덩이란 구덩이는 다 찾아다니며 피투성이 맨손으로 언 땅을 파댔지만 아내와 딸의 시체는 찾아지지 않았다. 아무리 말려도 멈추지 않는 그를 보며 사람들은 그저 눈물을 흘릴 뿐이었다.

"미하일 씨. 이제 더 파볼 구덩이도 없습니다."

그토록 이를 악물었던 미하일은 급기야 어린아이처럼 울음을 터뜨리고 말았다. 며칠 뒤 미하일이 자취를 감추자 사람들은 불길한 예감에 사로잡혀 그의 집으로 찾아갔으나 텅 빈 거실에는 그가 남긴 편지 한 장만이 열린 창문을 타고 들어온 바람에 너풀거리고 있을 뿐이었다.

여보, 그리고 알리사. 조금만 기다려줘.

비극의 평행선

"밀라나 선생님!"

"주얼리."

"조용히 말씀드릴 게 있어요."

"그래, 밖에서 얘기하자. 10분 후 화장실 뒤로 와."

밀라나는 직감적으로 무슨 일인지 짐작할 수 있었다. 내전이 생활화되어있는 이 나라에서 여성이 겪어야 하는 운명은 몇 배나 가혹한 것이었다. 며칠 전 거리에서 만신창이 상태로 발견되어 실려 온 젊은 주얼리는 한눈에도 심각한 성폭행 피해자였다. 겨우 기력을 회복하자마자 할 말이 있다는 건 자신 외에도 누군가 심각한 상황에 놓여있다는 의미일 것이었다. 화장실 뒤편의 구석진 곳으로 절뚝거리며 걸어온 주얼리는 두려운 눈길로 주변을 살피며 소곤거리듯 말했다.

"서른 명이 넘는 소녀들이 갇힌 상태로 성폭행당하고 있어요. 그중에는 열 살 안 된 애들도 있어요."

"어디에?"

"하르툼 외곽 농장이에요."

"어떤 놈들이?"

"정부군인지 신속지원군인지 확실하지는 않아요. 어쩌면 양쪽과 다 어울리는 군벌일 수도 있어요."

수단의 상황은 그야말로 엉망이었다. 부르한과 다갈로. 두 거대 군벌이 권력 다툼을 벌이는 통에 온갖 세력들이 이들과 이합집산 하여 이제 내전은 명분도 이유도 없이 오로지 죽고 죽이는 행위의 끝없는 반복일 뿐이었다. 수도 하르툼에서는 주택가 한복판에서조차 요란한 총성이 울려 퍼지는 일이 다반사였고 폭발음이 수시로 들렸다. 여덟 살짜리 소년들까지 총을 들고 다니며 시키는 대로 마구 쏘아대거나 때로는 이유도 없이 기분 내키는 대로 아무에게나 난사했다.

가뜩이나 가난한 나라에 이런 내전이 끝없이 계속되자 사람들은 굶주렸고 질병이 만연했다. 특히 여성과 어린이의 고통이 극심해 유엔을 비롯한 주변국들이 개입했으나 종족 분쟁에 군소 군벌 간의 이해 다툼까지 얽히고설켜 해결책은 요원하기만 했다. 최근 시가전에서 사상자가 늘어나 난민기구 직원들마저 대거 철수하는 바람에 유엔난민기구를 비롯한 각종 구호단체가 지원하는 구호물자에 의해 간신히 살아가던 수단 국민들은 더욱 극심한 고통을 받고 있었다. 모스크바에서 혼자 수단으로 온 밀라나는 아직도 하르툼에서 구호활동을 벌이고 있는 얼마 안 되는 봉사자 중 한 사람이었다.

"주얼리도 거기에 있었니?"

"네, 감시병이 한눈파는 사이 죽을힘으로 달렸어요. 기진맥진해 쓰러지는 통에 오히려 그들의 눈에 안 띌 수 있었어요."

"거기가 어딘지 지도를 그릴 수 있겠니?"

"네. 제발 그 사람들 좀 막아주세요. 여자를 잡아 오기 위해 남편이나 가족을 죽이거든요. 저도 가족을 잃었어요."

울음을 터뜨리는 주얼리를 보며 밀라나는 가늘게 몸을 떨었다. 안 봐도 상상이 가는 광경이었고 수단에서 익숙하게 벌어지고 있는 일이었다.

"약속해줄 수 있죠? 이제 열한 살 된 오로라한테 탈출에 성공하면 꼭 구해주겠다 약속했어요. 생각해보세요. 그 어린아이가 하루에도 수십 번씩……."

주얼리는 채 말을 잇지 못하고 다시 울음을 터뜨렸다. 밀라나는 주얼리를 껴안으며 다짐했다.

"그래, 뭐든 해야지. 해야지."

같이 일하던 난민기구의 직원들도 이미 다섯 명 넘게 살해당한 상황이라 밀라나 또한 두려움을 떨쳐낼 수 없었지만 그녀는 억지로 자신을 약속 안으로 떠밀어 넣었다.

그날 밤 밀라나는 프랑스인 의사 에드몽과 함께 주얼리가 그려준 지도에 있는 농장을 찾아 나섰다. 국경없는의사회에서 파견된 에드몽은 동료 의사들이 다 떠난 뒤에도 혼자 남아있던 터라 새로이 합류한 밀라나에게 각별한 유대감을 느끼고 있던 참이었다.

에드몽은 농장이 눈앞에 다가오자 시동을 끄고 자동차에서 내렸다. 두 사람은 어둠 속에 몸을 잔뜩 웅크리고 휑뎅그렁하게 서있는 창고 같은 건물로 다가갔다. 기관총이 매달린 자동차가 줄지어 주차되어있는 걸로 보아 주얼리가 이야기하던 무자비한 집단강간의 현장에 틀림없었다.

두 사람은 몸을 웅크린 채 창고 뒤로 다가갔다.

"아!"

깨진 유리창을 통해 보이는 창고 안의 풍경은 한마디로 아비규환이었다. 한편에서는 발가벗겨진 채 일렬로 서있는 여자들 앞으로 군인들이 지나가며 손가락질로 상대를 골랐고 다른 한편에서는 무자비한 성 학대와 성폭행이 자행되고 있었다. 밀라나는 카메라 셔터를 연신 눌러댔다. 최대한 군인들의 얼굴이 나오게 찍긴 했으나 창고 안이 어두워 식별 가능한 사진이 나올지 자신할 수 없었다.

"에드몽, 먼저 가서 차에 시동을 걸고 있어요."

"뭐 하게요?"

"저 자동차들을 다 찍어야겠어요."

"너무 위험한데."

하지만 에드몽 역시 창고 안의 조명이 어두워 사진이 잘 안 나올까 봐 염려하고 있던 터라 자동차 사진이 필요하다고 판단했다.

"같이 가요. 내가 망을 보는 게 나을 테니."

창고 뒤에서 어둠에 몸을 숨기고 찍는 것과는 달리 전등이 비추고 있는 곳에 주차된 자동차를 찍는 건 극히 위험한 일이었다. 식별이 될 만한 무언가를 카메라에 담기 위해서는 차에 상당히 가깝게 접근해야 했기 때문에 밀라나와 에드몽은 배를 땅에 붙인 채 조금씩 기어갔다.

"이 정도면 됐어요, 에드몽."

밀라나는 셔터를 누르기 시작했다. 침착한 동작으로 열여덟 대의 자동차를 빠짐없이 찍고 난 밀라나는 만족스런 표정으로 에드몽에게 속삭였다.

"완벽하게 찍었어요. 이제 돌아가요."

하지만 에드몽의 대답이 들리지 않자 밀라나는 뭔가 섬뜩한 느낌에 고개를 들어 위를 올려다보았다.

"하하하! 요 생쥐 같은 년이!"

"아악!"

밀라나는 얼굴에 닿은 차디찬 금속의 촉감에 비명을 질렀다. 칼에 찔린 에드몽은 이미 절명해있었고 그의 몸에서 흘러내린 끈적한 핏덩어리가 끌려 나가는 밀라나의 발밑에서 질척거렸다.

MIT의 젊은 물리학 교수 마이크는 강의 중에도 연신 휴대폰에 눈길을 두며 안절부절못했다. 아무리 티를 내지 않으려해도 이미 학생들은 교수의 낯선 모습에 서로 눈짓을 교환하며 무슨 일인지 잔뜩 궁금해하는 표정이었다.

"교수님, 안색이 창백하고 무거워 보입니다. 혹시 저희들이 도와드릴 게 있을까요?"

별로 나이 차가 나지 않는 데다 평소 친구처럼 지내서인지 학생들은 마이크를 진심으로 걱정해주었다.

"아, 아니. 별일 아냐. 오늘 강의는 여기까지 하자."

도저히 강의를 진행할 수 없었던 마이크는 말이 나온 김에 서둘러 강의를 마치고 달음박질치듯 연구실로 돌아왔다. 그는 의자에 몸을 던짐과 동시에 이메일을 체크했으나 스팸메일만 잔뜩 와있을 뿐 기다리고 기다리던 밀라나로부터의 연락은 감감무소식이었다.

"아아, 밀라나! 도대체 왜 그러는 거야. 무슨 일인지 말을 해야 할 거 아냐."

마이크는 다시 한번 자신이 무슨 잘못을 범했는지 곰곰 생각해보았으나 아무것도 머릿속에 떠오르는 게 없었다. 마이크가 보낸 마지막 문자 "사랑해."에 대한 밀라나의 대답은 "두 배로."였고 거기에다 형형색색의 하트 다섯 개도 함께 보내왔던 그녀였다. 하지만 그 이후 밀라나는 어떤 문자에도 회답이 없었고 이메일도 전혀 체크하지 않았으며 수십 번이나 전화를 걸어도 아무런 반응이 없었다. 밀라나는 결코 이렇게 떠날 여자가 아니었다. 물론 어제까진 목숨을 바칠 것 같다가도 오늘은 비수를 꽂을 수 있는 게 사랑이라는 복잡한 감정이고 그녀도 사람인 한 하루아침에 떠날 수 있는 것이지만 밀라나는 결코 이런 식으로 사라져버릴 여성은 아니었다.

마이크가 밀라나를 처음 만난 건 고등학생 때인 15년 전 파리에서였다. 국제수학올림피아드에 참가했던 마이크는 숙

소인 파리대학교 기숙사에서 세계자원봉사대회에 참가했던 밀라나와 조우했고 첫눈에 서로 반한 두 사람은 이후 3일간 매일 밤을 새며 이야기를 나누었다. 그 바람에 유력한 우승 후보였던 마이크는 시험장에 출석조차 하지 않았다.

재회는 미국에서였다. 대학에 진학한 밀라나는 미국에서 열린 자원봉사대회에 참가했고 마이크는 밀라나를 공항에서 맞이하여 공항에서 떠나보냈다. 대회는 뒷전에 둔 채 일주일 내내 뜨거운 사랑을 나눈 두 사람은 공교롭게도 부모가 없다는 공통점에 급속히 가까워졌고 결국 미래를 약속하기에 이르렀다. 지금은 비록 SNS를 통한 연락만을 주고받는 먼 거리에 있었지만 그들은 서로에 대한 믿음에 확신이 있었다.

"형, 나야."

"응, 마이크. 잘 있었어?"

결국 마이크는 형 스토니에게 전화를 걸었다. 다섯 살 위의 스토니는 자신이 하는 일을 동생에게 뚜렷하게 밝히지는 않았지만 마이크는 그가 미합중국 특수전사령부에서 매우 비밀스러운 일을 수행한다는 사실을 알고 있었다. 스토니는 마이크에게 뭔가 심상치 않은 일이 생겼을 때는 지체 없이 연락하도록 누누이 일러두곤 했었다. 마이크가 열 살이던 무렵 부모가 교통사고를 당해 동시에 사망했기 때문에 스토니는 마이크를 부모처럼 보살펴온 터, 그는 진작부터 밀라나를 미국으로 데려와 마이크와 결혼시키려 하였으나 팬데믹으로 말미암아 지연되던 중이었다.

"밀라나 말이야."

마이크는 갑자기 울컥 치솟는 감정을 억누르기 위해 잠시 말을 멈추었다.

"그래, 이제 팬데믹도 끝났으니 서두르자."

"아니, 그게 아니고."

뭔가 이상한 기색을 느낀 스토니의 목소리에 힘이 들어갔다.

"얼른 얘기해."

"아무리 연락해도 전혀 답이 없어."

마이크의 이야기를 다 듣고 난 스토니의 어조에 긴장감이 서렸다.

"휴대폰은 꺼진 상태야?"

"응."

"일단 끊어. 다시 전화할게."

한참이 지난 후 걸려 온 스토니의 전화기에서는 긴장된 음성이 흘러나왔다.

"밀라나는 모스크바에 있지 않아."

"무슨 소리야? 여행 중인가? 그래서 연락을 안 하는 건가? 아니, 그렇다고 이토록 연락을 안 할 리는 없는데. 휴대폰 맡겨둔 채로 무슨 연수라도 받는 걸까?"

"현재 수단의 하르툼에 있는 것 같아."

"뭐라고? 수단?"

"밀라나한테서 무슨 얘기 없었어?"

"아니, 전혀 없었는데. 그런데 수단이라니. 그럴 리가. 거기 위험한 데 아냐?"

"밀라나가 국제 구호활동가지?"

"그래. 날개 없는 천사지."

"아마 네가 걱정할까 봐 얘기를 안 했나 본데 밀라나는 꽤 오랫동안 하르툼에 있었어."

마이크의 목소리가 극도로 날카로워졌다.

"뭐라고! 아무리 봉사가 좋다고 해도 그 위험한 곳까지 왜 갔어?"

스토니는 마이크의 흥분을 가라앉히고 나서 하나하나 묻기 시작했다.

"정확히 언제부터야? 밀라나와의 소통에 문제가 생긴 게."

"일주일 되었어. 그러니까 지난주 목요일 아침 문자부터 대답이 없었거든. 이후 지금에 이르기까지."

"전날은 문자를 주고받았어?"

"응, 전날은 굿 나잇 문자를 보냈는데 바로 답장이 왔었어."

스토니는 휴대폰으로 시차를 확인하고는 말했다.

"밀라나의 풀 네임이 뭐였지? 알렉산드로브나인가?"

"맞아."

"일단 밀라나가 너를 떠나진 않은 것 같으니 비관하지는 마."

"차라리 날 떠난 게 나아. 거기서 무슨 일이 생긴 것보다
는."

"위험한 곳이긴 해도 내 동생을 떠나버린 것보단 낫겠지."

"말도 안 되는 소리 하지 마. 나는 진심으로 밀라나가 어떠
한 고통도 받지 않기만을 바라. 그것만이 나의 바람이고 소원
이야. 그런데 왜 내게 한마디도 안 했지?"

"네가 걱정할까 봐 그랬겠지. 거긴 진짜 살벌한 상태니까."

마이크는 이해가 안 간다는 듯 고개를 가로저었다.

"내가 신속하게 알아볼 테니 너는 평상시와 마찬가지로 활
발하게 생활해. 약속할 수 있지?"

"될 것 같지는 않지만……."

"그래야 내가 힘이 나서 여기저기 알아볼 수 있지 않을까?"

"해볼게."

마이크를 달래고 난 스토니는 CIA의 아프리카 담당 요원 스콧에게 전화를 걸어 상황을 설명했다.

"마이크의 애인이라고? 저런!"

"척 보아서는 구호활동 중 무슨 일을 당한 걸로 보이는데. 러시아 정부가 움직이고 있을까?"

"글쎄, 확인을 해봐야겠는데. 내일까지 시간을 줘. 내일 아침 열 시에 소사이어티 클럽에서 만나자. 그사이라도 급한 상황이면 바로 연락할게."

"스콧, 부탁해. 마이크가 괴로워하는 걸 볼 바에야 차라리 내가 죽는 게 나아."

"세상에 너 같은 형은 없을 거야."

스콧은 해군사관학교 때부터 스토니와 매우 친밀한 관계를 이어온 데다가 미국 정부의 엘리트들이 거쳐야 하는 갖가지 과정을 함께 이수했기에 무엇이든 부탁할 수 있는 사이였다. 플로리다의 특수전사령부에서 근무하고 있었던 스토니는 최근 모종의 비밀작전을 수행하기 위해 스콧의 근무지인 워싱턴으로 건너와 활동을 시작한 참이었다.

다음 날 소사이어티 클럽에서 만난 스콧의 목소리는 착 가라앉아있었다.

"밀라나 알렉산드로브나, 난민기구의 임시 보호소에 뒤늦게 온 러시아 여성이야. 유엔난민기구고 국경없는의사회고 거기서 다 철수했는데 끝까지 남아있었다는군. 프랑스 의사와 같이 밤에 외출했다 실종되었는데 의사는 시체로 발견되었어."

스토니는 입술을 깨물었다. 상상했던 여러 경우 중 하나이긴 했으나 막상 눈앞에서 들으니 비극의 한복판에 서있는 느낌에 온몸이 움츠러들었다. 어째서 그런 일에 휘말렸나 하는 연민은 급속히 밀라나에 대한 미움으로 바뀌었다. 심약한 마이크가 자기 없으면 도저히 살 수 없을 거라는 걸 빤연히 알면서도 그런 위험한 곳으로 날아가 그렇게 가볍게 처신하다니.

"으음!"

"유감이네."

"무슨 일로 밤에 의사와 단둘이 외출했다는 거지?"

"카메라를 가지고 수십 명의 여자들이 집단강간 당하는 현장에 갔다고 해. 그 현장에서 탈출한 여성이 밀라나에게 여자들을 살려달라 애원했다는군."

"러시아 측에서 안 나서고 있나?"

"전혀. 아마 모르고 있을 거야."

"납치한 놈들의 계보는 알 수 있나?"

"우후죽순으로 일어나고 있는 수십 개 군벌 중의 하나일 거야. 이들 군소 군벌들은 거의 양다리를 걸치고 있어."

"으음!"

어느새 스토니는 충격에서 헤어나고 있었다. 이제부터는 업무라고 생각되자 그는 평소의 그답게 감정을 모두 지운 얼굴로 스콧에게 몇 가지 질문을 빠르게 던지고는 자리에서 일어났다.

"유감이야, 마이크가 충격이 클 텐데. 내 도움이 필요하면 언제든지 연락하게."

"고맙네."

스토니는 운전석에 앉아 핸들에 이마를 기댄 채 곰곰이 생각하다 결국 전화기를 들었다. 기왕 알려야만 할 일이라면 가감 없이 있는 그대로 즉시 알리는 편이 나을 것이었다.

"마이크, 잘 들어."

"각오하고 있어."

"밀라나는 혼자 수단에 갔어. 내전이 격화돼 모든 구호요원이 빠져나간 후야."

"오히려 그래서 갔을 거야. 밀라나는 그런 여자야."

"그런데 여자들에 대한 집단강간이 이루어지고 있다는 사실을 알고 카메라를 들고 현장에 간 거야. 같이 갔던 프랑스

의사는 죽고 밀라나는 납치된 상태야."

마이크의 목소리가 떨려 나왔다.

"살아있을까?"

"수단은 러시아와 특수한 관계에 있는 나라야. 놈들이 밀라나가 러시아인이라는 걸 알게 되었을 테니 확률은 반반이고."

억지로 침착함을 유지하던 마이크는 갑자기 말을 더듬었다.

"그, 아, 으……."

전화기를 타고 둔탁한 소리가 들려오자 스토니는 급히 마이크를 불렀다.

"마이크! 마이크!"

대답이 없자 스토니는 마이크가 쓰러졌다는 걸 직감했다. 사람들의 외침과 웅성거리는 소리가 들리는 걸 보니 다행히 주변에 사람들이 있는 모양이었다. 이윽고 누군가의 목소리가 전화기에서 흘러나오자 스토니는 애써 숨을 고르며 차분히 말했다.

"거기 쓰러진 사람은 마이크 미켈슨, MIT 교수입니다. 911에 신고해주시면 감사하겠습니다."

"여기 MIT예요. 이미 신고했고 앰뷸런스가 보스턴대학병원으로 간대요. 휴대폰은 응급요원에게 맡길게요."

스토니는 전화기를 던지다시피 하고 차를 공항으로 몰았

다. 신호를 기다리는 동안 바깥을 바라보는 스토니의 뇌리에 숨을 거두기 직전 거친 숨을 몰아쉬며 아버지가 남겼던 마지막 당부가 되살아났다.

"스토니, 마이크를 부탁한다. 걔는 심성이 착하고 연약한 만큼 반드시 뒤를 받쳐주어야 해. 부디 네가 나 대신 아비 노릇을 해줘야 한다."

이 한마디를 끝으로 아버지는 눈을 감았고 자신은 무슨 일이 있어도 아버지의 당부를 지키리라 맹세했다.

하지만 스토니는 공항으로 가는 도중 특수전사령부의 비상 전화를 받고는 방향을 돌려야만 했다. 그는 짧은 메시지를 남겼다.

"마이크, 무슨 일이 있어도 밀라나를 구해낼게. 이 형이 약속한다."

조급한 표정으로 스토니를 기다리던 특수전사령관은 그가 도착하자 바로 백악관으로 출발했다. 동승한 자동차 안에서 사령관은 스토니로부터 보스턴에 가려던 이유를 보고받았다.

"동생의 약혼자가 하르툼에 납치되어있습니다."

스토니의 한마디에 사령관은 눈이 휘둥그레졌다. 본래도 특수전사령부 요원은 가족에게 심상치 않은 일이 생기면 보고하게 되어있었지만 지금 스토니의 입에서 터져 나온 말은 그 정도의 의례적인 것이 아니었다.

"마이크 말인가?"

사령관도 마이크를 아는지라 깜짝 놀란 표정이었다.

"그렇습니다."

"부르한 쪽인가, 다갈로 쪽인가?"

"정보가 부족해 특정하기는 어렵습니다."

스토니로부터 자초지종을 설명받고 난 사령관은 짧은 신음을 내뱉었다.

"음, 이건 대통령님께 말씀드려야겠어."

스토니는 극비리에 진행 중인 오퍼레이션 네버어게인의 핵심 브레인이었고 러시아인인 밀라나와 관계가 있다는 사실은 이미 조명된 바가 있었다. 직감적으로 이 일을 묻어두어서는 안 된다고 판단한 사령관이 보고를 올리자 바이든 대통령은 극비 회의가 끝난 후 안보보좌관과 함께 스토니를 불렀다.

"러시아 정부가 전혀 안 움직인다고?"

"아무 도움을 못 받고 있습니다."

"당장 구해야지. 스토니 대령의 일인데."

바이든은 밀라나가 러시아인이라는 점에 특히 관심을 가지는 기색이었다. 푸틴과의 대결에 온 신경을 쓰고 있는 그에게 국제 구호 업무에 종사하는 러시아 여성을 러시아가 아닌 미국이 구출한다는 것의 의미는 남달랐다.

"감사합니다, 대통령님."

정치적 계산이 탁월한 바이든은 바로 명령을 내렸다.

"아니, 이런 명령을 내릴 수 있는 위치에 있는 게 자랑스럽네. 이토록 감동을 주는 여성을 구하는 게 바로 우리 미합중국의 존재 이유 아니겠나. 그리고 설리번, 그 몹쓸 범죄 집단도 깨끗이 제거해버리게."

바이든은 안보보좌관에게 추가 지시까지 내린 후 자리를 떠났다.

대통령의 지시를 받은 안보보좌관은 군 지휘관들을 불러 작전회의를 열었다. 회의에서는 지부티의 공군기지와 홍해에 떠있는 항공모함을 동원할 것이 논의되었으나 문제는 육군이나 해병대 같은 지상 전력이었다.

"사람을 구하려면 지상 전력이 하르툼에 들어가야 하는데 거기는 부르한군과 다갈로군 사이의 격전이 말할 수 없이 치열합니다."

북부사령관이 난색을 표했다.

"일단 하르툼의 범죄 현장 부근을 공중에서 맹폭격한 다

음 공정대가 낙하하면 되지 않을까? 아프간 경험이 있는 제4
보병전투여단이나 제82 공정여단이 그런 작전에는 제격이잖
소?"

"문제는 얼마의 병력을 보낼 것인가 하는 겁니다. 최소 3개
중대 정도의 지상군이 들어가야 하는데 이 병력을 보호하려
면 거의 전쟁 수준으로 하르툼을 두들겨야 합니다."

"으음."

설리번 안보보좌관은 신음을 내뱉었다. 현재 미국은 수단
내전에 대해 철저히 중립을 지키고 있는 터라 어떤 한 세력을
움직일 수 없는 처지였다. 더욱 큰 문제는 사우디아라비아를
비롯한 많은 나라들이 수단 내전과 정치적 이해관계를 갖고
있기 때문에 미군의 대규모 개입은 자칫하면 생각지 못한 방
향으로 일을 키울 수 있었다.

게다가 과연 어떤 자들이 만행을 저질렀고 밀라나를 납치
했는지 확실한 정보조차 없었다. 중소 군벌들이 정부군과 반
군 사이를 왔다 갔다 하는 수단에서는 일사불란하게 적을 특
정하기가 어려웠다. 현장 경험이 많은 특수전사령관이 입을
뗐다.

"수단에서는 중소 군벌들이 카멜레온처럼 몸 색깔을 수시
로 바꾸고 있으니 어느 쪽을 적으로 해야 할지 어렵습니다.

이런 식의 작전은 오류를 범할 가능성이 너무 커 당장 폭격하고 공정대를 투하하는 작전을 실행하기는 어렵습니다."

경험 많은 현장 지휘관 출신들이 대개 고개를 끄덕이며 공감을 표시했다.

"마침 피랍자가 러시아인인 관계로 놈들이 당장 어떻게 하지는 않을 수도 있습니다. 불확실하기는 하지만."

"그렇다 해서 대통령의 지시를 미룰 수는 없어요."

설리번의 반박에 고개를 끄덕이면서도 특수전 전문가로서 사령관은 자신의 주장을 밀고 나갔다.

"대규모 군사작전을 하기 전에 한번 시도해볼 일이 있습니다."

"다른 방법이 있다는 거요?"

"생각나는 사람이 있습니다."

"생각나는 사람?"

"케빈 한. 수단 현지에 보내 확실한 정보를 탐지하고 작전의 골격을 짤 사람입니다. 마침 스토니 대령과 사관학교 동기이니 호흡도 잘 맞을 겁니다."

"지금 뭘 하고 있소?"

"뭘 하고 있는지는 확실치 않으나 틀림없이 일을 한번 맡겨볼 만한 사람입니다."

“사령관이 보증할 수 있소?”

뜻밖의 요구에 잠시 멈칫했던 사령관은 이내 스스로에게 다짐하듯 묵직한 목소리를 내보냈다.

“보증하겠습니다!”

“대통령의 지시가 있었으니 마냥 기다릴 수는 없소. 서두르시오.”

“알겠습니다.”

에티오피아의 한국인

　에티오피아에서도 두메산골인 아둘랄라의 주민들은 일요일임에도 불구하고 어른 아이 할 것 없이 움직일 수 있는 사람은 하나도 빼놓지 않고 나와 땅을 파고 흙을 날랐다. 힘든 작업임에도 불구하고 모두의 얼굴은 희망과 기쁨으로 넘쳐났다.

　"영차, 영차, 땅을 파라, 흙을 날라라, 우리 동네에 저수지가 생긴다네!"

　신이 나서 춤을 추며 일하는 사람들도 있었고 두 몫 세 몫도 자진해서 해젖히는 사람들도 있었다.

　"저수지가 뭐야?"

　연중 비 오는 기간이 한 달에 불과했음에도 수천 년을 비가 오면 오는 그대로 흘려보내기만 했던 아둘랄라 사람들은 최근까지도 물을 가두어놓고 사용한다는 생각을 하지 못하고 있었던 것이다.

"비가 오면 물을 가두어두는 거야."

케빈이 오기 전까지 사람들은 매일 5킬로미터나 떨어진 아와시 강으로 커다란 통을 들고 가 물을 길어 와야만 했는데 이 일은 대개 아이들이 도맡았다. 그러다 보니 하루 온종일 물 길으러 다니는 게 일과의 전부라 아이들은 자유롭게 놀 수도 없었고 공부를 한다는 건 꿈도 꾸지 못했다.

"세상에! 물을 이렇게 쉽게 얻을 수 있다니!"

케빈이 땅을 파 관을 묻고 펌프로 끌어 올린 물을 탱크에 가득 채워 마을에서 수도꼭지를 틀기만 하면 맑고 시원한 물이 콸콸 쏟아지게 해준 덕분에 아이들은 매일의 고된 중노동에서 벗어날 수 있었다. 자유로운 시간을 갖게 된 아이들은 케빈이 만든 학교에서 글을 배우고 음악을 배웠으며 운동을 했다.

생활용수를 완전히 해결했음에도 지금 저수지를 파는 대형 관개사업을 하는 이유는 케빈이 온 후 시작한 논농사의 규모가 날로 커졌기 때문이었다. 언제나 물이 모자라는 아둘랄라 마을에서는 무언가를 경작한다는 건 생각도 하지 못했지만 강물을 마음껏 끌어 쓰면서부터 각종 작물을 경작하기 시작했고 무엇보다도 쌀이라는 소중한 식량을 스스로 만들어 먹을 수 있게 된 것이었다.

"그는 신이 보내준 사람이다!"

마을 사람들은 차츰 그를 신의 사자라 생각하기 시작했다. 그가 움직이기만 하면 물이 흘러넘쳤고 식량이 쏟아졌으며 가축이 열 배로 많아지고 잠바바 공예품이 훨씬 아름다워졌다. 여자들은 재봉 기술도 배워 아이들에게 단복을 입혀 유치원과 학교에 보냈으며 공예품과 함께 옷을 이웃의 큰 마을 시장에 내다 팔아 돈벌이를 했다. 사람들은 일하는 게 즐겁다는 걸 처음으로 느끼기 시작했고 일하는 것의 의미를 깨닫기 시작했다. 이에 따라 협동심이 중요함을 배워 서로 아끼고 위할 줄도 알게 되었다.

"이제 이 마을에도 미래가 있다."

아둘랄라 마을만이 아니었다. 케빈은 가끔 다른 마을을 방문해 아둘랄라 마을에서와 마찬가지로 식수 문제를 해결해주었으며 농작을 가르쳤고 양계와 목축, 그리고 공예와 재봉 등 여성들이 일을 할 수 있게 만들어주어 소득과 자존감을 올려주었다.

"와!"

남녀노소를 막론하고 저수지 공사에 땀을 뻘뻘 흘리던 사람들 사이에서 환호성이 일었다. 누군가 손짓을 하는 방향으로 눈길을 모은 사람들의 망막에 그림과도 같이 멋들어진 자동차 한 대가 맺혔다. 수도 아디스아바바에나 겨우 몇 대 있을 법한 차는 뽀얀 흙먼지를 날리며 달려와 마을 어귀에 정지했다. 차에서 내린 사람은 한 젊은 신사였고 그를 목격한 사람들은 앞을 다투어 케빈에게로 뛰어갔다. 마을회관의 화장실에서 똥을 퍼 지게에 지고 나르는 중이던 케빈은 그 상태로 사람들에게 이끌려 성큼성큼 걸어오는 신사와 마주쳤다.

"스토니!"

"케빈!"

"여긴 웬일이야!"

조심스레 똥지게를 내려놓은 케빈은 스토니와 서로 굳게 껴안았다. 양복을 깔끔하게 받쳐 입은 스토니가 풀풀 풍기는 똥 냄새에 전혀 개의치 않고 케빈을 힘껏 껴안자 사람들은 박수를 치며 웃었다.

"긴히 할 얘기가 있네."

두 사람은 해군사관학교 동기로 누구보다 친했으며 서로를 잘 알았고 상대의 능력과 역량을 인정하고 존중했다. 특히 케빈의 내밀한 부분까지도 세세히 아는 스토니는 케빈의 능력에 혀를 내두른 적이 한두 번이 아니어서 그를 슈퍼맨이라 부르곤 했었다. 스토니는 해군사관학교를 수석으로 졸업했지만 그는 케빈이 자신에게 그 자리를 양보했다는 것을 잘 알았다. 수석이니 뭐니 하는 타이틀은 전혀 의미가 없다는 듯 케빈은 동료들과 경쟁하려 들지 않았고 오로지 자신의 한계에 도전하곤 했었다.

그는 놀라운 두뇌를 가졌지만 무엇보다도 종합적, 입체적 사고에 특출해 누구도 풀지 못하는 문제를 해결하는 데 있어 타의 추종을 불허했다. 하여 특수전사령관을 비롯해 그를 잘 아는 사람들은 도저히 해결할 길 없는 어려운 문제에 맞닥뜨리면 곧잘 그를 떠올리곤 했다.

케빈의 허름한 사무실로 자리를 옮긴 두 사람은 커피를 앞에 놓고 앉았다.

"마이크 말이야."

스토니는 근심스런 표정으로 전후 사정을 설명하고는 마지막에 특수전사령관의 요청을 전달했다.

"이런 난점 때문에 펜튼 사령관은 자네가 수단에 가 작전의 골격을 짜주기를 바라는 거야. 당사자인 나도 마찬가지고."

스토니가 마지막 한마디를 마치자 케빈은 바로 입을 열었다.

"지부티 공군기지의 전폭기들이 뜨고 홍해의 항공모함이 움직이고 본토의 공정여단까지 날아오면 비용이 최소 5억 달러는 들 거야."

"그래서 나도 참 곤란하네. 하지만 어떻게든 피랍자를 구하라는 대통령 지시이니……."

"적지 않은 목숨을 잃을 수도 있고."

스토니의 안색이 무거워졌다. 아무리 대통령이 우크라이나 전쟁 와중에 러시아인을 구하는 의미와 가치를 역설했어도 기본적으로 이 작전은 자신 때문에 시작된 것이라 부담스럽기 짝이 없었다. 하지만 마이크를 생각하면 그가 가야 할 길은 하나뿐이었다.

"그런데 이 지점에서 나는 도대체 자네가 어떤 극비 작전에 개입되어있는가 하는 질문을 던지지 않을 수 없군."

"무슨 말인가?"

"대통령이 러시아인 운운하며 명분을 둘러대긴 했지만 5억 달러와 공정대원의 희생이 불가피한 작전을 사실상 한 사람 때문에 진행하는 거 아닌가. 그것도 계급이 대령에 불과한."

"사람을 곤란하게 만드는 건 예나 지금이나 변한 게 없군."

"물론 극비겠지. 자네는 비밀 엄수 선서를 했을 테고. 따라서 자네의 대답은 말할 수 없으니 한 번 봐달라는 것일 테고."

"다 알면서 구태여 나를 괴롭혀야 시원하겠어?"

"그래, 지금은 마이크 문제를 논의하지. 하지만 스토니, 나는 수단에 갈 생각이 없어."

당혹감으로 얼굴을 물들인 채 입술을 꾹 닫은 스토니를 향해 케빈은 선선히 웃으며 말했다.

"그 착한 러시아 여성을 살려내는 데는 5억 달러짜리 작전은커녕 단돈 5달러도 필요 없으니까."

"뭐? 어떻게?"

"어린 소녀들을 포함한 30여 명이 장기간 집단강간을 당하고 있는 현장에 달려간 수단 난민 캠프의 여성이 납치되었다고 기사를 내. 《뉴욕타임스》나 《워싱턴포스트》가 좋겠지. 그런 다음 회의 일정을 잡아."

"무슨 회의?"

"미국, 유럽, 중동, 아프리카의 관련국들이 모두 참여하는 회의 말이야. 그 회의에서 수단 내전 종식을 위해 부르한을 지지할지 다갈로를 지지할지 결정하는 거지."

"이 내전은 두 군벌 간의 권력 다툼이라 어느 한쪽도 국제적 지지를 받을 정당성이 없는데."

"지지하라는 게 아니고 어느 쪽을 지지할지 논의하란 말이야. 최대한 많은 사람들이 알도록."

"어느 쪽을 지지할지 논의하라고? 그게 지금 밀라나와 무슨……. 아!"

스토니는 돌연 얼굴이 환해지며 머리를 쳤다.

"신의 한 수야! 아무리 큰돈을 들여도 따라오지 못할 최고의 한 수군. 역시, 자네는 최고야. 나는 어서 돌아가야겠네!"

스토니의 보고를 받은 설리번 보좌관은 워싱턴포스트의 친한 기자 번호를 누르며 좌우로 머리를 흔들었다.

"이건 정말 놀라운 생각이군."

집단강간 보도에 이어 수단 내전 종식을 위한 국제회의가 열리며 이 회의에서 어느 쪽 군벌을 지지할지 결정한다는 뉴스가 이어지자 부르한도 다갈로도 아연 긴장했다. 이들은 민간인 살해, 약탈, 강간 등 국제회의에서 문제가 될 만한 비인도적 범죄의 책임을 서로 상대방에게 전가하는 선전전을 벌였고 무엇보다도 《워싱턴포스트》에 크게 보도된 집단강간에 대해서는 죽기 살기로 자신과 무관함을 주장하며 상대의 소행으로 밀어붙였다.

"장군, 큰일입니다. 그 여자를 납치한 건 메쿠리의 푸른수단군인데 메쿠리는 장군께 충성을 맹세했고 몇 차례 우리를 도와 상대를 공격한 일이 있었습니다."

"뭐라고? 메쿠리가!"

"부정할 수 없는 사실입니다."

"이런, 씨팔! 그 개자식이! 그놈은 부르한 쪽에도 붙었었잖아.”

“왔다 갔다 하는 놈이지만 우리 쪽과 더 많이 어울렸습니다. 흔적이 너무 많아 이제 와서 덮을 수는 없는 일입니다. 어쨌든 그들이 난민 캠프 여자를 감금해놓고 있습니다.”

다갈로의 얼굴은 흙빛이 되었다. 한참 고뇌하던 그는 기막힌 생각을 떠올렸는지 돌연 흉측한 웃음을 입가에 흘렸다.

“푸른수단군을 몰살시켜. 이 개자식들은 우리와도 어울렸지만 저놈들과도 어울렸어. 그러니 그 일은 피장파장이야. 지금은 누가 먼저 그놈을 응징해 정의를 실현하느냐가 초점이야. 메쿠리와 그의 패거리를 완전히 소탕하면 국제회의가 우리를 인정할 수밖에 없어.”

“먼저 메쿠리와 여자를 유인해내면 뒷일은 쉽습니다. 그놈은 아무것도 모르고 있으니 금을 나누어준다 하면 신이 나 달려올 겁니다.”

“좋아.”

“신문에 보도된 러시아 여자를 넘겨받는 즉시 우리가 정의의 사도가 됩니다. 국제회의는 이런 걸 제일 좋아하지 않습니까?”

“맞아, 내가 직접 전화를 하지. 그런데 여자를 무슨 명분으로 데리고 오라 하지? 내가 즐기려 한다 할까?”

"의심받을 겁니다. 러시아 여자 아닙니까?"

수단은 오래전부터 무기를 비롯해 모든 방면에서 러시아의 지원과 간섭을 받아왔기 때문에 러시아 여자를 어떻게 한다는 생각은 함부로 하기 어려웠다.

"러시아 측에 넘겨주려 한다 하면 좋겠습니다. 메쿠리도 여자를 어떻게 해야 할지 골치 아플 텐데 장군님이 러시아 측에 넘겨준다면 좋아할 겁니다."

"건드리지는 않았을까?"

"수단에서 러시아인이 어떤 위치인지는 장군님도 잘 알지 않습니까? 누가 러시아 출신 구호요원을 털끝이라도 건드리겠습니까? 여자를 해칠 용기는 없고 풀어주기도 찝찝하니 그냥 잡아놓고만 있는 겁니다."

"오케이."

이런 음모를 전혀 알 리 없는 메쿠리는 다갈로가 직접 전화를 걸어온 데다 금까지 주겠다 하자 입이 찢어졌다. 드디어 자신의 존재 가치가 제대로 부각되었다 생각한 그는 즉각 밀라나를 데리고 다갈로의 사령부로 들어왔다. 금광 지대를 장악하고 있는 다갈로는 수시로 자신에게 줄을 서는 군벌이나 용병들에게 황금을 나누어주었기 때문에 메쿠리는 기대감에 들떴다.

"저 여자인가?"

"러시아 측에 넘겨주면 아주 좋아할 것입니다."

"이 여자가 자네 부하들이 저지른 집단강간을 증언하면 어떻게 하지?"

"러시아라는 나라는 그런 일을 문제 삼은 적 없습니다. 저 여자는 오히려 제게 고마워하고 있습니다. 부하들이 가벼운 농담조차 못 하도록 제가 보호했으니 이제 장군님이 저 여자를 러시아에 넘겨주면 저 여자도 러시아도 아무 말 하지 않을 겁니다. 만약 문제가 되면 몇 놈에게 책임을 지워 처단하면 그만입니다. 하지만 그럴 염려 없는 것이 러시아는 절대로 이런 걸 문제 삼는 나라가 아닙니다."

"나도 그렇게 생각해."

다갈로는 밀라나를 데려오도록 한 다음 한껏 다정하게 손을 내밀었다.

"이제 걱정할 것 없어요. 내가 러시아에 보내줄 테니."

다갈로는 마치 밀라나를 구하기 위해 대가를 지불하는 것처럼 그녀의 눈앞에서 메쿠리에게 상당량의 황금을 내주었다. 메쿠리는 고개를 깊이 숙여 충성을 맹세한 후 다갈로의 방에서 나와 자신이 타고 온 차량의 뒷좌석에 앉았다. 그러나 다음 순간 메쿠리는 소스라치게 놀랐다. 부하들 대신 경호원 석에 있던 낯선 자들이 머리에 총을 겨눈 것이었다.

"뭐 하는 놈들이냐? 나는 지금 막 다갈로 장군을 만나고 나오는 길이다."

그러나 그의 입에 틀어박혀진 건 재갈이었다. 차가 향한 곳은 메쿠리의 본거지였지만 이미 수하들은 모두 사살당한 후였고 다갈로의 부하들은 그를 창고로 끌고 갔다.

"너희들을 집단강간 한 자들의 수괴가 이놈이 맞나?"

다갈로의 부관이 묻자 서른 명가량의 여자들이 일제히 소리 질렀다.

"바로 그놈이에요."

"자신의 모든 부하를 다 상대하라 했어요!"

"저 사람은 악마예요!"

"제발 천벌을 받게 해주세요."

부관은 메쿠리를 가리키며 울부짖는 여자들의 사진을 찍은 다음 메쿠리를 쏘아 죽이고 다갈로에게 전화로 보고했다.

"밀라나 양, 정의는 실현되었어요. 이 모든 건 밀라나 양 덕분이에요. 우리 모두 까맣게 모르고 있었는데 밀라나 양이 용감하게 나서 세상에 알려지게 되었어요. 이제 밀라나 양은 러시아로 안전하게 돌아가게 될 겁니다."

"감사해요. 하지만 저는 여기 남을 거예요."

"왜요?"

"할 일이 많아요. 너무 많은 사람들이 굶고 학대당하고 강간당하고 죽어가고 있어요. 이곳을 버리고 돌아가는 건 제게 큰 고통이에요."

다갈로는 잠시 고민했다. 쫓아버려야 뒤가 깨끗할 텐데 그렇다고 강제로 보내버릴 수는 없었다. 국제회의를 의식한 그는 오히려 선심을 베풀었다.

"알겠어요. 트럭 열 대분의 물자를 밀라나 양이 일하는 캠프에 기부하겠습니다. 그리고 안전을 보장할 테니 마음껏 불쌍한 사람들을 도우세요. 나도 최대한 양보해 빨리 이 내전을 끝내도록 하겠습니다. 아, 이렇게 눈물이 날 수가."

진심인지 가식인지 분명하지는 않았으나 다갈로는 크게 감동한 표정으로 사진사를 불러 밀라나와 악수하는 사진을 찍었다.

오퍼레이션 네버어게인

　밀라나가 풀려났다는 소식에 마이크와 스토니는 물론 여러 지휘관들은 환호했다. 안보보좌관으로부터 자초지종을 보고 받은 바이든은 자신의 귀를 의심하는 표정이었다. 무려 30년 이상 미국 외교의 한복판에서 수백 번의 이런저런 군사작전에 관여했던 그로서도 이렇듯 완벽하고 깔끔한 성공은 한 번도 경험해보지 못한 터라 특수전사령관과 스토니를 따로 불러 케빈에 대해 자세히 물었다.

　"본래 대단한 인물이었습니다. 해군사관학교를 졸업하고 몇 개의 임무에서 입지전적인 성과를 올렸었습니다. 하지만 자신을 완전히 드러내지 않는 습관이랄까, 철학이랄까 그런 게 있어 공을 남들에게 다 돌렸었지요. 동기 수석조차 남몰래 제게 양보했었습니다."

"기이한 친구로군. 그런데 펜튼."

"네, 각하."

"방금 떠오른 생각인데 이 사람을 오퍼레이션에 참여시키면 어떨까?"

특수전사령관은 바이든을 정면으로 응시했다. 밀라나가 풀려났단 소식을 듣자마자 케빈과 오퍼레이션 네버어게인을 연결시키면 좋을 텐데 하는 생각을 하고 있었다. 그런데 대통령이 마치 자신의 속에 들어와본 것처럼 이야기를 꺼낸 것이었다.

"더할 나위 없이 좋은 일이긴 합니다. 하지만 그가 미국을 떠난 지 오래라 어떻게 될지 모르겠습니다."

"내가 만나 설득하겠네. 워싱턴까지 데려오는 일은 스토니 자네가 맡게나. 지금 어디에 있다 그랬지?"

"에티오피아입니다."

"무슨 일을 한다고?"

"제가 간 날은 똥을 퍼 나르고 있더군요."

"뭐라고? 똥을?"

"예. 아무리 봉사라지만."

"그런 수재가 에티오피아 무지렁뱅이들 똥을 치우고 있다고? 하하하! 최고야. 정말 최고로군!"

카사블랑카 공항에 도착해 케빈을 만난 스토니는 너스레를 떨었다.

"모로코까지 와달라고 부탁한 이유를 알겠나?"

"아둘랄라에는 술집이 없기 때문이겠지."

"하하."

"다음으로는 우리가 해군사관학교 시절 여기 왔었단 얘길 늘어놓을 테고."

"후후."

"술이 어느 정도 들어가면 용건이 나오겠지."

"하하, 여전하군."

"그래, 일단 마시고 보자. 너는 언제나 술을 한잔하고 나서야 용건을 꺼내곤 하는 멋이 있었지."

두 사람은 택시를 잡아타고 릭의 카페로 직행했다. 영화 〈카사블랑카〉가 주인공 릭의 카페를 중심으로 이루어지는 이야기인 만큼 이곳은 영화의 팬들에게 꿈과 낭만의 상징이었다. 스토니와 케빈은 이 카페에 독특한 추억을 갖고 있었다. 해군사관학교는 4학년이 되면 구축함을 타고 전 세계 바다를 순항하는데 영화 〈카사블랑카〉의 광팬인 두 사람은 함장을 속이고 릭의 카페에서 밤을 지새웠던 것이다.

"케빈, 그때 우리가 처음 시켰던 술 기억나?"

"모히토였지."

"그래, 모로코에 와서 모히토를 마시며 우습게도 쿠바 얘기를 했지."

"모히토는 헤밍웨이가 사랑했던 쿠바의 술이니까."

두 사람은 모히토를 마신 다음 당연한 코스라는 듯이 럼을 시켰다.

"옛날을 거꾸로 돌려보잔 말이야. 다음은 버번, 다음은 코냑, 마지막으로는 아꼈던 코르동 루즈 브뤼를 시켜야지."

"그래, 릭과 일사가 파리에서 열정을 불태우며 마셨던 술이지. 쯧, 그놈의 파리. 마지막 대사가 죽이잖아. 어제 되찾은 기억은 파리의 추억으로 남기자."

"네가 제일 좋아하는 영화가 〈카사블랑카〉라는 걸 알았을 때 나는 너를 위해 죽을 수도 있다 생각했어. 나 역시 그 영화를 제일 좋아했고 젊었을 때는 진짜 누군가를 위해 죽는 걸 최고의 낭만으로 추구했으니까."

"좋은 시절이었지."

"그 후 히긴스의 노래가 나왔고 그때부터 그 노래는 나의 십팔번이 되었어. 나는 지금도 노상 흥얼거려. 기쁠 때나 슬플 때나."

"아, 카사블랑카의 키스는 여전히 황홀하지만 당신의 숨결을 느낄 수 없는 키스는 키스가 아니죠."

"케빈, 너는 정말 진정한 친구야. 예나 지금이나 우리는 똑같아."

워싱턴에서 세계 전략을 짜는 스토니에게도, 5년간이나 에티오피아의 두메산골에서 흙먼지를 마시며 살아온 케빈에게도 릭의 카페에서 마시는 술은 과거의 기억을 고스란히 떠올리게 해주었다. 영화에서 나왔던 갖가지 술을 돌아가며 다 마신 다음 호텔 객실로 자리를 옮겨 본론을 꺼내는 스토니의 목소리는 추억과 낭만 사이를 더듬어가다 곧 적당한 틈을 비집고 들었다. 숨길 수 없는 긴박함이 묻어나오는 한마디가 케빈에게로 향했다.

"우크라이나 전쟁은 사실상 미국이 치르고 있다는 건 자네도 잘 알겠지?"

케빈은 말없이 고개를 끄덕였다.

"사실 우리는 이 전쟁에 개입할 의도가 없었어. 본래는 경제 제재밖에는 달리 할 것이 없었거든."

"그런데 우크라이나 국민들이 감동을 주었다는 거지?"

"그래. 자유를 지키려는 우크라이나 국민들의 용기와 애국심이 세계를 흔들었어. 게다가 러시아 꼴통들은 무자비한 학

살과 고문으로 인간을 파괴하는 모습을 적나라하게 보였지. 하여 우크라이나를 외면하는 건 자유를 포기하는 것, 아니 인류의 미래를 포기하는 것과 같은 양상이 되어버린 거야."

"스토니, 너답지 않게 왜 이리 서론이 길어?"

"사실, 대통령께서 날 보내셨네."

케빈은 묵묵히 고개를 끄덕였다. 스토니가 이렇게 카사블랑카까지 날아와 돈을 마음껏 쓰며 분위기를 돋우는 데는 심상치 않은 제안이 있을 거라 생각하기는 했지만 대통령의 명을 갖고 왔다면 결코 예사로운 일이 아닐 것이었다.

"깊이 들여다보면 이 전쟁은 도깨비야."

"도깨비? 이길 수도 질 수도 없다는 뜻인가? 아니 좀 더 정확하게 얘기하면 우크라이나는 이겨서도 져서도 안 된다?"

"바로 그거야."

"러시아의 핵 때문에?"

"맞아."

"흠, 자네는 러시아 핵에 대비한 작전을 수행하고 있겠군. 내게 갖고 온 제안은 뭔가?"

"우리는 러시아가 핵을 쓸 여러 경우를 대비하고 있어. 각 단계별 대응책을 세우고 있는 거지."

"그렇겠지."

"러시아가 핵을 쓰지 않을 경우부터 보유 중인 핵을 모조리 전 세계에 날리는 단계까지 모든 시나리오를 연구하지만, 없어. 결국 핵이 쏘아지게 되면 그 순간부터는 미국이 할 수 있는 일이 없다는 결론만 나올 뿐이야."

스토니의 무력한 표정은 미국 정부의 고민을 그대로 전해 왔다. 아니 이것은 비단 미국 정부만의 고민은 아니었다. 나토의 모든 국가, 심지어는 한국과 일본, 캐나다, 호주까지 푸틴의 손가락 끝만 지켜보고 있는 것 말고는 달리 대처 방안이 없는 세계의 고민이자 인류의 고민이었다. 지금 당장도 우크라이나에서는 기형의 전쟁이 벌어지고 있는 중이었다. 러시아는 키이우를 비롯한 우크라이나 도시들을 마음껏 헤집어도 우크라이나는 러시아 영토를 향해 어떠한 치명적 무기도 쓸 수 없었다.

이러한 상황이라 푸틴은 제 마음대로 전쟁을 할 수 있었다. 모스크바에 포탄 하나 안 떨어지니 전혀 불안감을 느끼지 못하는 러시아 국민의 전쟁 지지율은 높을 수밖에 없었고 푸틴은 그들에게 여전히 위대한 지도자였다.

"미국이 유일하게 마음대로 할 수 있는 건 우크라이나에 대한 지원을 끊는 거야. 그것 말고는 무엇을 지원할지, 어느 규모로 지원할지 하나도 결정할 수가 없어. 우습게도 러시아와 싸우면서 러시아의 비위를 맞추고 있는 판이지."

"러시아 자체가 기형이라 벌어지는 일이야. 빈약하기 짝이 없는 재래식 군사력에 비해 상상조차 하기 어려운 핵무기들이 즐비하니 그 불균형을 상대할 전략이 쉽지 않겠지."

"바이든 대통령이 자네를 몹시 만나고 싶어 하네. 지난번 수단 작전에 완전히 매료되었어. 가줄 수 없겠나?"

"군을 떠난 지 오래인걸."

"만나주게. 자네의 영원한 카사블랑카 친구를 봐서라도."

며칠 후 워싱턴에 도착한 케빈은 백악관에서 안보보좌관과 비서실장을 만났다.

"태스크 포스의 구성원은 대통령 각하를 위시해 나와 비서실장, CIA 국장, 국방정보국장, 북부군사령관, 특수전사령관, 그리고 스토니 대령이오. 지금껏 러시아 핵공격에 대비한 모든 단계의 대응책을 수립했지만 솔직히 말하면 아무 대책도 없소. 대통령은 지난번 수단 사건을 해결한 것을 보고 당신을 반드시 영입해야만 한다 하셨소."

비서실장 역시 안보보좌관과 같은 이야기였다.

"대통령께서는 며칠 걸리겠지만 의회 지도자들과의 일정을 마치는 대로 당신을 만나고 싶어 해요. 태스크 포스가 무력감에서 벗어날 계기가 될 걸로 잔뜩 기대하고 있으니까요. 대통령과의 만남을 자연스럽게 하기 위해 비밀임무국에 발령을 냈소."

"나는 합류 의사를 밝히지 않았는데요."

"잠시 만나더라도 위장이 필요해요."

며칠 걸린다던 연락은 의외로 백악관을 나선 지 세 시간도 되지 않아 바로 당도했다. 호텔에 체크인해 샤워를 하던 도중 우웅 소리를 내며 백악관에서 제공받은 휴대폰이 진동했고 창에는 M2라는 표식이 떴다. 안보보좌관이었다.

"오늘밤 여덟 시까지 앤드루스로 가시오."

앤드루스 공군기지를 이륙한 민항기는 상공을 크게 한 번 선회한 다음 곧바로 대서양으로 나간 후 어둠을 뚫고 동쪽을 향해 긴 비행을 시작했다. 오랜 시간 정적만이 흐르는 어둠 속의 대서양을 가로지른 민항기는 유럽 대륙에 들어서고서도 한참을 날아 목적지 폴란드 바르샤바 공항에 사뿐히 내려앉았다.

여느 때와 다름없는 고요한 아침 풍경 속에 잠겨있는 듯 보이는 바르샤바 공항은 사실은 삼엄한 경계 태세가 발령된 상태였다. 새벽부터 대기하고 있던 정보부와 군부의 핵심 리더들은 조바심 속에 연신 시계를 보다 민항기가 착륙하자 아연 긴장했다. 비행기가 채 멈추기도 전에 활주로까지 진입한 다섯 대의 검정색 차량은 몇 안 되는 일행을 바르샤바 역으로 실어 날랐고 플랫폼에 대기하고 있던 기차는 이들이 오르자마자 동쪽을 향해 소리 없이 미끄러졌다.

이들이 도착한 곳은 열차 다이어그램상에서 지워진 키이우. 바로 전쟁이 한창인 우크라이나 수도였다. 플랫폼에 내리고 나서야 이 사람들의 정체가 드러나기 시작했다. 사람들에 둘러싸여 보이지 않았던 정중앙의 키 큰 사람이 두툼한 코트깃을 세우고는 선글라스를 꺼내 얼굴에 걸쳤다.

조 바이든.

놀라운 일이었다. 미국의 대통령이 미군이 주둔하지 않는 전쟁 지역에 모습을 나타낸 일은 역사상 처음이었다. 아프가니스탄에서 미군을 철수시켰던 과거의 초라한 모습과 달리 직접 몸을 던져 키이우의 땅을 밟은 바이든은 성큼성큼 걸어가며 친근한 호칭으로 상대를 불렀다.

"젤리!"

바이든은 그를 기다리던 젤렌스키 대통령에게 뜨거운 손을 내밀었고 두 사람이 악수하는 장면은 실시간으로 온 세계 언론의 뉴스 면을 도배했다.

미국이 바이든의 키이우행을 단순히 비밀로만 처리한 것은 아니었다. 미국은 언젠가부터 러시아의 푸틴을 향해서 바이든 대통령이 우크라이나에 간다는 메시지를 공공연하게 내보냈다. 러시아가 바이든의 방문을 알고서도 수용할 수밖에 없듯이 세계가 러시아의 뜻대로만 흘러가지는 않으리라는 일종의 선언, 그리고 실제로 바이든은 키이우에 나타난 것이었다.

"나는 이 자리에서 세상의 민주주의를 말살하려고 하는 모든 독재자에게 한마디 하겠습니다. 내가 이들에게 해줄 수 있는 말은 그야말로 단 한 마디입니다. 유 쉘 네버 윈, 유 쉘 겟 낫싱!"

바이든의 방문은 우크라이나를 흥분과 열광의 도가니에 빠뜨렸다. 미국 대통령이 미사일이 노상 날아오고 있는 키이우를 방문했다는 사실의 상징적 의미는 지대했다. 우크라이나 지도자들을 접견해 용기를 북돋우고 성 미카엘 성당을 방문해 평화와 사랑의 기도를 올리고 떠난 바이든의 다섯 시간 방문은 천사의 강림과 다를 바 없었다.

"미스터 한."

대기하고 있던 에어포스 원이 바르샤바 공항을 이륙해 대서양을 한참 날고 나서야 비로소 바이든은 케빈을 불렀다. 바이든이 우크라이나를 깜짝 방문할 동안 기내에서 대기하고 있던 케빈은 바이든이 손을 내밀자 물끄러미 손을 바라보다 한 박자 늦게 그 손을 잡았다.

"하하. 참모들과 젤렌스키의 요구를 검토하느라 시간이 좀 걸렸네. 그 친구 늘 무리한 요구를 해서 말이야."

"그렇습니까?"

"지루했을 텐데 미안하네. 자네는 노출시키고 싶지 않은 인물이라 비행기에 머무르게 했어. 이해해주게. 지금 이 자리야말로 세상에서 가장 비밀스러운 순간이니까."

바이든은 키이우 기습 방문의 성공을 무척 즐기는 표정이었다.

"푸틴 놈, 내가 벼락같이 키이우에 나타날 줄은 몰랐겠지. 트럼프도 그랬을 테고. 트럼프, 그자가 진짜 문제야. 젤렌스키도 그걸 무서워하더군. 트럼프의 당선은 우크라이나의 절망이야. 아니, 우크라이나뿐 아니라 전 세계 자유민주주의의 종말일세."

"……."

"그의 성공 자체가 미국의 비극이야."

잠시 찌푸렸던 바이든은 의지가 실린 표정으로 케빈을 바라보았다.

"어쨌든 푸틴을 반드시 주저앉혀야 해. 자유민주주의를 위해서도, 또 미국을 위해서도."

케빈이 고개를 끄덕이는 가운데 바이든은 말을 이어나갔다.

"그자는 심각한 상황이 되면 반드시 핵으로 세계를 위협하고 나올 텐데 여기에 대한 대응책이 전혀 없단 말이야. 그러니 제대로 된 전쟁을 할 수가 없는 거야."

"심지어는 휴전을 위해서도 핵공격을 할 수 있을 겁니다."

"바로 그거야. 푸틴은 눈 뜨고 비참한 휴전에 서명하느니 극단적 선택을 할 가능성이 높아. 그러니 이 전쟁은 이길 수도, 유리한 휴전을 할 수도 없지. 그럼 결국 어떻게 되겠나?"

"……."

"이길 수 없는 전쟁을 독려한 내가 푸틴에게 지는 거야. 트럼프에게도."

조금 전까지의 유쾌한 표정은 어느새 사라지고 낙담한 바이든의 얼굴은 금세 창백해졌다. 순식간에 활기가 꺼져버린 늙은이의 눈길이 케빈을 향했다.

"그 어느 전문가와 엘리트의 눈에도 방법이 보이질 않네. 그러니 바깥에서 생각지도 못한 각도로 이 사태를 관찰하고 접근하는 사람이 필요했네. 전문가이면서도 거리가 먼 사람.

사태를 관망하면서도 면밀히 해답을 찾아보는 사람 말일세."

"이 전쟁의 추이를 생각해본 적은 있습니다."

케빈은 담담히 답했고 바이든은 기대를 품은 얼굴로 물었다.

"케빈, 내게 해줄 말이 없나?"

그러나 그의 입에서 흘러나온 말은 바이든이 예상했던 것과는 달랐다.

"이 전쟁은 대통령 각하에게도 책임이 있습니다."

"무슨 소린가?"

"러시아가 우크라이나 침공을 고심할 때 각하가 보인 모습은 가관이었습니다. 각하는 일관되게 미국은 우크라이나에 개입하지 않겠다 노래를 불렀습니다."

"음, 내가 푸틴의 침공을 유발했단 건가?"

"속마음이 어떻든 모호한 태도를 취했어야 합니다. 푸틴의 계산을 복잡하게 만들어야 했지요. 미국이 어떻게 나올까, 미국의 개입으로 실패하게 되면 모든 것이 끝장인데. 그런 고민에 끝없이 빠져들게 말입니다. 하지만 각하는 오히려 푸틴으로 하여금 이를 일거에 걷어내도록, 아주 시원한 결정을 내릴 수 있도록 도왔습니다."

"나는 우리 국민을 안심시키려 했던 거야."

"아무 말도 하지 않는 미국이 가장 거대하게 다가왔을 겁니다. 푸틴에게도, 국민에게도.”

바이든은 불편한 기색을 감추지 않고 인상을 찌푸린 채 눈길을 비켰다. 그는 잠시 손끝으로 책상을 두드리다 입을 열었다.

“여하튼, 지금 푸틴의 핵 공갈에 대응할 방법을 생각해본 적이 있나?”

“러시아 국민들을 일깨워야 합니다.”

“러시아 국민? 푸틴 지지율이 80퍼센트도 넘는데. 전쟁 지지도 또한 마찬가지고.”

“그래서 더 그렇습니다. 푸틴과 러시아 국민을 갈라놓는 게 전략의 첫걸음이 되어야 합니다. 푸틴이 어떤 논리로 국민을 철저히 자기편으로 만들었는지 기억하십니까?”

“말해보게.”

“트럼프와 같습니다. 미국을 다시 위대하게! 마찬가지로, 러시아를 다시 위대하게.”

“똑같은 사기꾼들이지. 아주 비슷한 놈들이야.”

“러시아인들은 환호할 수밖에 없었습니다. 소련 해체 후 러시아 국민들의 자존감은 그야말로 바닥을 기었으니까. 그 바탕 위에서 푸틴은 자신과 러시아 국민을 불의 심판자로 함께 묶었습니다.”

“무슨 소린가?”

"서방의 약속 위반. 과거 독일 통일 당시 미국과 영국은 나토가 단 1인치도 동진하지 않겠다는 약속으로 러시아의 동의를 얻어냈었습니다. 그러나 지금은 우크라이나를 제외한 거의 모든 유럽 국가가 나토의 회원국이지요. 푸틴은 그것을 규탄하고 있습니다. 모든 것을 빼앗기고 있다고. 우크라이나까지 넘어가면 러시아의 내일은 없다는 말로 러시아 국민의 애국심에 불을 지르고 있는 겁니다."

"교활한 자야."

"그리고 우크라이나의 약속 위반."

"우크라이나?"

"민스크 협정입니다. 친러주의자가 많은 도네츠크와 루한스크 지역의 특별 지위에 대한 약속 말입니다. 우크라이나는 이를 위해 헌법 개정을 약속했지만 전혀 지키지 않았지요. 하물며 아조우 연대와 우크라이나 극우주의자들이 무자비한 탄압과 살육을 저질렀으니 친러주의자들을 지키려는 자신들은 선, 약속을 어긴 우크라이나는 악이 됩니다. 가슴에 불이 일며 러시아 국민들이 푸틴의 전쟁을 환영할 수밖에요. 어느 나라 국민이라도 같은 상황에 처하면 전쟁을 지지할 겁니다."

거기까지 듣던 바이든의 눈이 가늘어졌다.

"쭉 들어보니 자네는 마치 러시아가 옳고 미국이 틀리다고 말하는 것만 같군."

"신념과 민심은 참 쉽게도 들끓고 때때로 이반한다는 사실을 말씀드리는 것입니다."

바이든은 이해할 듯한 표정을 지었다.

"푸틴의 주장을 깨는 시각을 끌어다 러시아 국민 앞에 던져주란 말이군. 어떤 시각이지? 나토 동진의 약속 위반, 민스크 협정 위반, 그런 것들은 어떻게 깨뜨리나?"

"깨뜨릴 필요도 없습니다. 불법적이고 부도덕한 약속이니까요. 당사국의 동의도 없이 강대국끼리 제3국 미래를 결정한 약속입니다. 민스크 협정 또한 무수히 깨지는 국가 간 협정 중 하나일 뿐입니다. 그럴 때마다 전쟁이 정당화된다면 지구는 매일 전쟁을 치러야지요."

"그래, 그런 것들을 꼬집어 선전해야 한단 말인가? 당장 내일 푸틴이 핵을 쏠지 모르는 이때에 선전이라니. 그런 것으로 대응이 된단 말인가?"

"예."

바이든은 웃었다. 대단한 아이디어가 있을지 모른다는 기대는 깨져버렸지만 세상 물정 모르는 이 작자가 무어라 떠드는지 들어나 보자는 심정으로 그는 건조한 목소리를 내뱉었다.

"더 말해보게."

도청 방지가 가장 완벽하다는 에어포스 원에서도 케빈은 굳이 바이든의 귀에 입술을 바싹 가져다 대었다. 그리고 그간의 수없는 토론이 모두 소용없었음에도 또 이 새로운 사람에게 귀를 내밀고 있는 현실이 우스웠는지, 들릴락 말락 작은 목소리로 이어가는 케빈의 말이 우스웠는지 바이든의 얼굴에 지어졌던 억지 미소는 시간이 지날수록 차츰 사라졌다. 미소가 사라진 자리를 다시 채워나간 것은 긴장과 흥분, 그러나 얼마 지나지 않아 달아올랐던 열기는 모두 흩어져버리고 말았으며 마침내 케빈의 이야기가 끝난 순간 바이든은 세차게 고개를 저었다.

"터무니없어. 자네는 이상주의자야. 어쩌면 공상가이고. 도대체 누가 이런 생각에 찬성하겠나? 파멸이야, 한 걸음이라도 삐끗하는 순간."

케빈은 그럴 줄 알았다는 듯 담담한 표정이었고 그를 한참이나 바라보던 바이든은 이내 시선을 거두어 창밖으로 던지며 딱딱해진 목소리를 내뱉었다.

"그래, 자네는 에티오피아로 돌아가나?"

"더 큰 고통에 빠져있는 전쟁터의 난민에게 가볼 생각입니다. 에티오피아 주민들도 그러라 하겠지요. 가서 아둘랄라에 내밀었던 손길을 그들에게 내밀 겁니다."

"자네의 제안은 허황되지만 그 삶만은 존중하고 싶네. 미합중국 해군사관학교를 1등으로, 아니 2등이라 그랬나, 여하튼 그런 사람이 에티오피아 산골에서 똥지게를 지다가 이번에는 난민을 챙기겠다고 우크라이나로 달려가다니. 하지만 자네는 지나친 이상주의자야. 전쟁이란 그런 게 아니란 말일세."

대화는 그것으로 끝이었다. 하늘을 나는 내내 말없이 창밖만 바라보던 바이든은 착륙과 동시에 눈인사를 보내곤 비행기 밖으로 나가버렸다.

전쟁 영웅

　바이든을 떠나보내고 난 젤렌스키는 좀 더 담대한 구상을 펼쳤다. 그는 영웅이었다. 미국의 권고에도 개전 초기 망명을 거부하고 조국에 남은 건 강대국에 의해 침공을 당한 지도자들에게서 볼 수 없었던 모습이었다.

　젤렌스키는 코미디언 출신이라는 선입견과 편파 인사로 얼룩졌던 부정적 이미지를 이 한 번의 결정으로 완전히 벗어버렸다. 그는 누구보다도 열정적으로 전쟁터를 누비고 다녔고 세계를 돌아다니며 우크라이나를 향한 지원을 호소했다.

　어떠한 기교도 없는 그의 모습에 유럽 각국은 동조했다. 우크라이나가 넘어지면 다음은 당신들 차례라는 그의 경고와 호소, 그리고 무엇보다도 목숨을 아끼지 않고 나라를 지키려

드는 우크라이나인들의 모습은 전 세계인의 머리에 깊이 각인되었다.

전쟁 시작과 동시에 불과 3일이면 끝이 나리라던 군사 전문가들의 예상은 모조리 어긋났고 우크라이나 국민들의 용기는 통계와 과학과 분석이라는 청진기를 모조리 폐품으로 만들어버렸다. 우크라이나 국민들은 이 세상 어느 나라 국민들보다 용감했다.

남자들은 이를 악물고 군화를 신었고 가족들은 슬피 울면서도 전장으로 나가는 남편과 아버지와 아들을 붙잡지 않았다. 많은 나라의 젊은이들이 전쟁이 나자마자 또는 전쟁이 나기도 전에 외국으로 나가버렸던 것과는 정반대로 외국에 있던 우크라이나 남자들이 속속 귀환했다.

유럽 최고의 여성 모델이 전쟁이 일어나자 귀국하여 총을 잡았고 격투기 세계 챔피언이 돌아와 전투 중 사망했다. 젊은 연인들이 각자 의용군에 입대하기 위해 앞당겨 결혼을 한 뒤 그날 저녁 바로 군복으로 갈아입고 헤어지는 모습이나, 남편과 세 아들을 전장으로 내보내며 온 힘을 다해 웃음을 지어내는 나이 든 여성의 모습을 지켜보며 세계 각지에서 사람들은 눈물을 흘렸다. 몇 년 전에 목도했던 아프가니스탄과는 정반대의 모습에 미국과 나토는 기꺼이 우크라이나 지원에 가담

했다.

세계 2위의 군사 대국이라 알려진 것과 달리 러시아의 군사력은 처참한 수준이었고 서방의 무기는 놀라울 정도로 우수했다.

미국제 재블린은 한 사람이 어깨에 메고 쏘는 개인화기에 불과하지만 엄청난 파괴력을 과시했다. 거대한 러시아 탱크가 겨우 사십분의 일 가격도 안 되는 유도탄에 맞아 나가떨어지는 모습은 이제껏 비대하게만 보였던 러시아의 모습을 한없이 옹색하고 초라하게 만들었다. 러시아의 최첨단 비행기들도 맥을 못 추는 건 마찬가지였다.

미국과 나토의 지대공 미사일들은 수호이30을 비롯한 러시아의 최신예 전투기들을 함부로 우크라이나 상공에 나타나지 못하게 만들었다. 인공위성으로 감시하고 인공지능으로 통제되는 미국의 전쟁 지원 시스템은 줄자처럼 정확하게 전쟁을 경영해 러시아에게 치명타가 되었다.

무려 70여 년 전의 2차 대전 때와 별반 다를 것 없는 장비와 전술로 무장한 러시아 병사들은 어디서 누가 쏘는지도 모르는 미사일이나 포탄에 맞아 생을 마감해야 했다. 보이지 않는 적으로부터의 공격은 러시아군을 극도로 얼어붙게 만들었다. 적이 보여야 피하기도 하고 응사도 하고 반격도 할 텐데 보이지 않는 곳에서 최첨단 무기로 공격해오는 적에 대해서는 속수무책이었다. 무려 60킬로미터나 되는 긴 줄을 지어 키이우로 진입하던 러시아 탱크와 장갑차들은 소형 글라이더에 불과하다 여겼던 드론의 공격에 이동 불능에 빠지고 폭파되는 등 아비규환을 겪고 있었다.

"서방의 무기만 제대로 공급받으면 이 전쟁을 이길 수 있습니다!"

키이우를 지켜낸 위업을 달성한 지상군사령관 시르스키는 젤렌스키의 두 눈을 똑바로 들여다보며 자신감에 가득 찬 목소리를 밀어냈다.

"독일제 레오파르트2를 포함한 탱크 3백 대와 미국제 브래들리를 포함한 장갑차 5백 대만 얻어주시면 동부전선에서 러시아군을 밀어버릴 수 있습니다."

"아니, 내 목표는 그게 아니오."

젤렌스키의 눈길은 이글거리고 있었다.

"F-16까지 얻어내 크림반도까지 모조리 되찾는 거요. 우리가 싸우고 있지만 지금 이 전쟁은 사실상 미국과 러시아의 전쟁이오. 우리는 러시아의 푸틴도 푸틴이지만 바이든을 잘 분석해야 해요."

시르스키는 전적으로 동의한다는 표정을 지었다.

"나토 회원국들 중에는 우리의 나토 가입을 지지하는 나라들이 다수지만 가장 중요한 바이든은 줄곧 부정적 반응을 보여오고 있어요. 러시아와 정면으로 맞닥뜨리는 걸 겁내는 거요."

"우리로서는 죽고 사는 일인데 참 갑갑합니다."

"하지만 시간이 지나 선거가 다가오면 그는 변할 수밖에 없소. 우리가 지면 그도 지고 우리가 이기면 그도 이기는 거요. 영국도 점점 더 적극적으로 나올 거요. 브렉시트로 유럽에 대한 영향력을 거의 상실하고 있는 영국은 이번 전쟁을 친유럽의 기회로 삼고자 하는 의욕이 강해요. 장거리 미사일부터 F-16 전폭기 지원까지 영국이 앞장서고 있으니. 이런 나토 회원국 간의 관계를 잘 활용하다가 한순간에 기습 속도전으로 나가 크림을 장악해야 해요."

"말씀을 들으니 피가 끓어넘칩니다. 저는 크림을 되찾는 일에 제 목숨을 바치겠습니다."

"미국 내 지원 반대 목소리가 점점 커져가고 있는 만큼 우리가 확실한 전과를 올리지 못하면 바이든도 어쩔 도리가 없을 거요. 그러니 바이든도 우리를 밀고 우리도 바이든을 밀어야 하는 거요, 이 전쟁은."

"지지부진하면 비참한 상태에서 휴전을 강요당하게 된다는 걸 우리의 애국 용사들은 잘 알고 있습니다. 그리고 우크라이나가 가진 담보는 목숨밖에 없다는 것도요."

"가슴 아프지만 그것이 우리의 상황이오."

젤렌스키는 억지로 눈물을 참았다. 유리한 조건에서 휴전을 이끌어내려면 그만큼 머릿수를 더 바쳐야 한다는 강요는 나라를 이끄는 대통령으로서 도저히 국민에게 할 짓이 아니었다. 하지만 우크라이나가 서방의 지원을 조금이라도 더 받으려면 이 길밖에 없다는 것이 우크라이나의 슬픈 현실이었다.

전장에 임하는 우크라이나 병사들은 눈에 보이는 전과를 올리지 못하는 순간 서방이 지원을 끊는다는 걸 너무도 잘 알았고 따라서 모든 전투는 치열하기만 했다. 키이우에 진입하던 탱크 부대들은 드론의 공격에 멈추었기 때문에 그렇게까지 무자비한 유혈극이 벌어진 것은 아니었다. 우크라이나 북부의 모든 전투 역시 마찬가지였다. 헬리콥터와 전투기, 탱크와 장갑차들이 동원되었지만 그 거대한 기계들의 전쟁은 단순했다.

하지만 바흐무트, 그곳에서 사람과 사람이 목숨을 걸고 벌이는 백병전은 참혹했다. 심장이 관통당하고 머리가 부서져 뇌수가 흩어져도 러시아든 우크라이나든 전장에 내몰린 병사들은 죽음이 기다리는 곳으로 나아가야만 할 뿐이었다.

우크라이나군은 그나마 나은 편이었다. 다치거나 겁에 질리면 뒤로 돌아설 정도의 자유는 허용되었다. 다행스럽게도 서방의 수많은 지원 물자들 중에 방호가 되어있는 구급차들이 있었으며 후송될 수 있는 자유와 여유는 오히려 우크라이나 병사들로 하여금 한껏 애국심을 발휘하고 용기를 내서 앞으로 나아갈 수 있는 힘을 북돋아주었다.

그러나 러시아군의 사정은 지옥이었다.

"물러서는 자는 죽여라!"

최고사령관의 명령에 따라 러시아는 뒤로 물러서는 병사들을 즉결 처분하는 부대를 따로 편성했다. 뒤로 물러서는 것뿐만 아니라 심지어 어떤 경우에는 뒤를 돌아보기만 해도 총알이 날아왔으니 돌아서서 아군의 총에 머리를 맞고 죽는 것보다 차라리 앞으로 달려나가 우크라이나군의 총에 팔다리를 맞는 쪽이 살 가능성이 컸다. 적의 목숨을 빼앗겠다는 일념만으로 가장 원시적인 생물보다도 더 단순하게 오로지 앞을 향해서만 달려야 하는 러시아 병사들은 점점 괴물로 변해갔다. 어떤 날은 전투에서 목숨을 잃는 병사보다 술에 취해서, 또는 스스로의 목구멍에 총탄을 박아 넣음으로써 생을 마치는 병사들이 더 많을 지경이었다.

이렇듯 러시아군의 사기가 진흙탕에 뒹굴었지만 우크라이

나 병사들도 지쳐가기는 마찬가지였다. 수시로 동료와 친구들이 죽어나가는 바흐무트의 공방전은 너무나 오래 지속되었고 차츰 우크라이나 병사들 역시 땅에 들러붙은 채 그저 고개만 숙이고 있다가 실성하고 자살하는 일이 드물지 않게 일어나고 있었다.

"게라시모프 장군이다. 총참모장이 오셨다!"

변화는 러시아군에 먼저 찾아왔다. 러시아군의 상징과도 같은 게라시모프 총참모장이 모스크바에서 날아온 것이었다. 장장 50년을 러시아군에 몸담아온 그는 병사들의 심리를 잘 파악했다.

"도네츠크, 루한스크, 헤르손, 자포리자 모두 친러시아 지역이다. 이 지역 주민들은 간절히 러시아인이 되고 싶어 한다. 그런데 우크라이나 정부는 이들을 무력으로 짓밟았다. 이제 러시아는 일어서야만 한다. 러시아인이 되고 싶어 하는 사람들에게 러시아인이 될 수 있는 자유를 주어야만 한다. 우리가 아니면 누가 그 일을 할 수 있겠나!"

잔혹하고 무자비한 명령과 처형으로 체첸의 도살자라는 별명을 가진 수로비킨 전임 사령관과 차이를 두기 위해 게라시모프는 유연하고 감성적인 연설을 택했다. 그의 말 한 마디 한 마디는 러시아 병사의 머릿속에 울려 퍼졌다. 러시아 병사들은 처음으로 인간 대접을 받는 느낌이었다. 무능한 지휘관들에게 짐승 취급을 받으며 죽음으로 내몰렸던 병사들은 가슴 찡한 감동에 의욕이 솟았다.

　게라시모프의 연설을 듣고 난 병사들은 우크라이나 침공이 개시된 이후 어느 때보다도 용맹하게 앞을 향하여 전진했다. 달라진 러시아 병사들의 잔뜩 힘이 들어간 두 눈동자는 개미 새끼 한 마리라도 찾아내겠다는 듯 무서운 안광을 쏘아 내면서 전방을 향했다. 새롭게 기름을 가득 채운 탱크와 장갑차와 각종 야포들도 신속하게 전선을 향해 잇따라 배치되기 시작했다.

　"바흐무트를 죽음으로 사수하라!"

　완전히 달라진 러시아군 앞에 바흐무트의 우크라이나 병사들은 속속 죽음을 맞이할 뿐이었다. 이제까지 보여주었던 우크라이나 병사들의 애국심도 용기도 열정도 마치 노란 은행잎이 바람에 떨어지듯 바흐무트 평원에 차곡차곡 쌓였다. 러시아군은 우크라이나 참호를 향해 빗발치듯 총알을 쏟아부었고 우크라이나군 참호 바로 앞까지 기어와서는 수류탄을 집어넣곤 했다. 이처럼 용기백배한 러시아군은 전황을 완전히 바꾸어버렸다.

　당장 내일이면 요충지 바흐무트를 손에 넣고 샴페인을 터뜨릴 줄 알았던 우크라이나군은 이러한 러시아군의 공격을 더 이상 버텨내지 못했고 결국 후방으로의 한 줄기 좁다란 보급로를 빼고는 사방에서 포위당한 채 악전고투를 할 수밖에 없었다.

"이제 우리가 맡는다."

언제까지나 게라시모프를 최전선에 놔둘 수 없었던 푸틴은 전세가 호전되자 바흐무트의 주력을 다시 악명 높은 프리고진의 바그너 용병으로 대체했다. 게라시모프를 의식한 이들의 공격은 한층 더 무자비했고 잔인했다.

바흐무트 전투에서 수많은 전우를 잃은 우크라이나군의 사기는 떨어질 대로 떨어졌다. 공포에 울부짖으며 총알이 와도 피하기보다는 차라리 맞겠다며 몸을 고스란히 내보이는 병사들이 생겨났고 발작해 무기도 들지 않은 채 적을 향해 뛰어가다 수십 발의 총탄에 팔다리가 다 날아가버리는 병사도 생겼다.

"아앗!"

그러던 중 우크라이나 병사 하나가 갑자기 고함과 함께 몸을 날리며 진흙 구덩이 위로 떨어졌다. 참호에 몸을 숨기고 있던 다른 병사들은 저 또한 정신 발작의 한 증세려니 하는 눈으로 그를 쳐다만 보고 있었다. 왜 저러는 거야. 저 친구 굉장히 용감했었는데. 역시 결국 미쳐버렸나. 그토록 잘 싸우던

저 친구마저 미칠 수밖에 없었나. 병사들의 수군거림 속에서도 그 병사는 한동안 엎드린 채 일어나지 않았다.

몸을 날렸던 병사는 잠시 후 조금씩 몸을 옆으로 움직이며 조심스레 배 밑을 살폈다. 그 병사의 안도하는 표정을 보고서야 동료들은 무슨 일인지 짐작하기 시작했다. 쥐 새끼처럼 살금살금 기어온 러시아 병사가 개미굴에 돌멩이 놓듯 살짝 떨어뜨린 수류탄을 병사가 몸을 던져 덮어버린 것이었다.

일어나는 병사의 배 밑에 불발된 러시아제 수류탄이 깔려 있었던 것을 보고서야 병사들은 비로소 무슨 일이 일어났는지 확실히 알아차릴 수 있었다.

"아아!"

언제부턴가 용기도 애국심도 다 달아나버려 마치 메마른 벌레들의 군집 같았던 참호 속에 순식간에 전율의 환호성이 메아리쳤다. 누군가 자신들을 살리려고 몸을 던져 수류탄을 덮쳤다는 사실에 우크라이나 병사들의 메말랐던 눈동자에서 찝찔한 액체가 흘러나왔다. 여기저기서 훌쩍거리는 소리가 들렸고 패배주의만이 도사렸던 참호에서 새로운 정신이 태동했다.

"예수 그리스도께서 강림하셨다! 미하일은 예수님이 보낸 수호천사다!"

병사는 바로 부차에서 사라졌던 미하일이었다. 그가 보여준 희생은 감동의 물결이 되어 삽시간에 참호를 넘어 이웃 참호로, 그리고 다음 참호로, 또 그다음 참호로 들불처럼 번져갔다.

"우크라이나의 영광을 위하여!"

감격한 누군가가 앞으로 달려 나갔고 목숨을 내놓는 우크라이나 병사들이 뒤를 이었다. 패퇴하기 직전이었던 바흐무트의 전황은 갑자기 뒤집어졌고 미국과 나토는 이 기적과도 같은 역전을 지켜보면서 미적거리던 지원을 대거 늘려나갔다.

"러시아에 게라시모프가 있다면 우리에겐 미하일이 있다!"

바흐무트 전투가 끝난 후 지휘관도 동료 병사들도 미하일을 전쟁 영웅으로 추앙했고 지휘부에서는 망설임 없이 그에게 훈장을 수여했다. 이후로도 미하일은 신들린 사람처럼 주저 없이 자신의 목숨을 필요로 하는 곳이면 어디든 사양하지 않고 달려갔다. 이런 행위는 물론 저세상에서 자신을 기다리고 있을 부인과 딸을 만나기 위한 것이었지만 미하일은 좀체 죽어지지 않았다.

목숨을 던지려 하면 할수록 더욱더 미하일의 생명은 끈질기게 이어졌고 결국 그는 전쟁 영웅으로 확고히 자리매김하게 되었다. 하지만 어느 새벽 정찰에 나섰던 그는 연속해 날아온 세 발의 총탄을 맞고 풀숲에 쓰러지고 말았다. 동료들에게 업힌 채 살아 돌아온 그를 사령관은 무척 부담스러워했다. 전선의 희망인 그가 죽는다면 전군의 사기가 크게 떨어질 것을 염려한 사령관은 미하일의 반대에도 불구하고 후송 명령을 내리고 말았다.

"싫습니다. 저는 러시아 놈들을 하나라도 더 죽일 겁니다. 그리고 죽겠습니다."

"안 돼. 자네는 이미 수많은 우크라이나 병사들의 우상이야. 자신의 몸을 한번 살펴봐. 관통상만 셋이야. 이미 인간의 몸이 아니네."

"저는 살기 싫습니다. 아니, 이 전쟁터에 있는 것만이 제가 사는 길입니다."

"미하일, 이것은 작전명령이다. 너를 오데사에 있는 제13 통합병원으로 후송한다. 가서 하루 종일 술을 퍼마시든 수면제를 먹고 뒤집어져 자든 아내와 딸을 그리며 울부짖든 마음대로 해! 하지만 여기 있을 수는 없어!"

미하일은 어쩔 도리 없이 후송되고 말았다.

절망에서 싹튼 우정

"으아아악!"

"흐흐흐흑!"

오데사의 통합병원에서 미하일은 매일 팔다리가 잘리고 얼굴이나 머리가 반 이상 날아가버렸거나 내장이 쏟아져 나온 부상병들을 보아야 했으며, 밤이면 어둠 속에서 흐느끼는 목소리를 들어야 했다. 한 사람이 멈출 만하면 또 한 사람이 릴레이 선수처럼 바통을 이어받아 어머니를, 아내를, 그리고 자식의 이름을 애타게 불러대며 폐부를 찌르는 신음을 질러대는 건 가족을 잃은 미하일에게 너무도 견디기 힘든 고통이었다.

제정신으로는 한순간도 버텨내기 힘든 상황에서 조금씩 의식이 녹아내리다 보니 언젠가부터 미하일에게는 시트와 붕대에 밴 빨간 피가 오히려 정겹게 다가왔고 코를 찌르는 포르말린 냄새가 편안하게 느껴졌다. 죽으려는 일념으로 뛰어다니던 전쟁터에서는 적의 총알과 포탄이 없는 날들이 오히려 고통이었듯이 신음과 오열, 흐느낌이 없는 밤이면 잠을 이루지 못하는 게 오데사의 나날이었다.

"아아, 루슬라, 알리사!"

하루도 빠짐없이 이어지는 불면의 밤을 채우는 건 지우려 해도 지워지지 않는 그날의 기억이었다. 선명하게 떠오르는 아내와 딸의 모습. 귀청을 찢는 날카로운 비명은 아무리 귀를 막아도 종일 미하일을 따라다녔다. 하루하루가 고통의 연속이었지만 미하일은 어찌할 도리가 없었다.

"아아!"

미하일은 미쳐버릴 것 같은 일상을 견뎌내기 위해 한 가지 결심을 했다. 마약을 훔치기로 한 것이었다. 극심한 고통을 겪는 부상병들이 많아 오데사의 통합병원은 치료에 사용하기 위해 다량의 마약을 공급받고 있었다. 미하일은 어느 날 밤 어둠을 틈타 마약을 보관하고 있는 별관 보관실로 그림자처럼 움직였다. 특수부대 때부터 야수와도 같은 동작에는 이력이 난 터라 미하일은 누구의 눈에도 띄지 않고 마약이 있는 보관실에 다다를 수 있었다.

"젠장!"

잠긴 문이 디지털 넘버 외에 지문까지 맞추어야만 열린다는 사실을 알게 된 미하일의 입에서 저주인지 욕설인지 모를 한마디가 새어 나왔다.

잠금장치를 해결하는 게 불가능하다는 걸 깨달은 미하일의 눈길이 사방을 살피다 천장에서 멈췄다. 천장 위를 기면 어느 방이든 통할 수 있을 것 같았다. 미하일은 감시카메라의 사각지대를 찾아 미리 준비한 칼로 오랜 시간을 들여 천장의 패널을 뜯어내고는 그 자리에 다시 맞춰두었다. 다음 날 같은 시각에 알루미늄 사다리를 들고 돌아온 미하일은 천장 안으로 몸을 집어넣으려다 얇은 패널이 자신의 체중을 도저히 지탱할 수 없다는 걸 알고는 그냥 내려오고 말았다. 문은 잠금장치를 뚫을 수 없고 천장은 너무 약해 미하일은 보관실에서 마약을 훔쳐낼 길이 없었다. 이 도전은 오히려 미하일에게 약이 되었다. 이제야 할 일이 생긴 것이었다. 미하일은 어떻게 하면 마약을 훔쳐낼 수 있을까를 종일 고민했고 그러다 보니 매일 시달리던 괴로움에서 벗어날 수 있었다.

"후후."

미하일은 묘한 웃음을 지었다. 이 새로운 생각거리가 자신이 하루하루 살아가는 의미이고 위안이라는 생각이 들자 어느 정도 마음의 여유조차 생기는 듯했다.

미하일은 마약을 훔치는 방법에 대해서 매일 생각을 거듭했지만 도저히 성공에 이르는 길을 찾을 수 없었다. 천장 위를 기는 게 유일한 방법인 것 같은데 중력을 해결할 방법이 없었다. 단식을 해서 몸무게를 줄여보겠다는 계획까지 실행했던 미하일은 며칠 지나지 않아 그 또한 포기했다. 이 병원에서는 더러 있는 증상인 거식증으로 분류되어 의사와 간호사의 이목을 끌었을 뿐 체중은 얼마 줄지도 않았다. 이후로도 미하일은 무려 한 달이나 마약을 훔치려는 온갖 방법을 생각하고 몇 가지를 실행에 옮겨보았으나 모두 실패했다.

"뭐 하는 거요?"

그나마 가장 성공에 가까웠던 시도가 보관실을 출입하는 직원의 바로 뒤에서 모든 동작을 직원과 똑같이 하는 것이었다. 그가 오른발을 내밀면 같은 보폭으로 오른발을 내밀고 그가 팔을 휘저으면 똑같이 휘저어 마치 그림자처럼 바로 뒤를 따랐지만 인간의 육감이란 게 절대 만만한 것이 아니었다. 거의 성공할 뻔했으나 직원은 보관실에 들어서던 어느 순간 부지불식간에 뒤를 돌아다보았다. 웃으며 지루함을 탈출하는 놀이라 변명한 미하일은 조금만 더 하면 성공할 것 같다는 아쉬움에 이후로도 의사, 간호사 등 여러 상대를 대상으로 같은 시도를 반복했다. 하지만 상대는 어느 순간 한 번은 반드시 뒤를 돌아보았고 그때마다 미하일은 멋쩍게 웃으며 어릴 때 하던 그림자놀이라 변명하고는 돌아설 수밖에 없었다.

"전쟁 영웅이 머리는 꽝이군!"

어느 날도 마찬가지로 실패하고 돌아서는 순간 등 뒤에서 들려온 목소리에 미하일은 고개를 홱 돌렸다. 한 아시아인이 입가에 미소를 띤 채 서있었다.

"케빈이야."

미하일은 상대가 내민 손을 잠시 잡기는 했으나 이내 빼내 주머니에 집어넣고 말았다.

"난 자네가 무슨 생각 하는지 알지."

"무슨 소리야?"

"마약 훔치려는 거잖아."

미하일의 미간이 꿈틀했다. 그는 퉁명스러운 눈으로 케빈을 노려보았으나 구태여 부정하려 들지는 않았다.

"마약을 훔치는 게 소원이라면 내가 가르쳐주지. 전쟁 영웅에게 그 정도는 해줄 수 있어. 저기 벤치에 가서 앉을까."

불쾌한 마음이 없지는 않았지만 그렇게나 거듭 실패한 일을 거저먹기처럼 말하는 이 케빈은 대체 어떤 작자인가 싶어 미하일은 선선히 그를 따라 벤치에 앉았다.

"마약 보관실의 버튼은 네 자리의 숫자야. 사람마다 동작이 다르지만 누르는 숫자에 따라 팔꿈치의 움직임이 달라지지. 그 숫자 패드의 움직임을 따라가면."

"아?"

저도 모르게 숫자를 누르는 시늉을 해보던 미하일은 알겠다는 듯 짤막한 탄성을 뱉었다. 그러나 케빈은 고개를 가로저었다.

"무슨 생각을 하는지 알아. 1, 2, 3처럼 위에 있는 번호를 누를 때는 팔꿈치가 위로 올라가고, 7, 8, 9처럼 아래에 있는 번호를 누를 때는 내려간다고 생각하겠지. 하지만 잘 봐. 눈높이에 있는 패드를 누를 때는 그렇게 되겠지만 마약 보관실처럼 배꼽 위치에 있는 패드를 누를 때는."

"반대로군!"

"그래. 팔꿈치의 움직임은 정반대가 되지. 이 팔꿈치만 잘 봐도 무엇을 눌렀는지 전체적인 그림이 나온단 말이야. 어때. 전쟁 영웅의 눈썰미면 그 정도는 알 수 있을 것 같은데."

미하일은 고개를 끄덕이는 한편 미심쩍기도 해 애매한 표정으로 상대의 얼굴을 바라보았다. 살짝 튀어나온 이마에 깊숙한 눈매가 농담은커녕 가치 없는 말은 일절 하지 않을 것 같은 인상이었다. 눈이 마주친 케빈은 무슨 생각을 하는지 안다는 듯 편안한 웃음을 떠올렸고 머쓱해진 미하일은 팔꿈치를 가리켰다.

"팔 동작만으로 네 자리 번호를 확실히 알 수 있을 것 같지는 않은데."

"유추해내야지. 연습이 필요해. 내 뒤에 서서 팔 모양을 보고 맞혀봐."

케빈은 일어나 허공에 대고 번호를 눌렀고 미하일은 케빈의 하는 양을 잠자코 지켜보다 답했다.

"위, 위, 아래, 중간."

"맞아. 그럼 다음은 대각선 방향을 보고 말해봐."

"아래, 대각선 위, 옆, 중간."

"맞아. 머리는 나빠도 눈썰미는 좋네. 이제 숫자를 대입해봐. 애매할 때는 어깨의 움직임까지도 유심히 보면서."

미하일은 케빈의 말대로 패드의 위치를 짐작하며 숫자를 불렀다.

"하나만 틀렸어. 집중력이 좋은 눈이야. 조금만 연습하면 성공하겠어."

미하일은 신기한 기분에 스스로도 손을 뻗어 허공에 숫자를 짚으며 자신의 팔이 움직이는 모양을 지켜보았다.

"한 번 봐서는 틀릴 수도 있어. 여러 번 봐야 해. 대강의 움직임을 그린 뒤에는 몇 번 확인해보는 것이 좋겠지."

"자네는 이런 걸 어떻게 알았어? 생각해낸 거야, 훈련을 받은 거야?"

"쓸데없는 거 묻지 말고 자꾸 연습해."

"지문은?"

"지문은 쉽지. 테이프를 가져가서 키 판에 묻은 지문을 뜨기만 하면 돼. 그런 다음에 지문을 고운 찰흙에 묻히고 굳히면 끝이야."

"아!"

케빈의 방법은 너무도 간단하게 성공했다. 문을 열고 들어가 즐비한 마약 병을 앞에 둔 미하일의 입에서 자신도 모르게 웃음이 새어 나왔다. 실로 오랜만의 웃음이었다. 미하일은 약병에 전혀 손을 대지 않고 고스란히 그대로 둔 채 보관실을 나와 케빈의 병실로 찾아갔다.

"성공이야."

"내가 얘기했잖아. 자네 머리는 나빠도 눈은 좋다고. 그래 마약은 몇 병이나 훔쳐 왔어?"

"그냥 두었어. 마약이 목적이 아니었거든."

"그럼 왜 그렇게 죽자 사자 보관실 문을 못 열어 고민했던 거야?"

"글쎄."

"웃기는 친구군."

케빈이 한 번 픽 웃고는 돌아서자 미하일은 자신도 모르게 그를 불렀다.

"이봐, 케빈!"

"왜?"

"당신 얘기를 좀 해줘. 우크라이나 사람이 아닌데 왜 여기 온 거야? 여기는 전쟁에서 다친 병사만 오는 데잖아."

"국제군단이야. 본래는 전투 지역 난민을 도우러 왔는데 국제군단으로 등록해야 되더군. 도네츠크에서는 난민 지원이 바로 전투 지원이야."

"어느 나라에서 왔어?"

"한국."

케빈을 만난 이후부터 미하일은 힘을 찾았다. 너무나 어렵던 일을 손쉽게 해결한 그의 존재는 미하일에게 새로운 세계의 문을 열어주었고 미하일은 종일 그를 따라다녔다. 그가 밥을 먹으면 따라서 먹었고 그가 숲으로 산책을 나가면 따라서 나갔다. 그가 있는 병동으로 옮겨 그가 침대에서 눈을 붙일 때면 따라서 붙였고 한밤중에 그가 깨면 따라서 깨고 그를 따라가 커피를 같이 마셨다. 케빈은 아는 것이 많고 생각도 깊어 미하일은 그로부터 이제껏 자신은 경험해보지 못했던 것에 관한 이야기를 듣는 걸 좋아했다.

"아내와 딸은 케이크 먹는 걸 좋아했어. 특히 하얀 우유 같은 생크림을 잔뜩 얹은 부드러운 케이크를. 아주 특별한 기념일에 한 조각을 남겨두고 서로 눈치를 보다가 동시에 날 쳐다보던 생각이 나는군. 누구를 줄까 생각하다 그냥 내 입에 확 넣어버렸지."

"후후."

"이제 저 하늘에서는 마음껏 먹을 수 있겠지? 입에 잔뜩 범벅이 된 채로."

"그럼."

"왜 굳이 저세상에 가야만 고통과 불안이 사라지는 걸까. 여기서도 그러면 좋은데."

"저세상에도 고통과 불안이 없지는 않을 거야. 고통과 불안은 존재의 본질이거든."

"후후, 그럼 고통에서 벗어나려고 몸부림칠 필요가 없네. 어차피 안 되는 일이라면."

"그래, 그건 마치 안개처럼 늘 우리를 둘러싸고 있는 거야. 그럴수록 그 속에서 더욱 진해지는 것이 인간이라는 존재지."

"그럼 나는 무지하게 뚜렷한 인간이겠군. 매일 깊이를 알 수 없는 고통 속에서 헤어나지 못하니까."

"고통이 삶의 본질이라 생각하면 그런대로 거기서 또 희망을 얻게 돼. 삶이란 아늑하고 따뜻한 부분만 있는 게 아니잖아. 어둡고 축축한 부분이 훨씬 많아. 그렇지만 어둡고 축축한 삶을 견뎌낼 수 있는 건 가끔씩 기억 속에 간직했던 삶의 따사로움을 조금씩 꺼내서 맛보고 도로 집어넣을 수 있기 때문이거든."

미하일은 케빈과 이런 이야기를 나누는 게 좋았다. 케빈은 매우 특이한 사람이었다. 한국계 미국인으로 부모는 한국 사람이고 본인은 미국에서 태어나 미국에서 살았지만 그의 핏속에는 한국인의 신비가 흐르는 것 같았다.

"한국 문화에서 가장 신비로운 건 한글이야."

케빈은 미하일에게 한국어를 가르쳤다. 이 세상 모든 소리를 다 표현할 수 있는 한글이란 과연 놀라웠다. 어떤 문자로도 표시할 수 없는 파도 소리, 바람 소리, 빗소리, 천둥소리 심지어 지지직대며 번개 치는 소리까지 표현할 수 있었다.

케빈과 대화하고 한글까지 배우며 미하일은 차츰 자기혐오의 수렁에서 헤어났고 병원에서의 지옥 같았던 나날은 오히려 눈뜨는 게 기다려질 정도였다.

"잠이 안 오는데 밖에서 커피 한잔할까?"

바람이 시원하고 하늘에 은하수가 흐르던 어느 깊은 밤 두 사람은 병원 뒤뜰의 벤치에 앉아 이야기를 나누었다.

"케빈, 너는 첩보 분야에서 일했던 거야?"

"왜 그렇게 생각해?"

"아무나 마약 보관실을 그렇게 쉽게 돌파할 수는 없잖아."

"내가 있던 부대에서는 별것 다 했어. 5.45 포지션 포함해서 탱크, 전투기, 잠수함, 헬리콥터도 몰았으니까."

"특수부대구나. 놀랍다. 가만, 그런데 5.45라고 했어, 지금?"

"그래."

"5.45면 탄도각?"

"맞아."

"오, 저격훈련 받을 때 그거 계산하느라 죽는 줄 알았는데. 그럼 당신은 명사수겠네."

"정밀사격을 많이 하긴 했어."

"얼마나 죽였어?"

"글쎄, 셀 수 없어."

"정말?"

"한 명도 없으니까."

케빈의 실없는 농담에 미하일은 웃었다.

"뭐? 하하하하."

"너는?"

"여럿 죽였어. 그야말로 셀 수 없이."

두 사람은 고개를 들어 하늘을 바라보았다. 은하수는 사라지고 어디선가 구름이 몰려와 하늘을 뒤덮고 있었다.

"그래도 달은 비치네. 네가 바로 저 달 같은 존재야. 구름이 다 덮였어도 희미하게나마 빛을 내잖아. 나는 그 빛에 의지해 밤길을 걷고."

"전쟁이 끝나면 대대적 발굴을 할 테니 네 가족 반드시 찾을 거야."

"전쟁이 쉽게 끝나지는 않겠지. 끝나도 저 푸틴이 있는 한 언젠가는 같은 일이 반복될 테고. 평화를 위해서는 반드시 그놈을 죽여야 하지만 아무도 푸틴을 건드리지 못하는 게 현실이잖아. 미국도 나토도 그놈을 너무 겁내. 이 전쟁은 기울어진 운동장에서 공을 차는 거나 다름없어. 러시아 놈들이 차면 중력이 붙어 맹렬한 속도로 날아오고 우리가 차면 중력이 뒤에서 잡아끌잖아. 그러니 제대로 된 전쟁이 될 리 있어?"

"……"

"전쟁이란 그 나라 중심지에 포탄이 쏟아지고 사람들이 겁에 질려야 항복을 하든 휴전을 하든 하는 건데 우크라이나 도시들은 잿더미가 되고 모스크바나 상트페테르부르크에는 총성 한 방 안 울리니 이게 전쟁이야?"

"음."

"모스크바에 전폭기 몇 대라도 날아가봐. 키이우에 떨어진 미사일의 백분의 일이라도 떨어져보라고. 그럼 당장 휴전하자 할 거 아냐."

"그렇겠지."

"이런 편파적인 룰이 어디에 있어? 우크라이나는 죽는 사람 숫자로 이 전쟁을 버텨내고 있어."

"푸틴이 핵무기를 만지작거리니 겁을 먹을 수밖에 없겠지."

"그럼 처음부터 개입을 하지 말든지. 그러면 그냥 친러시아 정권으로 살면 되는 거 아냐. 대리전은 죽어라 시키면서 바닥에서만 뛰라니 사람들이 죽어 나자빠지잖아. 그런 전쟁은 나중에 베를린이나 파리나 런던에서 치르라 해."

미하일은 들고 있던 종이컵을 땅바닥에 내팽개쳤다.

"미국 놈들은 정말 나쁜 놈들이야. 우리 우크라이나도 핵탄두가 천 개 가까이 있었어. 그런데 미국이 그걸 러시아에 넘겨주라 했어. 우크라이나 안보는 책임진다면서. 그런데 이게 안보를 책임지는 거야? 키이우는 일방적으로 파괴당하는데 모스크바에는 총 한 방 못 쏘게 하는 게 책임지는 거냐고?"

"핵무기만 없으면 지금쯤 다국적군이 모스크바에 들어가

푸틴을 처단하고 전쟁을 끝냈을 텐데."

"자꾸 핵무기 타령 하지 마. 우크라이나 사람들은 핵무기에 죽으나 재래식 무기에 죽으나 마찬가지야!"

"너와 우크라이나 국민들에게는 미안해. 하지만 핵이라는 게 그리 간단한 문제가 아닌 건 틀림없어."

"괜히 네게 화풀이를 했네. 우크라이나를 도우러 이 전쟁판에 와주었는데. 미안해."

"길이 있을 거야."

"무슨 길? 이 전쟁을 바로잡을 수 있는 길?"

"뭐가 되었든."

"나는 아무도 안 믿어. 말만 번지르르하고 아무 대책도 결과도 없는 미국과 나토를 어떻게 믿나?"

미하일은 말끝에 무언가를 떠올렸는지 아니면 케빈에게 역정을 부린 게 미안했는지 슬며시 한마디를 덧붙였다.

"나는 너만 믿어."

그로부터 며칠 후 케빈은 퇴원이 허락되어 병원을 떠났다. 그리고 그가 사라진 그날 밤부터 미하일에게는 다시 견딜 수 없는 고통이 찾아왔다. 되돌아온 불면의 밤이 이어지며 미하일은 처음 병원에 왔던 때처럼 고독과 허무에 몸부림치기 시작했다.

보드카 군대

자포리자의 한 주택가를 대여섯 명의 러시아 병사가 걷고
있었다. 왁자지껄 소란스러운 이들은 발에 걸리는 거라면 무
엇이든 걷어차기도 하고, 돌멩이를 주워 주택가 유리창에 던
지는 시합도 하며 골목길을 이리저리 싸돌아다녔다. 개중에는
허공을 향해 자동소총을 드르륵 갈기는 자도 있었고, 바지를
내리고 걸어가면서 여기저기 오줌을 흩뿌리는 자도 있었다.

어떤 짓을 하건 간에 이들에게 공통된 하나의 특징이 있었
는데 그것은 이들이 대낮부터 얼굴이 벌게지도록 술에 절어
있었다는 사실이었다. 이미 시내의 쇼핑센터나 물류 창고들
은 다 털렸고 뒤늦게 도착한 이들은 뭐 건질 거라도 없나 싶
어 외곽을 휘젓고 다니는 중이었지만 거개의 집은 텅텅 비어

있었다.

러시아를 떠나올 때부터 만족스럽지 못했던 보급품에 불만을 품은 이들 병사들을 사령부에서는 제대로 간수할 수가 없었다. 빵을 주지 못하면서 이들이 이런저런 방법으로 배를 채워대는 것까지 금할 수는 없는 일이었다.

보급이 떨어진 군대만큼 잔혹한 폭력 집단은 없는 법이었다. 이들은 채 피난 가지 못한 주민들의 집에 들어가 냉장고는 물론 땅을 파고 숨겨놓은 비상식량들까지 귀신같이 냄새를 맡아 자신들의 위장 속으로 내려보냈다. 여기에는 재주를 가질 필요도 말을 잘할 필요도 없었다. 그저 아무나 잡아 총구를 머리에 대기만 하면 끝이었다.

수많은 러시아 병사들이 비록 전투 중임에도 불구하고 마치 패잔병처럼 도시의 안과 밖을 끊임없이 드나들며 약탈에 매진했다. 이들 러시아 병사들의 폭력성은 이미 무엇으로도 절제할 수 없는 단계에 올라서있었다.

"씨팔, 왜 쥐 새끼 한 마리 안 보이는 거야."

종일 돌아다녀도 사람은커녕 빵 한 조각, 밀가루 한 톨 찾을 수 없어 화가 난 이들 여섯 명의 고삐 풀린 러시아 병사들은 아무 집이나 들어가 총을 마구 난사했다.

"그만요! 살려주세요!"

아무도 없는 것 같았던 빈 공간에 돌연 모습을 나타낸 젊은 금발 미인을 본 러시아 병사들의 게슴츠레한 눈에 힘이 들어갔다.

"뭐 하는 년이야? 가족들은 어디 있어?"

"저뿐이에요."

"왜 너뿐이야? 너 결혼했어?"

"했어요."

"남편은 어디 갔어?"

여자는 대답을 하지 못했다. 군에 징집되었다 말하는 순간 어떤 일이 벌어질지는 불 보듯 뻔했다. 여자가 머뭇거리자 취한 중에도 머리가 빠른 병사 하나가 재빨리 여자의 얼굴에 총구를 들이대며 물었다.

"남편도 없는 빈집을 혼자 지키고 있다고? 이 동네가 다 텅비었는데 혼자 있단 말이야? 다른 가족은 어디 있어? 빨리 불어."

병사가 군홧발로 사정없이 배를 찍어버리자 여자는 비명과 함께 바닥에 나동그라졌다.

"셋 셀 동안 대답 안 하면 너는 당장 죽이고 밤을 새서라도 네 나머지 가족을 찾아내 잔인하게 고문할 거야. 바로 죽여주지 않고 칼로 껍질을 한 겹씩 벗겨 이 세상 모든 고통을 맛보게 할 거야. 중국 놈들은 5백 겹을 벗기는 순간 죽게 한다더군. 중국식 껍질 요리 만들어버리기 전에 빨리 불어. 아니 너부터 껍질을 벗겨야겠다."

병사가 차고 있던 칼을 꺼내 다가오자 여자는 세차게 고개를 가로저었다.

"저뿐이에요!"

"그게 말이 돼, 이년아? 이 텅빈 마을에 너 혼자라는 게?"

병사는 칼날을 여자의 목덜미에 갖다 댔다.

"이 칼로 피부를 다 벗겨줄 거야. 그리고 피가 줄줄 흐르는 시뻘건 피부 밑에 숨어있는 속살들을 한 조각 한 조각 얇은 햄으로 만들어 구워 먹을 거야."

병사의 칼날이 피부를 파고들자 금발의 젊은 여자는 허공에 자지러지며 외쳤다.

"지, 지하실에!"

러시아 병사들은 낄낄 웃어대며 앞을 다투어 지하실로 내려갔다. 그리고 지하실에서는 상상도 못 한 광경이 이들을 기다리고 있었다.

열 명이 넘는 젊은 여자들이 한데 모여있었던 것이다. 이를 본 러시아 병사들의 눈동자가 일제히 뒤집어졌다.

"이럴 수가!"

"이 많은 암캐들이 왜 여기 모여있는 거지?"

이들은 지하실 구석구석을 샅샅이 뒤졌다. 물론 적이 있는지보다 식량이 있는지를 살피기 위한 절실한 몸짓이었고 이들의 동작은 이내 실망감으로 끝이 났다.

"먹을 게 없잖아!"

한 병사의 실망과 푸념에 이어 눈치가 빠르던 놈이 갑자기 한 여자를 향해 총을 드르륵 갈겼다. 여자는 외마디 비명과 함께 쓰러졌고 놀라 정신이 나가버린 나머지 여자들은 일제히 놀라움과 고통과 공포의 비명을 질렀다.

"조용히 해. 숨 쉬는 소리라도 내면 바로 죽일 거야."

러시아 병사의 한마디에 지하실은 마치 심해의 심연처럼 일순 침묵 속으로 가라앉았다.

"먹을 것은 어디 숨겼어?"

아무도 저항할 수 없었다. 여자들 몇몇이, 아니 거의 전원이 고개를 바닥으로 향했다. 러시아 병사가 바닥의 널빤지를 들어내자 안에는 빵과 소시지, 햄과 치즈, 그리고 와인과 보드카까지 마치 하늘에서 보내온 선물과도 같은 보물들이 가득했다.

러시아 병사들은 미친 듯이 고함을 질러대며 웃고 손바닥을 마주쳤다. 개중에는 지하실 천장에 대고 드르륵 총을 갈기는 자도 있었다. 질 좋은 우크라이나 밀로 만든 빵, 넓은 목초지에서 자란 양의 젖으로 만든 치즈, 그리고 러시아에서 공수해온 보드카가 이들의 인간으로서의 본능과 향수를 자극했다. 이들은 배가 터지도록 먹었다. 러시아를 떠난 후 처음 먹어보는 음식다운 음식이었다.

"오, 스미르노프!"

이들은 보드카를 통해 고향으로 돌아가고 있었고 그리운 아내와 어머니와 자식들을 만나고 있었다. 죽음의 공포를 몇 번이나 겪은 후에 맞이한 이 파라다이스에서 이들은 인간으로서의 행복을 마음껏 누렸다. 하지만 이들의 인간다움은 거기까지였다.

배를 채우고 난 이들의 눈길에 잡힌 것은 이삼십 대의 젊은 우크라이나 여성들이었다.

이들은 마음에 드는 여자가 있는지 훑어보았다. 그러고는 어디 빈방이나 가려진 곳으로 데려가려는 시도조차 없이 그 자리에서 여자들을 발가벗겼다. 마치 시합이라도 하는 듯이 이들은 발가벗은 여자들을 군사훈련소에서처럼 엎드려뻗쳐를 시키고 옆으로 굴리고 앞뒤로 굴렸다. 그 후 가장 자극적인 성행위를 시작했고 마지막에는 여자들에게 기형의 행위를 시키고 교성 지르기 시합을 시켰다.

조금이라도 순응하지 않는 여자는 무자비하게 때렸다. 그래도 말을 듣지 않았던 한 여자는 바로 목을 졸라 죽이고는 다른 여자로 바꿔 똑같은 짓을 반복했다. 이 이상의 인간 지옥은 상상할 수도 없었다.

단테가 『신곡』에서 아무리 적나라하게 지옥을 묘사해도 이보다 더 적나라할 수는 없었고 아무리 상상력이 좋은 화가라 하더라도 이것을 그려낼 수는 없었다. 완벽한 공포에 사로잡힌 공간에서 결박된 채 무릎 꿇려져 있던 여자들 중 한 사람이 몸을 일으켰다.

"할 말이 있어요."

러시아 병사들의 눈초리가 일제히 그녀를 향했다. 총을 들고 상황을 감시하던 러시아 병사가 그녀의 옆으로 다가왔다. 그는 개머리판으로 여자의 얼굴을 내리치려다 갑자기 멈추었다. 이상한 소리가 귀를 타고 흘러 들어왔기 때문이었다.

"알렉세이 소콜로프 장군이 제 이모부예요!"

병사는 갑자기 정신이 확 들었다. 알렉세이 소콜로프는 바로 러시아 핵전략사령부의 부사령관으로 러시아 국방의 핵심 인물이었다.

"뭐, 뭐라고? 뭐라고요?"

갑자기 병사의 말투가 바뀌었다.

"알렉세이 소콜로프 장군이 저의 이모부예요. 제 이모의 남편이라고요."

"그런데 어째서 우크라이나인이?"

병사는 내막을 물으려다 금세 입을 닫고 말았다. 같은 슬라브족이며 소비에트 연방의 일원이었던 러시아인과 우크라이나인이 결혼하는 것은 너무도 빈번한 일이었다.

놀란 것은 총을 든 병사만이 아니었다. 옷을 벗은 채 고개를 돌려 여자를 바라보던 러시아 병사들의 풀려있던 눈길에 돌연 힘이 들어갔고 뻣뻣해진 시선은 이내 공포로 뒤바뀌었다. 병사들은 후닥닥 일어나 옷을 주워 입고서 여자를 향해 일제히 경례를 붙였다.

잔뜩 취한 상태였음에도 이들은 소콜로프라는 이름이 주는 공포감에 급히 술이 깬 듯 상황을 수습하기 시작했다. 여자들에게 옷을 입힌 뒤 먹다 남은 식량은 모두 제자리에 갖다 놓았다. 절명한 두 구의 시체는 집 밖으로 가지고 나가 처리했다.

그러고는 일제히 처녀에게 경례를 붙이고는 뒤를 돌아 급히 집을 빠져나갔다. 그러나 이모부의 이름을 밝힘으로써 만행을 저지한 당사자인 류드밀라의 표정은 어두웠다.

"아아!"

하지만 류드밀라는 어쩔 수 없었던 순간이라 위안하며 애써 걱정을 쫓아냈다. 이런 상황에서는 절대 이모부의 이름을 꺼내서는 안 된다 생각했지만 그 인간 지옥의 한가운데에서 침묵을 지키고 있을 수도 없는 노릇이었다. 불행하게도 류드밀라의 염려는 적중했다.

드르륵! 드르르륵!

황급히 집을 빠져나갔던 여섯 명의 짐승은 어느새 되돌아와 기관총을 갈겨대기 시작했다. 짐승들은 쓰러진 여성들을 하나하나 일일이 들춰보며 확인 사살한 후 서둘러 자신들의 흔적을 지우고는 집을 빠져나갔다.

"여보, 류드밀라가 연락이 안 돼요!"

불길한 예감에 사로잡힌 소콜로프는 총참모부 정보총국장을 찾아갔다.

"자포리자에 있는 내 조카 류드밀라에게 변이 생긴 것 같아."

"거기는 최근 전투가 격렬한 지역인데 왜 피난을 가지 않은 거지?"

"같은 동네 여자들이 한곳에 모여 징집된 남편들을 기다리고 있었다는군."

"알았네. 최대한 빨리 알아보겠네."

며칠 후 소콜로프는 정보총국장과 방첩사령관이 함께한 자리에서 기막힌 소식을 들어야 했다.

"류드밀라를 포함한 젊은 여성들이 바그너 놈들에게 몰살당했다는 보고서가 올라왔네."

"뭐라고!"

정보총국장이 전한 이야기에 소콜로프는 울부짖는 부인의 모습을 떠올리고는 자신도 모르게 손을 권총집에 갖다 댔다. 방아쇠를 거는 그의 손가락이 마구 떨렸다.

"다 죽여버리겠어. 이 백정 놈들을!"

그러나 다음 순간 곁에서 잠자코 듣고 있던 방첩사령관이 목소리를 낮추며 말했다.

"알렉세이, 바그너 용병들은 자포리자 전투에 참여하지 않았어."

"무슨 소린가?"

"일을 저지른 건 우리 정규군이야. 하지만 있는 그대로 밝힐 수는 없잖은가. 간혹 보고서의 행간을 읽어야 할 때가 있네. 내가 쥐도 새도 모르게 조사해 일 저지른 놈들을 몽땅 뒈질 곳으로 보낼 테니 모르는 척하고 있어주게."

"어째서 우리 정규군이 그런 짓을 한단 말인가?"

"정규군은 너무도 열악한 상황에서 죽음에 내몰리고 있어.

무차별로 죽어나가는 데다 배가 고파 미친 상태라네. 정규군이라는 이름이 부끄럽게 술에 의존해 싸우는 병사가 태반이야. 푸틴은 러시아의 영광을 외치고 있지만 사실은 도처에서 러시아의 굴욕을 뿌려대고 있는 거야. 이런 일이 비단 자포리자에만 있는 것은 아니야. 러시아 군대가 지나간 곳은 대동소이해."

"으음, 푸틴……."

소콜로프는 어금니를 악물었다. 어떤 치명적 한마디가 그의 목젖을 타고 넘어올 것만 같았지만 그는 간신히 참아냈다.

오데사의 뒷골목

드디어 병원에서 퇴원 허가를 받은 미하일은 날아갈 듯한 기분으로 더플백을 지고 수송차량을 기다렸다. 여덟 명의 퇴원하는 병사들은 목적지에 따라 각각 다른 차량들이 실어 가게 되어있었다. 미하일은 병원장에게서 F8이라 표시된 분류표를 받아 들고 작별을 나눈 다음 자신을 데려갈 차량을 기다렸다. 그러나 각지의 전쟁터로 가는 차량들이 마지막 한 명까지 다 실어 간 후 차량이 끊기자 미하일은 의아한 생각이 들어 병원으로 돌아갔다.

"F8 표식을 한 차량이 안 오는데 무슨 일이 있어요?"

"F8은 알아서 가야 해요."

"어디로 가라는 얘기요?"

"F8은 징집해제예요. 더 이상 군인으로 복무할 필요가 없다는 얘기지."

"무슨 소리요? 징집해제라니? 난 미하일이오. 전쟁 영웅 미하일이란 말이오."

"잘 알아요, 전쟁 영웅. 하지만 당신은 확고부동한 징집해제 대상이에요. 관통상이 세 개나 있거든."

"내가 이렇게나 멀쩡한데 징집해제라니? 관통상이 도대체 무슨 상관이란 말이오?"

"규정이에요. 관통상이 세 개 이상이면 무조건 징집해제예요."

"뭐야? 이 개자식아! 내가 전장에 안 가면 누가 간다는 얘기야? 도대체 누가 나보다 더 잘 싸울 수 있다는 거야? 나는 전쟁 영웅이라고, 전쟁 영웅!"

"젤렌스키 대통령이라 하더라도 병역법을 어길 수는 없어요."

"그따위 법은 개나 줘버리라 해. 징집 피하려는 약골들 빠져나가지 못하게 만든 법이잖아. 그런 개 같은 법을 내게 적용한다고!"

"여하튼 당신은 집으로 돌아가야 해요. 당신을 데려갈 차는 오지 않아요. 아무리 기다려도."

"내가 돌아갈 집이 어디에 있다는 거야? 너 온 가족이 다 죽는 일을 겪어봤어? 아내도 아이도 다 러시아 놈들한테 잃어봤냐고!"

"미안해요. 하지만 내가 할 수 있는 일은 아무것도 없어요. 병원장도 마찬가지고. 혼자 전쟁터를 찾아가도 아무도 당신을 기용할 수 없어요."

"이 개새끼들!"

그러나 다음 순간 미하일은 울음을 터뜨리며 돌아서고 말았다. 한참 흐느끼던 그는 어깨가 축 늘어져 병원 정문을 나섰다. 다른 병사들에 비해 턱없이 많은 돈을 지급해준 건 집으로 돌아가라는 의미였다는 생각이 들었다. 그는 병원 앞의 도롯가에 앉아 넋을 놓은 채 하염없이 지나가는 사람들을 바라보았다. 사실 그저 멍하니 그쪽으로 고개를 향하고 있을 뿐 아무것도 눈에 들어오는 게 없었다. 미하일은 죽음을 생각했다. 이제까지 견딜 수 있었던 건 오로지 전장에 있었기 때문이었고 이제 그 전장을 잃어버린 것이었다. 그는 병원에 처음 입원했던 때를 떠올렸다. 그 무료함과 무의미함을 떨치기 위해 마약을 훔치려는 목표까지 세우지 않았던가. 케빈이 없었더라면 이미 그 무렵 자살했을 거란 생각이 들자 미하일은 문득 케빈이 보고 싶어졌다. 그는 벌떡 일어나 원무과로 돌아갔다.

"케빈 역시 소집해제가 되었어요."

"국제군단도 소집해제가 있어요? 그도 관통상이 세 개 이상이오?"

"아니, 국제군단은 그런 규정이 없어요. 이 사람은 본인이 원해 참전을 그만두었어요."

"그럼 자기 나라로 돌아갔어요? 한국으로?"

"병원에서는 몰라요. 국방부나 외교부에 알아봐지요. 그런데 여기 연락처가 있어요. 우크라이나 번호네요."

"전화 좀 써도 돼요?"

"물론."

미하일은 급히 전화번호를 눌렀다.

"케빈입니다."

"케빈, 나 미하일이야."

"아, 미하일. 잘 있어? 병원 생활은 여전하고?"

"나 오늘 퇴원했어."

"오, 축하해. 진심으로 축하한다."

"그런데 아직 우크라이나에 있어?"

"응, 오데사야."

미하일은 사무치는 반가움에 목소리가 들떴다.

"오데사라고?"

미하일은 만나고 싶다는 말이 혀끝에서 떨어질까 봐 온 힘을 다해 간신히 참아냈다. 거절당하면 그의 세상은 끝날 것 같았다. 다행히 케빈은 쾌활한 목소리로 물었다.

"그래, 저녁 같이 하자. 시간 되나?"

"응, 그래."

항구 부근의 스테이크 하우스에서 만난 두 사람은 굳세게 껴안았다.

"미하일, 마음껏 먹어. 오늘은 내가 쏜다."

"그래, 고마워. 하지만 솔직한 심정으론 내가 계산하고 싶다. 나 돈도 많아. 쓸데도 없고. 너 필요하면 다 줄 수도 있어."

"그럼 네가 계산해. 단 내가 산더미만큼 먹을 거라는 건 각오해."

"그래, 하하하."

미하일은 케빈을 만나자 마음이 편해지고 즐거워지는 자신을 느끼며 오랜만에 기분이 좋아졌다. 그는 스카치를 스트레이트 더블로 벌써 몇 잔이나 들이켰고 케빈 또한 잔을 부딪칠 때마다 사양하지 않고 잔에 가득 찬 술을 남김없이 비웠다.

"그럼 전선으로 다시 돌아가나? 전우들이 영웅의 복귀를 애타게 기다리고 있을 거 아냐."

미하일로부터 자초지종을 듣고 난 케빈은 생각에 잠기는

표정이었다.

"케빈, 날 걱정해주는 건 고맙지만 나는 돌아갈 곳이 없어. 아까는 죽을 생각도 했어. 아니 어쩌면 오늘 너와 헤어지고 나면 내일 죽을지도 몰라."

"안 헤어지면 되잖아."

"뭐라고?"

"나와 같이 일하는 건 어때?"

미하일은 반색을 하다가 이내 고개를 떨구었다.

"자신이 없어. 나는 사람을 죽이는 일 외에는 그 무엇도 할 수 없는 인간이 되어버렸어."

"한마디로 괴물이 되어버렸구나."

"그래, 괴물이지. 러시아 놈들을 죽이든지 아니면 저 하늘의 가족 품으로 가든지의 선택밖에는 남은 게 없어."

미하일은 급히 잔을 털어 넣었다.

"가슴이 아프다."

몇 잔 더 마시고 난 미하일이 슬그머니 물었다.

"무슨 일을 하는데?"

"왜? 같이 일할 마음이 생겼어?"

"그건 아니고 네가 궁금해서."

케빈은 주변을 돌아보며 목소리를 낮췄다.

"사실은 은밀히 사람을 모집하려던 참이야."

"뭐 하게?"

케빈은 더욱 목소리를 낮추었다.

"봐둔 게 있어."

"봐둔 거라니?"

"보석. 여기 오데사에 어마어마한 보석이 있어. 마케의 다이아몬드야."

"마케의 다이아몬드? 그게 뭐지?"

"시바의 여왕 마케가 가졌던 전설의 다이아몬드야. 값을 따질 수 없을 정도지."

"그걸 훔치려는 거야?"

"그래."

미하일은 정색하고 케빈을 정면으로 바라보았다.

"무슨 소리야? 너 그런 사람 아니잖아."

"그 보석의 실제 주인은 러시아의 올리가르히 알렉세이 모르다쇼프야. 나토의 제재를 받고 있는 인물이지. 나는 그걸 빼앗아 우크라이나 난민을 돕는 데 쓰려는 거야."

"아!"

미하일은 다행이라는 듯 한숨을 크게 내쉬었다.

"역시 너는 달라. 강도질이라 해서 크게 놀랐는데 그런 일이라면 나도 합류할 수 있을까?"

"전쟁 영웅인 네가 합류한다면 모집 인원을 반으로 줄여도 되겠어."

"그런데 어떤 자들이 그 보석을 지키고 있는 거지? 소유주가 나토의 제재 대상자라면 정부에 알려 합법적으로 압류해 버리면 되지 않나."

"표면적으로는 오데사의 기업가 네스트로 보로닌 소유야. 그는 여기서 곡물 운송업과 해운업을 하는 러시아인인데 우크라이나 정부는 어떤 형태로도 그를 압박할 수 없어. 러시아인이 오데사 주민의 근 30퍼센트를 차지하는 데다 그는 오데사의 전통적 기업을 여럿 갖고 있는 상공인이야. 경찰도, 주지사도 다 그의 편이지. 그가 사보타주를 일으킨다면 우크라이나 곡물 수출에 큰 차질이 생겨."

"그럼 훔치는 거야, 빼앗는 거야?"

"어디에 두었는지 알 수 없으니 그를 위협해 빼앗아야지."

"프로들이 필요하겠군. 전쟁터에서 버림받은 나는 프리랜서 전투병이니 반드시 끼워줘."

"대가는 1인당 십만 유로야."

"십만 유로? 엄청나군. 하지만 나는 돈 안 받을 거야."

"그건 안 돼. 받은 다음 버리든 전쟁 난민을 돕든 마음대로지만 무조건 받기는 해야 돼."

"안 받으면 안 돼?"

"누구라도 돈을 안 받으면 같이 일할 수 없어. 이건 룰이야."

"공범 관계로 엮어두어 배신을 막으려는 건가?"

"그런 이유야."

"오케이, 그런 거라면 흔쾌히 받겠어. 너와 내가 같이한다는 확실한 징표니까."

"그럼 마케를 위해, 건배!"

"건배!"

다음 날 점심 무렵 케빈은 호텔로 찾아온 미하일과 커피를 한잔하고 나서 오데사의 뒷골목을 찾아 나섰다.

"일단 그럴듯한 바지 사장을 찾아보자."

"바지 사장이 뭐야?"

"허위의 명의인, 즉 가짜 사장이야. 나는 아시아인이고 너는 전쟁 영웅이기 때문에 우리는 신뢰를 얻을 수 없어. 우크라이나인 바지 사장이 필요한 이유야. 지나치는 사람 중 입술이 메기처럼 두꺼워 파렴치해 보이고 작은 눈에 잔인하고 못되게 생긴 놈 있으면 잡아."

아무리 전쟁 중이라 하더라도 뒷골목은 여전히 건재했고 오히려 전쟁 통에 마구 쏟아지는 무상 원조물자들과 무기 암거래가 뒷골목을 더욱 풍성하게 했다. 이런저런 이유로 집과 갈 곳을 잃고 끼니도 해결하기 힘든 사람들이 오데사의 뒷골목으로 몰려들고 또 몰려들고 있었다. 케빈은 지나가던 한 남자의 팔을 덥석 잡았다.

남자의 얼굴이 눈에 들어오자 미하일의 얼굴에 저절로 웃음이 떠올랐다. 정말 다시 찾아보기 힘들 정도로 잔혹하고 고집스럽고 못돼먹게 생긴 인간이었다. 입은 큰 데다 입술은 메기처럼 두툼했으며 눈은 옆으로 쭉 째진 게 오직 잔꾀와 의심만이 득실득실할 뿐 상대방에 대한 이해나 배려심이란 찾아보려야 찾아볼 수 없는 얼굴이었다.

"이봐, 따라와!"

케빈은 건조하게 툭 뱉어냈다. 말씀 좀 여쭙겠는데요, 나눌 이야기가 있습니다, 아니면 부탁드릴 게 있거든요 따위의 어정쩡한 말투가 아니었다. 미하일은 과연 어떤 결과가 나올지 머릿속으로 그려보며 약간의 거리를 두고 떨어져서 잠자코 지켜보았다.

놀랍게도 못돼먹은 인간은 아무 말 없이 케빈을 따라 노천 카페의 테이블에 앉았다. 그리고 잠시 후 그 못생긴 인간은 입이 찢어져라 어금니까지 드러나는 큰 웃음을 띤 채 얼굴 가득히 케빈에 대한 존경과 복종의 기색을 떠올리며 일어나서는 악수를 하고서도 90도 가까이 고개를 숙여 절을 했다. 이것은 우크라이나에는 절대 없는 인사법이었다.

케빈은 앉은 채 무뢰한에게 지침을 주었다.

"코바사, 될 수 있는 대로 많은 악당들에게 알려."

"알겠습니다!"

코바사라는 이름의 무뢰한은 마치 늑대 앞에 선 어린 양처럼 고분고분 케빈에게 복종했다. 무뢰한이 사라지자 미하일은 케빈의 앞에 앉았다.

"놀라운데. 어떻게 저런 인간을 단숨에 포섭할 수 있었어?"

"저렇게 몸집이 큰 사람은 다루는 게 그리 어렵지 않아."

"그래? 내 생각과 반대네."

"덩치들은 늘 남의 눈에 띄기 때문에 나름의 커뮤니케이션 메커니즘을 갖고 있어. 사실은 작은 사람들이 무슨 마음을 먹고 있는지 짐작하기 쉽지 않아 대하기가 어려운 법이야. 너도 야리야리한 사람을 만나면 오히려 더 조심해야 해."

이 말에 미하일은 갑자기 괴로운 기억에 사로잡혔다. 처음 군복을 벗어놓고 셔츠 바람으로 집에 나타났던 러시아 병사. 그의 야리야리한 체구에 긴장을 놓아버린 것이 이 모든 비극의 출발점이었다는 생각에 미하일은 입술을 깨물었다.

"세상은 안팎이 다르고 절대 살기 편한 곳도 아니야. 신에게 기도만 하면 행복해지는 그런 세상이 아니었어. 적어도 내게는."

케빈은 웃으며 말했다.

"기도가 소용없다는 걸 가장 잘 아는 사람들은 성직자들 아닐까. 노상 기도를 하니까."

"신은 없는 거지?"

미하일은 케빈의 목소리로 신은 없다는 말을 듣고 싶었다. 이제껏 믿어왔던 그 신의 빈자리에 멘토 케빈이 있었으면 하는 바람의 소산이었다.

"있어."

미하일의 귀가 확 뚫렸다.

"아니, 그게 무슨 말이야? 조금 전까지도 기도는 들어먹지 않는 거라고 말했잖아."

"신은 분명 존재해. 다만 신을 받아들이는 사람들의 방식이 틀린 거지."

"무슨 소리야? 좀 알아듣기 쉽게 설명해봐."

미하일은 종업원을 불러 에스프레소 트리플을 시키고 커피가 도착하자 단숨에 다 마셔버렸다. 부차에서 그 일이 있은 후 지금에 이르기까지 끊임없이 스스로에게 던졌던 질문이었다. 그 끝에 신은 존재하지 않는다는 확고부동한 결론을 내렸지만 그런다고 모든 게 깔끔하게 정리되지는 않았다.

"두 모습의 예수가 있잖아. 하나는 갈릴리 호수를 고기로 가득 채우고 눈먼 사람을 눈 뜨게 하며 죽은 사람을 되살리고 그 자신도 부활하는 초능력을 가진 예수. 그리고 이와는 달리 십자가에 매달려 보통 사람과 똑같이 고통받고 비명을 지르며 두려움 속에서 목숨을 잃어야 했던 예수. 둘 중 어떤 것이 진짜 예수의 모습이지?"

"예수님은 전지전능하신 분이잖아."

"그렇다면 십자가에 매달린 예수는 거짓으로 사람들을 속였단 얘기인가. 자유자재로 고통을 조절할 수 있는 분의 고통이 과연 진짜 고통인가. 그런 눈속임의 고통을 통해 인간을 구원하겠다는 게 받아들여질 수 있을까?"

미하일은 할 말을 잃었다.

"그럼 신은 없는 거잖아. 그런데 왜 신은 분명히 존재한다는 거지?"

"신은 따르는 자들에게는 영생을 주고 믿지 않는 자들은 영원히 지옥에서 타 죽게 하는 그런 판타지가 아니야. 그것보다는 훨씬 진지한 존재이지."

"그럼?"

"니체 얘기를 해볼까."

미하일은 고등학생 시절 철학 수업 시간에 들었던 이름을 떠올렸다.

"니체는 이 세상의 모든 철학자를 다 욕했어. 소크라테스, 플라톤, 아리스토텔레스 삼총사에서부터 데카르트, 칸트, 헤겔에 이르기까지 진리를 찾는 데 매진한 세상의 모든 철학자에게 아낌없는 욕설을 퍼부었어. 이 세상에 어떻게 하나의 진리만 있냐, 만 명의 인간이 있으면 만 개의 진리가 있는 거 아니냐 외친 거지. 이 세상 위인 중에 니체에게 욕먹지 않은 위인은 단 한 사람뿐이야. 그가 누군지 알아?"

"글쎄."

"예수 그리스도야."

"뭐라고? 신은 죽었다, 기독교는 허위의 도피처다 한 게 니체 아냐?"

"그래, 하지만 그는 예수를 너무나 좋아하고 존경했어. 단 한 번도 욕한 적이 없었으니까."

"그런데 왜 기독교를 그리도 모질게 비난한 거지?"

"예수의 참된 의미를 놓고 기독교와 니체의 생각이 달랐던 거야."

"기독교의 예수는 잘 알겠는데 니체의 예수는 어떤 분이야?"

"니체가 생각한 예수란 초능력을 행하고 부활하는 그런 존재가 아니야. 그 자신이 미약하고 가난하며 불안과 고통에 몸을 파르르 떠는 존재이지만 더 어려운 사람들을 위해 자신을 희생하는 아름다운 정신을 가진 사람이지. 나를 바쳐서 남을 이루어주겠다고 할 때 그 미약한 인간이 위대한 신의 경지로 들어선다는 거야. 그에게 있어 신은 전지전능한 존재가 아니라 오히려 미약한 존재야."

미하일은 머리를 꽝 때리는 충격에서 벗어날 수 없었다. 처음 듣는 이야기였고 해괴한 이야기였지만 무슨 까닭에서인지 그는 몹시 끌렸다.

"미약한 신? 그럼 기도는 나를 위해 하는 게 아니라 남을 위해 하는 건가?"

"자기를 위한 기도에서 차츰 남을 위한 기도로 나아간다면 예수를 닮아가는 거겠지."

"케빈, 좀 걸을까?"

두 사람은 일어나 걸었다. 해변으로 들어서자 흑해의 푸른 물결이 연달아 밀려와 발밑에서 부서졌다.

"여기를 왜 흑해라 하지? 그리고 홍해와 백해는? 바다는 푸른데 왜 그런 색깔을 넣어 이름을 지었을까?"

"흑해는 바다 밑에 황화수소가 덩어리를 이루고 있어. 그래서 검게 보이는 거야. 인공위성에서 찍은 사진을 보면 확실하지."

"백해는?"

"온통 얼어있는 곳이니 빙하 때문에 하얗게 보여. 홍해는 용존산소가 부족해 적조현상이 자주 발생해서 홍해야. 그 외에 색깔을 넣은 바다 이름이 하나 더 있어, 맞혀볼래?"

"글쎄."

미하일은 잠시 생각하다 물었다.

"혹시 황해야?"

"맞아. 황해. 이 바다는 내 조국 한국과 중국 사이에 있어. 황하라는 진흙의 강으로부터 토사가 밀려와 바다가 누렇게 보여."

"케빈, 너는 참 신비로운 사람이야."

"어째서?"

"일단 아는 게 너무 많아. 학자 같거든. 그런가 하면 범죄자 같기도 해. 마약을 훔치는 방법을 내게 알려준 거나 뒷골목에서 만난 덩치 큰 남자 다루는 걸 보면. 무엇보다도 보석을 빼앗으려 하잖아. 너는 도대체 누구지? 정체가 뭐야?"

케빈은 웃었다.

"누구나 스스로 생각하는 모습이 바로 그의 정체야. 미하일. 네가 누구인지를 먼저 생각해."

몇 발자국 걷던 미하일은 저도 모르게 무어라 입을 움직이려다 다물었다. 그러고는 다시 입을 열어 천천히 말했다.

"자기를 바쳐 남을 이루어주는 사람."

미약한 신. 미하일이 내려던 목소리를 아는지 모르는지 케빈은 힐끗 미하일을 바라보고는 고개를 끄덕였다. 문득 바람이 휘날렸다. 헝클어진 머리칼 사이로 여기저기 얼굴의 흉터를 드러낸 채, 미하일은 입을 꾹 다물고 있었다.

블랙 러시안

　사우디아라비아의 리야드 공항을 떠난 보잉747은 네 시간의 비행 끝에 흑해 연안에 위치한 작고 아름다운 도시 소치 상공에 모습을 나타냈다. 한겨울에도 영하로 내려가는 일이 거의 없는 소치는 각종 국제회의가 자주 열리기도 하는 러시아의 대표적 휴양지였다. 흑해의 깨끗한 물에서 수영을 즐기고 있는 사람들 뒤로 도시를 에워싼 캅카스 산봉우리의 만년설이 신비한 광경을 펼치고 있는 이 도시는 또한 푸틴의 별장이 있는 곳이기도 했다.

　정기 노선을 다니는 항공기들의 이착륙이 다 끝난 늦은 시각 붉은 점멸등을 깜박이며 나타난 보잉747은 소리 없이 소치 공항의 활주로에 내려앉았다. 비행기가 활주로를 서행하며 속도를 차츰 줄여 정지하자 기다리던 마이바흐 세 대가 미끄러지듯 비행기 옆으로 다가와 멈춰 섰다. 비행기 문이 열리자 세 대의 마이바흐는 검정 신사복을 입은 일단의 경호원들과 하얀 토브에 이깔을 쓰고 슈막을 두른 한 사람을 태우고는 쏜살같이 활주로를 빠져나갔다. 어둠 속을 질주한 차량들이 도착한 곳은 푸틴의 별장이었다.

"오, 살만. 여행은 괜찮았소?"

늦은 밤이었지만 푸틴은 정장을 한 채 이 사람 살만을 기다리고 있었다.

"편히 왔어요."

"시 주석은 벌써 도착했소."

두 사람은 서둘러 푸틴의 서재로 자리를 옮겼다. 서재에 앉아있던 시진핑이 살만과 반갑게 악수를 나누었다. 차를 한잔하며 가벼운 이야기를 나누던 세 사람은 푸틴이 차를 물리자이내 심각한 표정으로 심야의 회담을 시작했다.

"이번 인플레이션의 주범은 물론 미국이오. 전 세계 정부가 최소한의 현금 지원으로 근근이 코로나를 견뎌낼 때 미국은 그야말로 흥청망청 써댔소. 2년간 5조 달러를 풀었으니. 전 업종에 걸쳐 코로나 호황이 이어졌소. 물론 마구 찍어낸 달러로 말이오."

시진핑이 먼저 말문을 열었다. 푸틴과 살만의 얼굴에 떠오른 적극 동조의 표정을 보자 그는 더욱 날선 목소리로 말을 이어갔다.

"그런데 미국이 초래한 이 인플레이션의 피해는 미국이 아닌 전 세계 다른 나라들이 고스란히 입고 있소. 이런 행태가 벌써 수십 년간 이어지고 있지만 전 세계는 미국에 계속 똑같은 식으로 당하고 있소."

"강도들!"

푸틴이 분노에 찬 목소리를 토해냈다.

"인플레이션 물가만으로도 견디기 힘든데 미국은 실컷 달러를 찍어놓고는 그다음엔 인플레이션 잡는다고 급격히 이자를 올려요. 그러면 세계 모든 나라에서 미국의 은행으로 달러가 빠져나가는 거요. 돈은 이자 많이 주는 곳으로 흘러가기 마련이니까. 할 수 없이 각국 중앙은행은 달러 유출을 막기 위해 이자를 따라 올리고 전 세계 인민들은 아무 죄도 없이 미국의 흥청망청한 뒷바라지를 하느라 이자에 목이 죄이고 물가에 울 수밖에 없소. 악착같이 쌓았던 재산을 미국에 이런 식으로 약탈당하는 거요."

"개새끼들!"

살만 또한 분노에 찬 한마디를 내뱉었다.

"석유와 가스 대금을 달러로만 결제하니 이런 일이 벌어지는 거요."

판을 벌인 시진핑은 두 사람을 번갈아 쳐다보며 준비한 이야기를 꺼냈다.

"몇 나라만 달러 아닌 위안으로 석유 대금 결제를 하면 미국의 이런 식 약탈은 끝나는 거요. 이렇게 대항마가 나와야 미국의 달러 남발을 끝장낼 수 있소."

푸틴이 말을 받았다.

"러시아는 이미 석유와 가스 대금으로 중국 위안을 받고 있소."

두 사람의 눈길이 살만을 향했다. 달러를 붕괴시킬 수 있는 키는 사실상 중동이 쥐고 있기 때문이었다. 사우디아라비아가 달러 대신 위안으로 석유 대금을 받기 시작하면 카타르 등 석유와 가스 매장량이 풍부한 중동 각국이 이를 따르게 되고 미국 달러는 독점적 지위를 상실하게 될 것이었다. 살만은 조금 전 거친 욕설을 내뱉으며 동조했지만 그렇다고 즉답을 하지는 않았다.

"현실적으로 사우디아라비아는 미국과 너무 많은 분야에서 얽혀있으니 생각할 점들이 많소."

푸틴이 손사래를 쳤다.

"안보는 염려 안 해도 되오. 중국과 러시아는 사우디아라비아의 위협인 이란을 얼마든지 제지할 수 있소. 미국은 이란의 침공을 막겠다는 거지만 우리는 아예 이란이 침공하지 않게 할 거요. 심지어 시 주석은 사우디아라비아와 이란을 친구로 손잡게 하려 해요. 이란과는 이미 얘기가 되었소."

살만은 고개를 끄덕였다. 러시아는 이란과 오랜 우호 관계를 유지해오고 있는 데다 이란이 쓰는 무기 또한 거의 러시아제였다. 게다가 이란은 새롭게 중동에 진출한 중국에 급속도로 의존하고 있는 중이었다.

"이란의 위협이 없어지면 우리가 죽자 사자 미국을 끌어안고 살 필요가 없긴 하지요."

"살만, 우리 한번 시작해봅시다. 당신만 결심하면 페트로달러의 횡포는 끝이오."

시진핑의 은근한 목소리 또한 건네졌지만 살만은 미미하게 고개를 가로저었다.

"나는 이란의 침공을 겁내는 게 아니오."

"그러면?"

"미국의 침공을 염려하는 겁니다."

살만의 입에서 나온 뜻밖의 한마디에 두 사람은 소스라치게 놀랐다.

"미국? 미국이 사우디아라비아를 침공해?"

생각하기 힘든 말이었다. 하지만 살만은 담담한 표정으로 말을 이었다.

"미국은 보통 나라가 아니오. 사우디아라비아가 위안화로 석유 대금을 받으면 미국은 어떤 구실을 붙여서든 전 세계의 사우디아라비아 자산을 동결하고 무력을 행사하려 들 거요. 침공과 똑같은 행동이지요."

"음!"

실내에 무거운 정적이 깔렸다. 미국이 국익을 위해서라면 무슨 짓이라도 할 나라라는 것은 세 사람 다 익히 알고 있는 바였다. 살만의 목소리가 이어졌다.

"중국과 러시아가 이란으로부터 사우디아라비아를 보호할 수는 있어도 미국으로부터 사우디아라비아를 보호할 수는 없어요. 달러를 주저앉히려면 미국을 무력으로 꺾는 길밖에 없소."

"으음!"

"중국의 GDP가 미국의 열 배가 되어도 군사력으로 미국을 꺾지 못하면 아무것도 할 수 없소. 그게 세계질서의 본질이오. 그러니 두 분은 어떻게 무력으로 미국을 꺾을지를 의논하는 게 나을 거요. 나는 피곤해 먼저 자야겠소."

살만은 이 논의가 무의미하다는 걸 본능적으로 깨닫고 있었다. 미국은 선수인 동시에 룰을 만드는 심판이었다. 자신이 경기에 불리해지면 마음대로 룰을 바꾸는데 다른 선수들은 이 룰을 거부할 수 없다. 이것이 세계의 작동 원리이고 중국과 러시아가 이 룰을 거부하려면 힘으로 미국을 누를 수 있어야만 한다는 것이 살만의 지론이었다.

"살만, 최고의 시아츠 기술자가 기다리고 있으니 그녀에게 마사지를 받으며 잠을 청하시오."

푸틴은 윤기를 잃은 목소리로 사람을 불러 살만을 안내하게 한 다음 사우나로 자리를 옮겼다.

캅카스산맥을 따라 달리는 나지막한 구릉 위에 있는 푸틴의 사우나는 화려한 시설을 갖춘 가운데도 자연의 소박함을 잃지 않은 분위기였다. 일부러 땀을 잔뜩 흘린 후 러시아의 최고급 보드카 벨루가를 앞에 놓고 마주한 두 사람은 애써 유쾌함을 가장하려 했으나 이내 자신들이 마주한 현실로 돌아오고 말았다. 살만은 정확하게 사태의 본질을 꿰뚫고 있었고 주저 없이 진실의 거울을 비추었다. 미국을 무력으로 제압할 힘이 없는 한 미국의 약탈을 막겠다는 건 공염불에 불과했다.

"일단 마시고 봅시다. 답답할 때는 마셔야 하니까. 스트레이트로? 아니면 내가 블랙 러시안 한 잔 만들어드릴까?"

푸틴이 분위기를 바꿔보려 했지만 시진핑은 깊은 생각에 빠진 모습이 역력했다. 그는 푸틴이 뭐라 하는지도 모르고 눈을 감고 가늘게 눈꺼풀을 떨다 갑자기 실성한 사람처럼 앞뒤 없는 소리를 내질렀다.

"살맛!"

"갑자기 무슨 소리요?"

푸틴은 영문을 모르겠다는 듯 한동안 시진핑을 쳐다보다 그가 아무런 대답을 하지 않자 잔을 건네고는 건배를 외쳤다.

"일단 기분을 좀 돌립시다."

그러나 시진핑은 진지했다. 그는 휴대폰을 열고 저장해두었던 자료를 푸틴에게 보여주었다.

"2035년 국가 경제력 순위인데 권위 있는 세계 유수의 연구소들은 하나같이 중국이 1위, 미국이 2위라 예측하고 있소. 이걸 막아보고자 미국은 혼신의 힘을 다해 중국을 고립시키려 하지만 독일의 숄츠며, 프랑스의 마크롱이며, 심지어는 일론 머스크와 빌 게이츠도 중국으로 달려오고 있소. 미국이 아무리 발버둥 쳐도 이미 지구는 중국 없이 돌아갈 수 없다는 얘기요. 어리석게도 미국은 흐르는 물을 거슬러 오르려 안간힘을 쓰지만 이미 이 싸움은 결판이 나있소. 문제는 시간인데."

"러시아와 중국은 공동운명체요."

푸틴의 때맞춘 한마디에 시진핑은 당연하다는 듯 고개를 크게 주억거렸다.

"사실 중국과 미국의 대결에 지금의 이 우크라이나 전쟁이 크게 작용해요. 각하는 이 전쟁을 어떻게 끝낼 작정이지요?"

푸틴은 고개를 가로저었다.

"솔직히 출구가 보이지 않소. 사실상 미국과 나토를 상대하는 일이라."

"미국의 하이마스와 영국의 스톰 섀도가 큰 부담이라던데."

"뿐만 아니라 에이브럼햄, 레오파르트, 재블린에 나방 떼처럼 불어난 드론까지 우크라이나 쪽에 가 붙어있으니 이기는 걸 기대할 수는 없소. 사실 어떻게 끝내야 할지 방법이 없소. 트럼프 당선 때까지 기다릴 힘도 없고 큰 문제요."

"그렇지. 그래서 내가 살맛이라 했소."

"그게 무슨 의미요?"

"자, 우선 한 잔 더 합시다. 블랙 러시안. 이거 참 맛있는데."

시진핑은 푸틴이 만들어준 블랙 러시안을 한 모금 마신 후 친한 친구에게처럼 편히 말했다.

"미국은 새로운 걸 창조하는 게 아니라 중국이 마땅히 할 걸 못 하게 만들어 1위 자리를 지키려 하오. 중국을 고립시킨

다든지 별 웃기는 짓을 다 하겠지만 결국 뒤처지는 건 놈들이오. 그걸 모르는 바 아닌 만큼 놈들은 지극히 초조해하고 있소. 바이든은 중국과 러시아가 힘을 합치지 못하도록 이 기회에 각하를 제거하거나 겁에 질려 잔뜩 움츠리도록 만들려는 거요. 그러니 놈들은 러시아가 껍데기만 남을 때까지 휴전을 하지 않을 거요. 죽어나가는 건 우크라이나인이고 미군은 하나도 안 죽으니 놈들에게는 최적의 기회지."

푸틴은 갑갑한 모양인지 연신 손을 쥐었다 폈다 하며 시진핑의 말에 귀를 기울였다.

"그런데 러시아는 그걸 벗어날 힘이 없소. 단 하나의 매우 특별한 수단을 제외하면."

시진핑은 잠시 말을 끊었다 푸틴을 정면으로 노려보았다.

"러시아는 1949년 핵폭탄 실험에 성공한 이후 지금에 이르기까지 75년간을 오로지 핵무기 개발에 전념해왔소. 그래서 지금은 미국을 능가하는 핵보유국이 된 거요. 사르맛 한 발이면 프랑스 크기의 지역이 완전 초토화되잖소? 한 시간 내에 지구상 어떠한 곳도 타격 가능하고 사드든 뭐든 어떤 방어망으로도 막아내지 못한다고 바로 각하가 발표했소. 게다가 포세이돈 핵어뢰. 뉴욕이든 로스앤젤레스든 바로 앞바다에서 불쑥 솟아올라 살아있는 건 다 쓸어버리는 위력을 가졌잖소.

이것이야말로 러시아의 힘인데 각하는 전혀 못 쓰고 있소."

"……."

"가장 강력한 최신예 무기를 놔두고 가장 뒤떨어진 재래식 무기로 싸우고 있단 말이오."

시진핑이 무슨 말을 해오는 건지 진작부터 느낀 푸틴은 잔에 보드카를 잔뜩 따라서는 한 번에 목 안으로 다 털어 넣었다.

"러시아 인민들이 각하를 겁쟁이로 생각하지 않겠소? 각하가 그리도 외치던 위대한 러시아는 어디 갔나 묻지 않겠소?"

시진핑은 작정한 듯 대놓고 푸틴을 몰아붙였다. 베이징에서부터 연구해 온 듯 자연스러우면서도 감정을 극도로 치닫게 만드는 화법이었다.

"후우."

푸틴은 시진핑의 도를 넘은 비난을 제지하지 않았다. 매일 갈등하는 그에게 어쩌면 이것은 가장 듣고 싶었던 말인지도 몰랐다.

"이대로면 반드시 심판당한단 말이오."

"으음!"

"과거 루마니아의 차우셰스쿠를 생각해보시오. 어제까지 철권통치를 하다 오늘 아침 갑자기 목이 매달렸잖소. 군중이란 그런 거요. 그때가 오면 경비대고 경호원이고 다 소용없소.

민심이 변하면 그놈들이 앞장설 거요. 각하가 겁쟁이라는 바람이 한 번만 휙 불면 그다음은 끝이오."

푸틴은 마치 대학 시절 삼보 결승전을 앞두고 코치의 말을 들으며 스스로를 투지의 바다로 밀어 넣을 때처럼 전혀 화를 내지 않고 시진핑의 쓰라린 말에 귀를 기울였다.

"핵을 써야 하오. 러시아가 핵을 썼을 때 이 세상 어느 나라가 러시아를 응징하겠다 나설 수 있소? 미국이? 영국이? 감히 어느 나라가 러시아를 향해 ICBM을 쏘겠소? 아니면 전폭기를 보내겠소? 그럼 차르 봄바가 날아가고 사르맛이 날아가 미국이고 뭐고 지구상에서 사라지고 마는데."

푸틴은 블랙 러시안을 밀어두고 거푸 보드카를 들이켰다.

"핵을 쓰는 순간 비로소 러시아가 러시아다워지는 거요."

러시아가 핵무기를 쓰면 중국이 러시아를 버린다는 칼럼을 연신 내놓는 서방 언론들이 거듭 사르맛을 외쳐대는 이 시진핑을 보면 어떤 태도를 보일까, 실소를 터뜨리며 푸틴은 약간의 비아냥이 섞인 한마디를 던졌다.

"내가 핵을 터뜨리면 그 성과는 중국이 가져가고 나는 후과만 겪지 않겠소?"

시진핑은 고개를 세차게 저었다.

"블라디미르, 우리는 공동운명체요."

묘한 미소를 얼굴에 떠올린 채 한참이나 시진핑을 뚫어질 듯 바라보던 푸틴은 큰 잔에 보드카를 가득 따라 시진핑의 손에 쥐여주고는 자신의 잔도 채웠다.

"시 주석, 이게 얼마나 무거운 짐인지 당신은 알고 있소? 그 고뇌를 겪은 적 있소?"

시진핑은 대답 대신 잔을 눈높이로 들었다. 알코올에 비친 푸틴을 한동안 응시하던 그가 천천히 잔을 기울이자 푸틴은 보드카란 이렇게 먹는 법이라는 듯 잔을 들자마자 단숨에 목구멍 깊숙이 쏟아 넣었다.

체게트의 고뇌

혼자 남은 푸틴은 깊은 생각에 잠겼다. 시진핑의 말은 구구절절 옳았다. 생각하지 못한 바 아니었다. 아니, 오히려 거의 매 순간 생각해오던 일이라고 해야 맞을 것이었다. 하지만 결론을 내리기 싫었다. 자신이 없었던 것일까. 이유야 어떠했든 지금에 이르기까지 미루어만 왔던 일임에는 틀림없었다. 그러나 이제는 더 이상 미룰 수 있는 일이 아니었다. 결과는 양극단 중 하나일 것이었다. 패배한 전쟁을 일으킨 책임을 지고 처량한 최후를 맞을 것인가. 아니면 힘 있는 휴전을 이루어내 러시아의 위엄을 되찾고 국민들의 열화 같은 지지를 받으며 종신 집권을 할 것인가. 눈을 감고 생각을 거듭하는 동안 푸틴의 뇌리에는 과거 역사의 대변혁을 겪던 젊은 시절의 기억이 떠올랐다.

"국장 동지께 급히 전달해주세요! 지금 베를린 장벽이 무너져 내리고 있습니다! 셀 수도 없는 서독 놈들이 벌 떼처럼 몰려들어 베를린 장벽을 기어오르고 있습니다! 이놈들은 해머로 벽을 쳐 허물어뜨리고 벽돌 조각을 마구 집어 던지고 있습니다. 개중에는 기념품이라고 벽돌 조각을 가방에 집어넣고 호주머니에 쑤셔 박는 자들도 있습니다. 이쪽도 마찬가지입니다. 동독 인민들이 브란덴부르크의 육중한 담장을 마구 깨부수고 있습니다. 이것이 모두 고르바초프 서기장의 잘못입니다. 대책 없이 인민을 풀어주고 서방의 공작을 아무 대응없이 지켜보고 있었기 때문입니다!"

어려서부터 KGB 요원이 꿈이었던 푸틴은 스무 살 때 KGB의 후보요원으로 선발되었고 3년 뒤인 스물셋부터는 정식으로 KGB 첩보부에 근무하기 시작했다.

공산당의 엘리트 당원이 밟아야 할 모든 길을 밟고는 드디어 최정예에게만 허용되는 KGB 첩보 부서에 배치되어 조지아, 벨라루스 등을 거쳐 마침내 동서가 가장 첨예하게 부닥치는 베를린에서 근무하게 된 것이었다. 그것이 그에게는 최고의 영예였고 그는 누구보다도 자신의 일에 확신과 자부심을 가지고 있었다.

하지만 모스크바는 어느 순간부터 서서히 무너져 내리고 있었다. 발단은 1983년 대한항공 007편 격추 사건에서부터였다. 국방장관은 말할 것도 없고 총참모장을 위시한 러시아 군부는 시종일관 거짓말로 대한항공 007편 격추 사건에 대응했다. 그러나 거짓말은 로널드 레이건을 비롯한 미국 정부의 강력한 대처에 의해 그때마다 금세 탄로 나곤 했다.

막다른 골목까지 몰리게 된 군부가 종국에는 국방장관을 바꾸는 승부수를 띄웠지만 이것은 오히려 더 큰 신뢰의 추락을 불러오고 말았다. 러시아는, 아니 러시아 인민들은 이제 더이상 늙을 대로 늙어버린 국방부와 군사위원회, 그리고 총참모부를 신뢰하지 않았다.

군부만이 아니었다. 소비에트 연방의 모든 부처에서 적나라한 타락상이 드러나기 시작하자 공산당은 새로운 젊은 지도자를 내세울 필요를 느꼈다.

이러한 바람을 타고 나타난 사람이 바로 미하일 고르바초프였다.

불과 오십 대의 젊은 나이에 소비에트 연방의 공산당 서기장 자리를 꿰찬 그는 곧바로 글라스노스트, 페레스트로이카 같은 생전 듣지도 보지도 못했던 단어들을 내뱉으며 러시아를, 아니 소비에트 연방을 걷잡을 수 없는 혼란 속으로 끌고 들어갔다. 자본주의의 모순을 끝장내기 위해서 만들어진 소비에트 연방을 자본주의자들에게 개방하겠다고 나선 것이었다. 개방이라니. 도대체 누구에게 개방한다는 말인가.

이것은 분명 항복이었다. 처절한 항복일 수밖에 없는 구호를 고르바초프는 자랑스럽게 그리고 요란하게 온 세상에 떠들어대고 있었다.

푸틴은 할 수만 있으면 고르바초프를 죽이고 싶었다. 몇백 번이나 비밀리에 위장 신분으로 항공기를 타고 모스크바로 들어가서는 중대한 첩보를 핑계로 고르바초프를 만나 면전에서 그에게 총을 난사하는 꿈을 꾸지 않았던가. 하지만 그것은 꿈일 뿐이었다.

그 꿈을 실현할 의지가 얼마만큼 강했었는지와는 별개로 세상은 너무나 빨리 변해갔고 소비에트 연방은 물러질 대로 물러져버렸다. 그 증좌가 바로 독일 통일이었다. 푸틴은 동독과 서독의 젊은이들이 무너진 장벽 앞에서 굳게 포옹한 채 두 손을 하늘에 닿도록 번쩍번쩍 치켜올리며 독일 통일 만세를 외치는 모습을 고통스럽게 바라보아야만 했다.

이것은 소비에트 공화국의 패배 이전에 푸틴의 패배였다. 온 삶을 다 바쳐 헌신하고자 했던 위대한 소비에트 공화국이 이렇게 볼품없이 찌그러질 줄이야. 그는 몇 번이나 기관총을 들고 베를린 장벽의 붕괴 현장에 나아가서 공산주의 멸망을 외쳐대는 젊은이들을 향해 난사하고 싶었다. 그러나 거기까지였다.

인간의 꿈이란 얼마나 부질없이 부서지는가를 뼈저리게 자책하며 권총 벨트를 풀어놓고 말없이 광란의 현장을 지켜보는 수밖에 달리 길이 없었다. 어둠이 내리고 횃불이 타오르자 눈에서 주르륵하고 눈물방울이 흘러내렸다. 소비에트는 어디로 가는가! 짙은 어둠 속에 푸틴은 입술을 실룩거리며 이 한마디를 내뱉을밖에 달리 아무것도 할 일이 없었다.

"푸틴!"

고르바초프가 어느새 나타나 자신의 맞은편에 자리를 잡고 앉았다.

푸틴은 마음을 독하게 먹었다. 감히 범접할 수 없는 공산당 서기장이었던 고르바초프를 향해서 푸틴은 볼멘소리를 내뱉었다.

"서기장, 거기서는 행복하시오?"

물론 푸틴이 말하는 거기란 지옥이었다.

"수많은 러시아 청년들의 가슴에 대못을 박고, 러시아만이 희망이었던 노동자들의 가슴에 절망을 선사하고 서기장은 거기 저승에서 행복한 거요?"

푸틴은 갈아 마셔도 시원치 않을 것 같은 이 인물에게 간신히 예의를 갖추고 물었다.

"푸틴, 자네의 꿈을 내가 짓밟았다면 그것은 미안하네. 하지만 눈을 들어 세계를 보게. 그리고 자네가 그렇게 자랑스러워 마지않던 소비에트를 보게. 그리고 러시아를 보게. 아니 모스크바를 보게. 편견을 지우고 그대만의 이데올로기를 지우고 과연 사람들이 무엇을 가장 원하는지 바라보게. 국가란 무엇인가? 사람들을 가장 편하고 즐겁고 행복하게 해주는 것이 바로 국가 아닌가. 내게는 이데올로기가 없네. 나는 공산주의자로 길러졌고 공산주의자로 당과 나라에 충성했지만 어느 순간 깨달았다네. 이 세상에 공산주의로 말미암아 행복해지는 사람은 단 한 사람도 없다는 사실을 말일세. 그래서 내가 당을 바꾸고 소비에트를 바꾸려 했던 것이네. 떠올려보게. 1991년 소비에트가 붕괴되고 나서 얼마나 많은 사람들이 환호했던가를. 그 사람들이 외친 것은 자유민주주의였네. 자유란 인류가 나아가야 될 귀착점이고 최종의 가치이네. 자유를 억압하고 얻어지는 이익이 그 무엇이라도 그것은 이미 자유를 버렸다는 자체만으로 아무런 의미가 없네. 블라디미르 블라디미로비치, 우크라이나가 어떤 길로 갈지는 우크라이나 국민이 결정하는 게 맞네. 우크라이나가 나토에 들어갈지 말지를 러시아가 결정해서는 안 되네. 자네의 러시아 또한 우크라이나를 따라 자유와 번영을 추구하는 나라가 되어야 하네."

푸틴이 뭐라 항변할 사이도 없이 고르바초프는 연기처럼 사라져버렸다. 푸틴이 눈을 들어 여기저기 살폈지만 아무런 흔적도 없었다. 푸틴이 고르바초프가 앉아있던 자리로 다시 눈길을 돌리자 거기에는 수염을 기른 뚱뚱한 체구의 한 사나이가 앉아있었다. 그는 자신이 그렇게도 선망해 마지않던 위대한 소비에트의 지도자 스탈린이었다.

"고르비, 이 쌍놈의 새끼, 지켜보니 위대한 소비에트를 무너뜨린 흉악범이 자네에게 와서 말도 되지 않는 망발을 늘어놓더군. 그래서 내가 급히 달려왔어."

"원수님!"

"본래 러시아는 1920년대까지만 해도 유럽에서 가장 뒤떨어진 후진국이었네. 그것은 자네도 알 테지."

"뼛속까지 압니다!"

푸틴은 굵고 짧은 소리로 대답했다.

"1930년대를 넘기면서 러시아는 전 유럽을 상대할 수 있는 강국이 되었어. 1940년대에 들어서는 미국과 더불어 세계를 양분하는 빅 투가 되었지. 알고 있나?"

"너무도 잘 알고 있습니다."

"그때의 지도자가 누군지 아나?"

"네, 압니다. 바로 스탈린 원수님이셨습니다."

"그래, 그 위대한 기적은 바로 내가 통치했던 짧은 기간에 이루어진 것이네. 유럽의 맨 꼴찌 후진국에서 세계를 양분하는 초강대국으로 올라섰단 말일세. 1930년대에 말이야."

"어떻게 그게 가능했었는지요?"

"이념이 있었던 거야. 알겠나? 이념."

"그 이념은 무엇입니까? 원수님."

"소비에트의 이념은 뚜렷해. 바로 세계를 약탈하는 자본주의 도적들로부터 착하고 약한 인민들을 보호하는 것이야. 나는 더 가지려는 도적들을 인민의 이름으로 모조리 처단했네. 의사든 박사든 굴뚝 청소부든 다 같은 대접을 받도록, 온 인민을 다 평등하도록 만든 거야. 그 세상에서 인민들은 힘을 냈어. 자발적으로 열심히 일했던 거지. 그 결과가 어땠나? 1920년대에 우리의 과학기술은 미국, 영국은 물론 독일, 프랑스, 그보다 떨어지는 오스트리아나 심지어 스페인보다 못했지만 내가 집권한 1930년대를 거치며 러시아는 미국보다도 먼저 인공위성을 쏘아 올렸네. 전 세계 어느 나라도 건드리지 못할 핵 강국으로 올라섰어! 알겠나? 무엇이 나라를 강

160

력하게 만들고 인민들을 안전하게 하는지를."

"원수님, 솔직히 저는 지금 고통스럽습니다. 우리 러시아를 한 발 한 발 위협해 들어오는 미국과 나토를 저지하기 위해 군대를 보냈다가 지금은 이러지도 저러지도 못하는 상황입니다. 미국과 나토가 보내오는 엄청난 살상 무기에 우리 병사들은 하루가 멀다 하고 죽어나가고 있습니다. 이대로 물러서면 러시아는 몸도 마음도 다 파괴당하고 맙니다. 그렇다고 계속 싸울 수도 없습니다. 돈으로 무장한 자본주의의 군대들 앞에 우리 러시아 군대는 도저히 버틸 수가 없습니다. 이 전쟁에서 굴욕을 당하면 우리 러시아는 앞으로 나아가지 못하고 바람 빠진 고무풍선처럼 완전히 수축되고 말 것입니다. 원수님 같으면 여기에서 어떤 경로를 택하시겠습니까?"

"블라디미르, 자본주의자들은 강력하다. 놈들에게 한번 제대로 밀려나면 앞으로는 전혀 기회를 잡지 못해. 석유도 가스도 그놈들이 팔라는 가격에 팔 수밖에 없어. 여기서 밀리면 안 돼. 블라디미르, 자네는 막강한 자본주의 군대 앞에 달리 선택이 없다고 얘기하겠지. 그러나 왜 길이 없겠나. 모든 위대한 지도자는 위기의 순간에 위대한 결단을 해왔어. 지금은 바로 그 위대한 결단이 필요할 때야."

"그 위대한 결단은 무엇입니까?"

"핵. 지금이야말로 핵을 써야 할 때야. 내가 그토록 애써 핵을 개발한 것은 오로지 이런 때를 위한 것이었네. 블라디미르, 지금이 핵을 쏠 때야. 결코 무시당해서는 안 될 슬라브의 힘을 보여줄 때라고. 핵을 쏘면 상대방들은 휴전밖에는 달리 길이 없네. 우크라이나에 핵을 쏘고 동시에 전 세계를 향해 핵미사일을 겨누게. 그러면 승리는 자네의 것이야."

 단호한 음성을 남기고 사라져버린 스탈린의 빈자리를 보며 푸틴은 주먹을 으스러져라 움켜쥐었다.

 다음 날 아침 일찍 살만이 사우디로 돌아가고 나자 푸틴은 시진핑과 늦은 아침 식사 자리에서 마주 앉았다.

 "시 주석, 중국이 대만을 그냥 버려둘 수는 없지 않소?"

 "나는 대만 사람들이 선거를 통해 친중 정권을 택하도록 할 거요. 그게 제일 쉬운 방법이니까."

 "대만은 이미 한국, 일본과 가까운 스타일이라 쉽지는 않을 거 아니오?"

 "하지만 중국인들이오. 중국인들은 고대로부터 오랜 전란을 겪은 탓에 내 몸 안전한 게 제일이라는 사상을 갖고 있소. 반중 정권을 밀어 전쟁을 택할 거냐, 친중 정권을 밀어 평화를 택할 거냐 들이밀면 대만은 평화를 택하게 되어있소."

"만약 그 반대 결과가 나오면 어떡할 거요?"

"정권을 무너뜨려야지."

"미국이 노골적으로 개입하면?"

"이번에 4백만 달러가 넘는 당신네 탱크들이 불과 십만 달러짜리 재블린에 백발백중으로 깨지는 장면 봤을 거요. 대만을 지키려면 미국 항공모함이 대만 해협 가까이 와야만 하는데 우리는 다가오는 항공모함을 모조리 격침시킬 거요. 우리에게는 항공모함 킬러 둥펑26이 있소. 한 척에 백억 달러가 넘는 항공모함도 단 한 발에 그 자리에서 백 퍼센트 확률로 격침된단 말이오."

"요격이 안 되는 거요?"

"절대 불가능이오."

"기지에서 뜨는 전폭기는?"

"괌이고 오키나와고 군산이고 요코스카고 사세보고 간에 모조리 때려버릴 거요. 중거리 미사일이 총알만큼 많이 있소."

"B1이나 B2는 어떻게 처리할 거요? 그것들은 멀리서 날아오지 않소?"

"B1, B2가 아무리 고성능이라 해도 중국 하늘에서 기다리는 수백 대의 쳰35를 만나면 어떻게 되겠소?"

"음!"

푸틴은 미국과 재래식 전쟁을 벌일 수 있다는 자신감을 내비치는 시진핑의 얼굴을 뚫어지게 바라보았다. 그 눈길은 마치 그렇게나 자신 있으면 간밤에 왜 그토록 핵공격을 설득했지 하는 추궁의 의미를 담고 있었다. 시진핑은 푸틴의 눈길을 의식하고는 이제까지와는 달리 다소 조심스런 기색으로 목소리를 낮추었다.

"우리 중국이 초고속으로 재래식 군비를 늘리고는 있지만 사실상 누가 재래식 전력으로 미국을 당해내겠소? 그래서 말인데……."

푸틴은 고개를 끄덕였다. 이미 짐작하고 있으니 편히 말해보라는 투였다.

"솔직히 이번에 러시아가 핵을 한 방 날려주었으면 좋겠소. 전쟁의 프레임을 재래식 전쟁에서 핵전쟁으로 바꾸어야만 미국 놈들이 움츠러들어 함부로 전쟁을 못 한단 말이오."

"어디? 우크라이나에?"

"그렇소."

"그런데 왜 내가 해야 하는 거요? 나중 대만 침공 때 중국이 하면 되는 거 아니오?"

"물론 중국도 하지만 지금 러시아가 하는 게 더 나아요. 어제 얘기한 대로 각하의 내일과 직결되어있기 때문이오."

"어젯밤 같이 걷자 했는데 중국은 나를 어떻게 도와줄 거요?"

"무조건 휴전을 보장하지요."

"휴전 보장이라……."

"일단 핵이 터지면 전 세계가 공포에 휩싸이는 동시에 전쟁 반대 여론이 급속히 확산될 거요. 이때 중국이 나서 무조건 휴전을 제시하면 세계는 따라오지 않을 수 없소."

시진핑의 말에는 설득력이 있었다. 우크라이나에 핵을 터뜨림과 동시에 미국을 비롯한 나토 주요 국가를 향해 차르 봄바와 사르맛을 있는 대로 겨누면 세계는 급속히 공포에 사로잡힐 것이었다.

"러시아가 핵을 쓰면 파국이라지만 기실 겁먹은 강아지가 짖는 데 불과한 얘기요. 제발 쏘지 말아달라는 애원이란 말이오. 핵이 터지는 순간 러시아는 위엄 있는 모습으로 휴전 협상에 나설 수 있소."

긴 생각을 접은 푸틴은 벌떡 일어나 시진핑을 굳게 끌어안았다.

핵미사일 사르맛

모스크바로 돌아온 푸틴은 회의실에 앉아서는 허공에 대고 한 사람씩 손가락으로 얼굴을 찍는 푸틴식 악수를 해 보였다. 언제부턴가 그는 참모들과의 거리를 7미터로 늘렸다. 본래 푸틴은 사람들과 거리를 둠으로써 자신의 권위를 높이는 데 일가견이 있었다. 그는 엄청나게 긴 테이블을 주문했는데 프랑스 마크롱 대통령이 방문했을 때 이 테이블의 양 끝에 앉아 4미터나 떨어진 채 회담을 함으로써 전 세계 사람들로 하여금 실소를 금치 못하게 한 바 있었다. 얼마 전 푸틴은 그 거리를 3미터나 더 늘렸다.

"안나 말이야."

각료와 참모들은 푸틴의 입에서 불쑥 튀어나온 안나라는

알 수 없는 말에 신경을 곤두세웠다.

"안나 바울리나."

"아, 네."

"네에."

누구의 이름인지 퍼뜩 떠올리는 사람은 없었지만 배석한 사람들은 아는 척 고개를 끄덕이며 서로의 얼굴을 힐끔거렸다. 푸틴은 자신의 말을 이해하지 못하는 각료들이 한심하다는 듯 오른쪽에서 왼쪽으로 한 번 쓰윽 훑어보고는 의외로 낮고 부드러운 목소리로 말했다.

"그 프로듀서 말하는 거야. 뉴스 진행자 뒤에 서서 푸틴은 살인자다, 이 방송 믿지 말라는 팻말 들었던 그 여자 말이야."

"아, 예."

"인터뷰 보니 제일 걱정되는 게 은행 대출금 상환이라더군. 몇 년 형무소 갈 일을 저질러놓고 재판 기다리는 동안 고작 대출금 상환이 제일 걱정된다니까 웃기잖아. 안 그래? 그래서 한참 웃었는데 말이야, 그게 웃을 일만이 아니었단 말이지. 형무소보다 은행이 두렵다는 게."

푸틴은 피식 웃으며 말했다. 무슨 말인지 선뜻 이해하는 사람은 없었지만 모두 이해가 간다는 듯 눈을 빛내며 푸틴의 입가에서 시선을 떼지 않았다.

"당신들이 섬에 있다 생각해봐. 이 섬에 은행 돈이 백만 루블 들어왔어. 새로 찍은 빳빳한 지폐로 말이야."

"네."

"그런데 갚을 때는 백만 루블만 갚는 게 아니지."

"물론 이자를 붙여줘야 합니다."

"맞아, 그런데 이자 갚을 돈을 따로 찍지는 않잖아. 그 백만 루블을 가지고 이자까지. 음, 이자를 얼마로 할까. 뭐 얼마가 됐건 간에, 여하간 갚을 때는 백이삼십만 루블 갚아야 하잖아."

"네, 그렇습니다."

"그런데 어떻게? 들어온 지폐가 백만 루블뿐인데 나머지 2십만 루블은 어디서 만드느냔 말이야. 없잖아. 백만 루블 줘놓고 1백2십만 루블 내놓으라고 사회를 쥐어짠단 말이야. 응? 알겠나? 그게 바로 자본주의야. 쥐어짜니 제일 약한 놈부터 낙오자 되어 자살하거나 형무소 가거나 노숙자 되는 거지. 한마디로 자본주의는 구조적으로 사람을 죽이는 제도야. 자본주의가 아무리 바뀌어도 뼈대는 변함없어."

"명쾌합니다."

"그런데 공산주의가 졌어. 모두 같이 살자는 공산주의가 인간 도살장 자본주의한테 졌단 말이야. 왜 그런지 알아?"

"……."

모두들 한마디쯤은 할 수 있지만 아무도 입을 열지 않았다. 참모들은 이것이 독재자들이 보이는 전형적 모습, 특히 히틀러와 스탈린이 측근들에게 보였던 바로 그 모습, 내키는 대로 아무 말이나 내뱉으며 그걸 이론이나 학설로 만드는 카리스마라는 데 생각이 미쳤다. 푸틴이 그들과 다른 점이 있다면 그저 수염이 있고 없고 정도의 차이뿐이었다.

"노력을 안 해도 되는 게 공산주의의 무지막지한 매력이기 때문이지. 10년 공부해야 면허증 받는 의사와 석 달 배워 허가증 받는 미용사의 한 달 수입을 똑같이 만들어놓았잖아. 그게 엄청난 불공평이라는 걸 모르고 오히려 지극히 공정하다는 착각에 빠져있었던 게 지난날의 소비에트야. 그렇지 않나?"

"맞습니다."

모두의 대답이 크렘린 궁의 가장 깊은 방에 울려 퍼졌다. 공산주의를 온몸으로 살아온 터라 각료와 참모들은 그것만큼은 자신 있게 얘기할 수 있었다.

"아파트 백 채를 지었는데 달라는 사람은 만 명이야. 그럼 누구한테 줘야 하지? 술 잘 먹는 놈부터 줄까? 노래 잘하는 놈?"

"하하하하!"

각료들은 크게 웃었다. 독재자 앞에서 가장 마음이 편할 때가 바로 독재자의 시답잖은 유머에 웃어줄 때였다.

"당이 결정하지. 아니 당을 대신한다는 인간이 결정한다. 그러니 사람들은 당 간부에게 아부할 수밖에 없어. 죽도록 일해도 얻을 수 없지만 살짝 아부하면 얻을 수 있다. 그래서 소비에트가 망한 거야. 일 열심히 하면 누구나 아파트 살 수 있는 자본주의와 경쟁이 안 되니까."

"맞습니다."

"그럼 러시아는 어떤 길을 가야 하나? 자본주의에 도가 튼 미국, 영국, 프랑스, 독일 놈들 꽁무니를 따라가며 영원히 굽실거리고 사는 길밖에 없나?"

"아닙니다. 러시아는 러시아의 길을 가야 합니다."

"그런데 공산주의로는 안 돼. 그럼 무엇으로 과거 1930년대와 같은 힘을 낼 수 있는 거지?"

참모들은 이구동성으로 푸틴이 가장 좋아하는 구호를 토해냈다.

"위대한 러시아!"

"맞아! 인간에게는 피의 본능이란 게 있거든. 자본주의도 공산주의도 피의 본능을 이기지 못해. 알겠나? 사람들을 움직이는 힘은 이데올로기가 아니야. 머리가 아닌 피란 말이다."

푸틴은 이번에는 싸늘한 눈초리로 참모들의 얼굴을 훑었다. 우크라이나 침공이 시작되고 난 후 많은 사람들이 숙청된지라 푸틴의 눈초리 하나하나가 바로 삶과 죽음의 기로였다. 만족감이 담긴 눈초리와는 반드시 부딪쳐야만 하고 분노의 눈초리는 무조건 피해야만 했다.

"그런데 우리는 오랫동안 그 본능을 일깨우는 법을 잊고 살았던 거야. 지금도 마찬가지 아닌가?"

푸틴의 어법을 잘 아는 참모들은 뭔가 큰 게 튀어나올 거라 짐작했고 과연 그 예감은 정확히 맞았다.

"본능은 격돌에서 나오는 거야. 핏줄과 핏줄이 얽혀 네가 죽느냐, 내가 죽느냐의 그 급박한 순간에 피의 본능이 터져나온단 말이야. 지금 우리가 마주한 상대는 우크라이나가 아니야. 우크라이나를 앞세운 서방 전체지. 그러니 피의 본능을 끌어내지 못하면 지는 거야."

장황한 서두를 뗀 푸틴의 입에서 드디어 그가 심중에 둔 한마디가 튀어나왔다.

"나는 대격돌을 원한다. 위대한 러시아의 핵은 어디를 때려야 하나?"

역시 그것이었다. 전황은 점점 나빠지고 있어 이대로 가면 패배밖에 없다는 건 참모들도 모두 느끼고 있는 중이었다. 푸틴이 언제 어떤 카드를 내놓느냐가 초미의 관심사였던 터라 지금 이 순간 참모들은 올 게 왔다 생각했다.

"우크라이나 제2의 도시 하르키우를 생각한 적 있습니다."

즉각 대답을 한 사람은 다름 아닌 교체된 항공우주사령관이었다.

"다른 의견은?"

"하르키우가 아니라 키이우에 쏘는 게 맞습니다."

로켓군사령관은 이미 오랫동안 이 상황을 생각해왔는지 거침없이 키이우를 짚었다.

"한 방에 적을 꺾고 세계를 꺾어야 합니다. 그런데 이걸 하르키우니 오데사니 하는 데 터뜨리면 핵을 쏘고도 오히려 지지부진할 수 있습니다."

푸틴의 얼굴에 어리는 만족스런 웃음을 보자 참모와 각료들은 잇따라 키이우를 지지하기 시작했다. 쏘지 않는다면 모르지만 만약 쏜다면 한 방에 끝을 내야 하고 그렇다면 로켓군사령관의 의견이 더 맞다는 생각이 각료들의 머리를 지배했다.

"하라쇼! 그럼 얼마짜리를 쓰지?"

푸틴의 목소리는 경쾌했고 각료들은 오랜만에 보는 그의 이런 박력 있는 모습에 안도했다. 사실 푸틴의 몰락은 바로 자신들의 몰락이었기 때문에 푸틴이 패전의 두려움을 떨쳐내고 과거의 강력한 모습으로 되살아난다면 그들에게도 그 이상 좋은 일은 없을 터였다.

"설때리면 안 됩니다. 한 방에 회복할 수 없는 충격을 주어 전쟁 수행이 불가하도록 해야 합니다!"

"그러니까 얼마짜리?"

"백 킬로톤 정도는 터뜨려야 할 겁니다."

"백 킬로톤이면 히로시마의 몇 배야?"

"히로시마가 15킬로톤이니 약 일곱 배입니다."

"히로시마에서 얼마 죽었지?"

"7만이 즉사하고 이후 7만이 더 죽었습니다."

"그럼 키이우에선 백만 명 죽나?"

이미 연구한 적이 있는 로켓군사령관이 대답했다.

"위력에 정비례하는 건 아니라 대략 2~3십만 명 즉사하고 도합 5십만 명 죽을 것 같습니다."

"뭐로 터뜨리나?"

"미사일로 쏘아 약 5백 미터 상공에서 터뜨리는 게 우리 사령부의 전술 지침입니다."

"히로시마의 일곱 배라. 차르 봄바는 용량이 얼마야?"

푸틴은 어린아이처럼 흥미가 가득한 표정으로 물었다. 차르 봄바는 인류 역사상 가장 폭발력이 강한 수소폭탄이었다. 실험 당시 지상 4.2킬로미터 상공에서 터뜨렸음에도 지상에 8킬로미터 넓이의 화구가 생겼고 백 킬로미터 밖에 있던 사람이 3도 화상을 입었을 정도였다.

"50메가톤이니 히로시마 원폭의 3천3백 배입니다. 뉴욕이든 시카고든 그 상공에서 이 폭탄이 터진다면 시민 전체가 그 자리에서 몰살할 수밖에 없습니다."

"하하, 하하하하, 하하하하!"

푸틴은 크게 웃어젖혔다. 우크라이나 전쟁의 부진, 석유 수출 규제, 금융 규제, 자산 압류, 국제 전범 수배 등 자신을 불쾌하고 우울하게 만들었던 모든 것을 한꺼번에 날려 보내려는 듯 푸틴은 통쾌한 웃음을 연신 날렸다.

"사르맛은?"

갑자기 웃음을 뚝 그친 푸틴의 입에서 사르맛이라는 단어가 튀어나왔다. 이제껏 전 세계에서 가장 강력한 폭탄이었던 차르 봄바를 멀찌감치 따돌린 차르 중의 차르 사르맛은 어느 순간부터 푸틴의 뇌리에 강력한 신앙으로 자리 잡고 있었다.

"20메가톤으로 영국을 지도상에서 사라지게 할 위력입니다. 차르 봄바보다 위력은 조금 떨어지나 대신 전 세계의 어떤 수단으로도 절대 막을 수 없습니다. 투발까지 며칠 걸리는 데다 반드시 중폭격기를 써야 하는 차르 봄바와 달리 사르맛은 한 시간 내에 지구 어디든 도달합니다. 북극을 통할 수도 남극을 통할 수도 있습니다. 한마디로 지구를 죽일지 살릴지는 오직 푸틴 각하만이 결정합니다."

"으하하하! 크하하하!"

마케의 다이아몬드

미하일은 마냥 우습게 보기만 했던 코바사가 우크라이나 각지에서 모아 온 인물들을 보자 속으로 놀랐다. 첫눈에도 그냥 뒷골목에서 시시한 짓이나 하던 졸자들이 아니었다. 전쟁터에서 두려움 없이 수류탄을 던지고 참호에 뛰어들어 기관총을 난사하던 용사들의 표정을 떠올리며 미하일은 애써 사람들을 골랐다.

"너, 너, 너, 너, 너 오케이, 나머지 둘은 돌아가!"

미하일은 이것저것 물어보는 법 없이 바로 다섯 명을 골라냈다.

"이런 씨팔, 사람 가지고 장난치는 거야, 뭐야. 내가 뭐가 모자라서 얼굴만 보고 돌아가라는 거야, 이 개새끼야!"

불합격한 둘 중 하나가 미하일을 향해 욕설을 내뱉으며 행패를 부리자 미하일은 자신이 뽑은 다섯 중 험상궂은 표정의 한 사내를 향해 턱짓을 했다.

"로만이라고 했나? 로만, 이 야비한 표정의 사내에 대한 당신 판단은 어때?"

그러자 로만이라 불린 삼십 대 사내는 두말없이 앞으로 나서 행패 부리던 자의 팔을 무지막지하게 등 뒤로 꺾어버렸다.

"아앗! 이거 놔, 놔요! 조용히 갈 테니."

다시 미하일의 턱짓을 받은 로만이 풀어주자 행패 부리던 자는 땅바닥에 가래침을 한 번 퉤 뱉고는 사라져버렸다. 마저 또 한 사람의 지저분한 불량배를 돌려보낸 미하일은 다섯 명을 미리 봐두었던 한적한 장소로 데려갔다.

"코바사가 여러분 실력을 칭송하긴 했으나 내가 마지막으로 심사한다. 로만부터 왜 자신이 이 팀에 있을 자격이 있는지 증명해봐."

"열여섯 살부터 칼 맞은 것만 백 번이오!"

로만은 웃통을 벗었다. 수많은 칼자국이 사방연속무늬처럼 나있는 피부를 보이는 것만으로도 로만은 통과되었다. 비탈리라는 이름을 내뱉은 한 인간은 로만의 칼자국을 대놓고 비웃었다.

"이 뱀 껍질 덮어쓴 놈이 열여섯부터 칼을 맞았다고! 내 손에 죽은 놈들만 합계 열여섯이오."

"어떻게 증명할 거야?"

"당신이 날 내쫓는 순간 증명될 거요. 열일곱 번째 시체가 될 테니까."

미하일은 웃었다. 전장에서 별의별 사람 다 보았지만 확실히 암흑가의 인물들은 전장의 용사와는 다른 기질이 있었다.

"죽느니 합격시켜야겠지. 통과."

"나자르요. 방금 저 열여섯 죽였다는 놈과 이 자리에서 한 판 붙여주시오."

미하일은 악당들의 말솜씨에 내심 놀라고 있었다. 생각지도 못할 짤막한 한두 마디로 자신의 실력을 드러내는데 이 정도 표현의 원천이 공허한 허풍이 아니라 경험과 자신감이라는 데 감각이 미치자 바로 통과시켰다.

"나자르 합격."

"나는 금고 전문가요."

"또?"

"폭약도 다루고……."

"불합격!"

"왜요? 보석을 훔친다 하지 않았소?"

"훔치지 않아. 빼앗지."

"부자들은 금고에 트릭이 있어요. 성사 직전에 사고 터지는 게 얼마나 많은지 알기나 해요? 자칫하다 금고에 통째로 갇혀 경찰에 넘겨진단 말이오."

"우린 은행을 터는 게 아니야. 꺼져!"

금고 털이는 압도적 카리스마를 내뿜는 멤버들을 곁눈으로 힐끔거리다 푼돈을 구걸해서는 사라지고 말았다.

"나는 돈이 필요한 여자예요."

"하하!"

처음 보았을 때부터 홍일점이라 호기심이 일었던 미하일은 돈이 필요하다는 여자의 말에 실소를 흘려냈다.

"무얼 할 수 있지?"

"총도 칼도 폭력도 싫어하지만 인터넷, 모바일 통신, 가상 화폐 등등 디지털과 온라인 관련된 건 뭐든 다 최고예요."

"가, 필요 없어."

"아니, 엄청 필요 있어요!"

"왜?"

"보석을 빼앗고선 어떻게 처분하죠? 들고 다니며 이 사람 저 사람 구경시켜 주나요? 돈은 또 현금으로 받을 건가요?"

"음!"

"당연히 온라인으로 팔아야죠. 무식한 당신들은 뺏거나 훔칠 줄은 알아도 팔 줄은 몰라요. 내가 이 깡패들 모두보다 더 중요한 이유예요."

"통신 전문가인 건 내가 어떻게 알 수 있지?"

"이거 봐요. 휴대폰만 다섯 개예요. 이거 받아봐요."

입술을 비쭉 내밀던 여자가 던진 휴대폰에는 유명 정치인부터 연예인들까지 본인이 아니고서는 결코 가질 수 없는 은밀한 사진들이 가득했다. 몇 번 넘겨보던 미하일은 도로 휴대폰을 던지며 외쳤다.

"합격!"

미하일은 코바사를 포함해 총 다섯 명의 대원을 으슥한 술집으로 데려갔다. 한갓진 방에 자리 잡은 미하일은 술이 한 순배 돌고 나자 설명을 시작했다.

"우리가 빼앗을 보석은 마케의 다이아몬드. 마케는 소위 얘기하는 시바의 여왕이야. 이 다이아몬드는 그녀가 솔로몬 왕에게 갈 때 지참했던 걸로 이미 수천 년 전부터 유명한 보물이다. 역사상 몇몇 가짜가 있었으나 가짜조차도 그 가치는 어마어마하지. 그러나 이 다이아몬드는 가짜일 리는 없어. 왜냐하면 보로닌이 갖고 있기는 하지만 알렉세이 모르다쇼프가 실소유자이기 때문이지."

"걔는 뭐 하는 애요?"

로만이 모르다쇼프를 옆집 애 이름 부르듯 하자 미하일은 웃으며 쏘아붙였다.

"너 재산 얼마 있어?"

"재산? 내게 무슨 재산이 있어? 칼 한 자루가 다요. 칼자루에 자수정이 박혔으니 한 2천 흐리우냐 될 거요. 뺏은 거라 원주인이 얼마 주고 샀는지는 모르지만."

"음, 너도 꽤 대단한 재산가네. 여하튼 그자가 가진 요트만 스무 척이야. 그중 한 척이 프랑스에 압류되었는데 가격이 6억 달러야."

비탈리가 손가락을 입에 대고 휘파람을 한 번 불더니 고개를 좌우로 흔들며 다짐하듯 물었다.

"어쨌든 1인당 십만 유로 주는 건 맞소?"

"맞아."

"선불 만 유로는 언제 주는 거요?"

"지금!"

미하일이 들고 있던 가방에서 다섯 뭉치의 지폐를 꺼내 코바사에게 건네자 그는 먼저 자신의 몫 만 유로를 주머니에 찔러 넣고는 나머지 네 뭉치를 각각에게 하나씩 던져주었다.

"캬, 이거 얼마 만이냐!"

지폐 뭉치를 손에 움켜쥔 예비 강도들은 환호성을 지르며 흥분하면서도 눈에 띄게 고분고분해졌다. 미하일은 그간 궁금하게 여겼던 의문이 한순간에 풀리자 자신도 모르게 웃음을 떠올렸다. 케빈이 험상궂기 짝이 없는 코바사를 단숨에 어린 양처럼 순하게 만들어버린 비결 또한 바로 돈일 것이었다. 똑같이 극한의 폭력이 난무하는 곳이지만 전쟁터와 뒷골목은 이처럼 극명하게 달랐다.

　"여기 오데사의 기업가 네스트로 보로닌은 모르다쇼프의 요청으로 프랑스 마르세유에 압류당한 그의 요트에서 마케의 다이아몬드를 빼돌려 보관하고 있다. 보로닌은 운송과 하역을 전문으로 하는 자이니 많은 깡패들을 거느리고 있어. 그놈에게서 마케의 다이아몬드를 빼앗는 데 장애가 될 똥파리들이지. 내가 보로닌을 잡아 다이아몬드를 넘겨받을 때까지 이 똥파리들을 쫓아내는 게 너희들이 할 일이야."

　"죽여도 되는 거요?"

　"물론."

　"총은 주는 거요, 각자 구입이오?"

　"뒷골목에 널린 게 총인데 빼앗든 사든 그건 너희가 알아서 해."

　"흐흐."

다이아몬드를 빼앗아 난민을 위해 쓰는 만큼 용병이라 할지 아니면 남의 것을 강탈하는 행위이니 범죄단이라 할지 분명하진 않았으나 미하일은 이들의 수준이 만만치 않다는 걸 직감적으로 느낄 수 있었다. 보로닌이라는 자가 데리고 있는 깡패들의 실력이 어느 정도인지는 몰라도 느낌상 이들과 같이 움직이면 밀릴 것 같지는 않았다. 성패는 작전을 얼마나 정교하게 짜는가에 달릴 것이었다.

"너희들은 작전명령이 하달될 때까지 하고 싶은 걸 하며 마음대로 자유 시간을 보내고 있으면 된다. 다만 술은 절대 입에 대선 안 되고 한 방울이라도 목구멍으로 넘기면 그 즉시 목을 딴다. 또한 비밀을 누설하면 그 즉시 혀를 자르고 눈깔을 뽑는다. 어떻게 아냐고? 궁금하면 한번 해봐. 매일 한 번씩 내게 전화해. 나도 한 번씩 매일 연락한다."

선금 만 유로의 위력은 대단했다. 누가 먼저랄 것도 없이 이들은 충성을 맹세했고 평생이라도 따를 기세였다.

"연락 주실 때까지 언제까지고 기다리겠습니다."

미하일은 속으로 웃음이 났으나 가장 근엄한 얼굴로 다섯 명의 급조된 도적단 단원들과 악수를 나눈 후 어둠 속으로 사라졌다.

보름이 넘도록 미하일로부터 작전개시의 연락을 받지 못해 차츰 불안과 초조 속에서 시간을 보내던 다섯 명의 단원들은 어느 날 밤 전격적으로 출동명령을 받자 사기가 충천한 모습으로 나타났다. 각자 자신에게 맞는 무기로 무장한 이들은 미하일이 타고 온 7인승 트럭에 올라 농담을 주고받으며 애써 태연한 모습을 가장했지만 사실은 이제 곧 벌어질 일에 대한 기대와 흥분으로 몸이 달아있었다.

"일이 실패하면 어떻게 합니까?"

예의라고는 도통 모르고 한평생 살아왔던 비탈리가 최대한의 공경을 표하며 물어오자 미하일은 무뚝뚝하게 답했다.

"선금 반을 토해내야 한다."

"뭐라고요?"

경악한 건 비탈리만이 아니었다. 한번 받은 선금을 돌려주는 일은 어디에도 없었기에 이들의 놀라움은 극에 달했다.

"이미 다 써버렸는데요."

옐레나를 제외한 나머지 넷은 살아온 바닥이 바닥인지라 이런 때 무슨 말을 해야 할지 본능적으로 알고 있는 사람들이었다.

"소용없어. 도망가면 끝까지 찾아가 추적 비용까지 받아낼 거야. 돈 없으면 장기를 뽑아 대체한다."

"이런 씨팔! 그런 개떡 같은 법이 어딨어? 선금 줬던 걸 받아 가는 경우가 어딨냐고. 그럼 아예 계획 자체가 취소되면?"

돈의 위력에 의해 평생 몰랐던 예의를 갖추었던 비탈리는 돈이 없어진다는 얘기를 듣자 본래 모습으로 돌아가 거칠게 대들었다.

"계획 취소란 없어. 지금 쳐들어가니까!"

"아니, 그게. 그러니까 우리는, 아니 나는 찌를 놈 확실히 찌르고 목 딸 놈 확실히 목 따고 갈겨버릴 놈들 확실히 갈겨버린단 말요. 그런데 혹시 보석이 없거나 하면 어쩌느냔 말이오?"

"말했잖아. 반을 회수한다고! 더 이상 아가리 벌리지 마!"

"좆같이!"

"씨팔 놈!"

하나같이 욕지거리를 내뱉었지만 한편으로는 반드시 성공해야 한다는 결의가 이들 모두의 얼굴에 서렸다. 트럭은 보로닌의 대형 사일로들이 줄지어 서있는 부두를 달리다 열려있는 게이트 안으로 급히 꺾어 들어갔다.

"우리 말고 사람이 더 있는 거요? 이 밤에 이렇게 문이 활짝 열려있을 리가 없잖소?"

"여긴 보로닌의 현장 사무실이 있어 늦게까지 열어둬. 깡패들과 보로닌의 경호원들이 수시로 드나드니까."

"보로닌을 어떻게 잡아요? 우린 그놈 얼굴도 모르는데."

"보로닌과 경호원들은 내가 사무실에 들어가 잡는다. 너희들은 내가 사무실에 들어가있는 동안 깡패들을 제압하면 돼."

"당신 혼자서요?"

"그래!"

"혼자서 그게 가능해요?"

미하일을 보는 단원들은 반신반의하면서도 고개를 끄덕였다. 지나가는 이야기 중 그가 전쟁 영웅이라는 한두 마디를 듣기는 하였으나 아무리 전쟁 영웅이라 해도 혈혈단신으로 경호원들을 다 때려잡고 보로닌까지 잡아 조져 보석을 빼앗겠다니. 계획이 있겠거니 생각하는 중에도 트럭은 사일로 끝을 향해 돌진했고 그런 와중 미하일은 갑자기 울어대는 전화를 받았다.

"뭐라? 보로닌이 다른 차를 타고 나갔다고! 그럼 사무실에 없단 말이야? 뭐라고, 철수?"

미하일은 일단 급히 차를 돌리면서 상대방을 거세게 추궁했다.

"이 병신 새끼야! 두 눈깔 뻔히 뜨고 뭐 한 거야? 보름을 기다려서 출동했는데 빠져나간 것도 몰랐다고? 너 이 새끼 죽여버릴 거야! 이런 개 같은!"

미하일은 트럭이 부두를 빠져나오자 으슥한 곳에서 다섯 명을 내리게 했다.

"심어놓은 첩자 놈이 부실해 수포로 돌아갔다. 다시 연락할 때까지 기다려!"

"언제 연락할 건데요?"

"첩자 놈이 다시 연락할 때까지 기다려야지. 얼마가 걸릴지는 몰라."

"그럼 일이 완전히 없어진 거요?"

"없어지긴 왜 없어져? 보로닌이 살아있는데. 잡기만 하면 되는 거 아냐! 이 병신 새끼야! 빨리 내려!"

미하일은 욕지거리를 내뱉으며 단원들을 서둘러 내리게 하고는 액셀을 세게 밟아 부웅 소리를 내며 사라져버렸다.

며칠 후 미하일이 한 아시아인과 함께 나타나자 단원들은 이 사람이 지닌 범상치 않은 분위기에 어딘지 불편한 느낌이 들었는지 평소보다 말수가 적었다. 작전을 설계한 당사자라는 미하일의 소개가 끝나자 케빈은 즉시 앞으로의 계획을 설명했다.

"2주 내 결행한다. 눈에 띄진 않아도 어디 감시카메라가 있을지 모르니 자동차를 쓰면 안 돼. 또한 당신들 중 누구도 눈에 띄면 안 돼. 당일에는 저 뒷산에서 어스름이 내릴 때까지 기다렸다 부두가 텅 비면 사무실로 들어가."

케빈은 일동을 뒷산으로 데려갔다.

"바로 여기. 부두 전체가 훤히 보이잖아. 보로닌의 사무실은 저기 저 건물이야. 거사가 시작되면 나는 밖에서 감시할 테니 미하일이 단원들을 데리고 신속히 끝내."

춤추는 휴전 조건

러시아가 이 세상에서 가장 친해야 할 나라 중 선두에 꼽히는 것은 단연코 튀르키예였다. 북쪽의 바다가 얼음으로 뒤덮여 여러 제약이 있는 데 반해 흑해에서 지중해로 이어지는 보스포루스 해협은 러시아가 연중 세계와 교통할 수 있는 유일한 통로였으니 만약 튀르키예가 이 좁디좁은 보스포루스 해협을 막아버리면 러시아는 꼼짝달싹할 수 없는 지정학적 운명을 타고난 것이었다. 보스포루스 해협은 러시아에게는 절벽 위 회랑과 같은 길이었고 이 길의 안전을 도모하려면 러시아는 어쩔 수 없이 튀르키예와 잘 지내야만 했다.

그런데 튀르키예는 상당히 까다롭고 터프한 나라였다. 크림반도를 포함한 튀르키예 주변의 거의 모든 지역은 역사적으로 습관처럼 튀르키예의 지배하에 들락날락거렸으며 그런 튀르키예는 최근에 이르러 과거 오스만 투르크의 영광을 되찾자는 팍스 투르크의 기치를 드높이고 있었다. 그리고 그 한가운데에 에르도안 대통령이 있었다.

에르도안은 한마디로 겁이 없는 사람이었다. 그는 어떤 비난도 신경 쓰지 않고 자신의 정치 철학을 실행하는 사람이었는데 그의 정치 철학이란 나의 강한 힘으로 남의 약한 곳을 누른다는 아주 단순하고도 직선적인 것이었다.

튀르키예의 지정학적 중요성을 중시한 미국은 20세기 중반부터는 튀르키예와 가장 굳건한 동맹 관계를 체결했고 미국의 지중해 병력 상당수를 튀르키예에 집중시켰다. 지중해 지역에서 무슨 일이 터지면 가장 먼저 출동하는 병력이 튀르키예에 있는 미 공군들이었다.

그러다 보니 미국은 웬만한 튀르키예의 문제점에 대해서는 눈을 감는 편이었다. 튀르키예는 독립을 외치는 쿠르드족을 무차별적으로 살상했고 심지어는 화학무기를 사용했다는 소문이 돌기도 하였으나 미국은 적극적으로 개입하려 들지 않았다.

이런 사정을 누구보다 잘 알고 있는 에르도안은 거리낌 없이 모든 일을 자신의 성미대로 처리하곤 했다. 에르도안은 푸틴이 나토의 기피 인물인 걸 번연히 알면서도 푸틴과 절친한 관계를 유지하려 했고 푸틴 또한 에르도안의 눈치를 안 볼 수 없는지라 둘은 우정 아닌 우정을 자랑하는 사이였다.

"에르도안, 잘 지내고 있소?"

바이든으로부터 걸려 온 전화를 받은 에르도안은 그가 친근한 목소리로 부르는 것을 듣자 자신에게 부탁할 일이 있다는 걸 직감했다.

"아, 조. 지난번에는 일부러 웃기려 그런 거 아니오? 이라크 말이오."

에르도안은 얼마 전 바이든이 러시아가 우크라이나 전쟁에서 점점 헤매고 있다는 말을 하면서 우크라이나 대신 이라크라 발언한 걸 빗대 농담을 걸었다.

"흐, 가끔 그런 실수를 해주면 기자들이 엄청 좋아해요. 결과적으로 내가 더 유명해질 뿐이지만."

"그런데 웬일이시오?"

"에르도안, 지금은 당신이 좀 나서줘야 할 순간이오."

"휴전 말인가요?"

"이제 우크라이나는 잃었던 영토를 거의 회복했소. 물론 그들은 그 이상 얻기를 바라지만 우리가 볼 때는 이 정도에서 휴전하는 게 맞소."

"흐음!"

"휴전 협상에 나서주시오. 푸틴도 어차피 이길 수 없는 전쟁인 걸 잘 알잖소."

에르도안은 고개를 끄덕였다. 이것은 사실상 미국과 러시아의 전쟁이었다. 미국은 직접적으로는 우크라이나의 국민들, 그리고 간접적으로는 영국, 프랑스, 독일을 비롯한 유럽 모든 국가를 러시아와의 전쟁에 동원시키고 있는 것이었다. 미국의 전쟁 목표는 분명했다. 이참에 러시아의 국력을 완전히 소진시켜 다시는 러시아가 미국과 나토에 도전하겠다는 허황된 꿈을 꾸지 못하도록 하는 것이었고 이미 전쟁의 승부는 가려진 상황이었다.

"기꺼이 하지요."

에르도안은 전 세계인이 보는 앞에서 푸틴과 휴전 회담을 하는 모습을 오래전부터 그려왔던 터라 단숨에 대답했다.

"조. 당신이 원하는 바는 뭐요?"

"전쟁 이전 상태로 되돌아가는 거요."

"그건 푸틴의 완패인데 그가 순순히 받아들이겠소?"

"젤렌스키와 그의 장군들은 이참에 크림까지 찾으려 난리치고 있소. 만약 크림까지 잃는다면 푸틴에게는 미래가 없소."

"아무것도 얻은 게 없이 그냥 물러나도 어차피 미래가 없기는 마찬가지요. 도네츠크나 루한스크 중 한 곳을 자치공화국으로 만들면 어떻겠소? 그 정도로 푸틴의 체면을 살려주는 게 낫지 않겠소?"

"그건 우크라이나가 받아들일 수 없는 조건이오. 그렇게 많은 국민이 죽고 거의 모든 도시가 폐허가 되었는데 자치공화국까지 내준다면 어떻게 휴전을 받아들일 수 있단 말이오?"

"여하튼 휴전 조건을 담은 문건을 내게 보내주시오. 차츰 좁혀나갈 테니까."

에르도안과 통화를 마친 바이든은 이번에는 프랑스의 마크롱에게 전화를 걸었다. 개전 초기부터 푸틴과 여러 차례 협상을 했던 그는 푸틴과 가장 잘 통하는 나토 지도자들 중 한 사람이었다. 마크롱은 러시아와 우크라이나의 휴전을 이끌어내면 본인이 세계적 정치 지도자로 우뚝 서게 될 것으로 믿고 있었기 때문에 끊임없이 러시아에 추파를 보내고 있었다.

물론 나토의 일원으로서 우크라이나 전쟁에 적극적으로 참여하지 않을 수 없었지만 그런 가운데에서도 마크롱은 호시탐탐 자신이 휴전에 어떤 역할을 할 수 있을지를 탐색해왔다. 마크롱이 생각하기에 문제는 러시아가 아니라 미국이었다. 미국은 러시아와 휴전할 생각이 전혀 없어 보였다. 처음엔 소총이나 탄약 따위를 보내던 미국은 차츰차츰 정밀한 중대형 무기를 보내 러시아군을 박살 내버린 것이었다.

　마크롱은 미국이 이대로 유럽의 맹주가 되어서는 안 된다고 생각하는 사람이었다. 하여 그는 꾸준히 푸틴과 교류해왔고 또 한편으로는 중국 시진핑과의 관계에도 무척 신경을 썼다. 그는 미국이 중국과의 대결을 선포하고 전방위적으로 중국을 옭아매면서 거기에 나토까지 동원하는 것에 대해서도 몹시 불쾌한 심경을 드러냈다. 유럽은 미국의 졸개가 아니다. 이것은 마크롱이 틈나는 대로 유럽 정상들에게 해온 말이었다.

　"마키, 요즘 재미가 어때요?"

　"네, 조. 끝없는 시위 덕분에 심심하지는 않아요."

　"이제 이 전쟁을 끝내야 하겠는데 당신이 좀 나서주어야 하겠어요. 아무래도 당신만이 푸틴을 상대할 수 있을 것 같으니 말이오."

　"휴전 조건 맞추기가 쉽지 않을 텐데요."

　"미적거리면 크림까지 잃을 텐데."

　"일단 타진은 해볼게요. 그런데 자치공화국 하나 해주면 바로 휴전이 성사될 것 같은데요."

　"그건 안 돼요."

　"조, 당신이 젤렌스키를 설득해봐요. 이대로 그냥 휴전을 하면 권좌에서 내려가야 하는데 푸틴이 받아들일 수 있을까요?"

"뒷일은 전쟁을 시작한 자가 책임져야지. 어쨌거나 푸틴에게 전리품을 주어서는 안 돼요. 전후 배상 문제를 편하게 해주는 선에서 그를 설득해요."

"해보긴 하겠지만 쉽지는 않은 일입니다."

"우크라이나군이 크림 탈환 작전을 짜고 있어요. 그 사람들의 원한을 생각해봐요. 나의 참모들도 크림 탈환에 무척 긍정적이고. 크림에서 대규모 전투가 벌어지는 자체로 푸틴은 끝장이오."

"해보긴 할게요."

에르도안이나 마크롱이나 휴전을 보는 시각이 비슷했다. 그들은 러시아의 입장을 챙겨야 한다 생각하는 것이었다. 아니 러시아의 입장이라기보다는 푸틴의 입장이었다. 전화를 끊은 마크롱은 푸틴의 편에서 생각하기 시작했다. 푸틴도 우크라이나가 미국을 비롯한 유럽 각국의 지원을 받고 있는 이 전쟁에서 자신이 이기는 길은 없다는 걸 분명히 알고 있을 것이었다. 이런 상황에서 푸틴이 택할 수 있는 길은 무엇일까? 고심하던 그는 아내이자 가장 신임하는 조언자인 브리깃을 향해 물었다.

"무슨 명분을 만들어줘야 푸틴이 휴전에 응할까?"

통화하는 내내 옆을 지키던 브리짓은 마치 기다렸다는 듯 고개를 흔들며 말을 시작했다.

"푸틴이 가질 수 있는 명분은 없어. 러시아가 거둔 전과가 없잖아. 처음에 우크라이나를 대거 점령했다 지금은 크림을 잃을까 염려하는 판이니."

"그런 모두가 아는 이야기 말고. 어떻게 해서든 휴전을 성사시킬 만한 명분. 전쟁의 성과 없이도 내세울 수 있는 명분 말야."

"그런 건 없어. 휴전 안 하면 몰락한다고 밀어야지."

"문제군. 자존심이 극도로 센 자라 그런 논리는 받아들이지 않을 텐데."

"휴전해도 아무 문제 없다고 설득해. 국민들에게 미국 및 나토와 맞서 러시아의 미래를 지키려 했으나 결국 패배하고 말았다며 고해성사 하면 오히려 더 큰 지지를 얻는다고 유혹해."

"휴전 대가로 국제 제재 해소와 전쟁 배상 경감해주겠다는 정도론 어렵겠지?"

브리짓은 말이 안 되는 걸 알면서도 묻는 마크롱의 어깨를 쓰다듬었다.

"에마뉘엘, 이미 그런 단계는 한참 지난 걸 알잖아."

막강하다 믿었던 러시아군이 우크라이나에게 속절없이 밀리고 모스크바 번화가에 드론 공격이 계속되는 데다 크림반도까지 공격당하자 러시아 국민들의 여론은 차츰 바뀌고 있었다. 푸틴에게 절대적 지지를 보내던 국민들은 그에게 과연 오류가 없는지 의문을 갖기 시작했고 우크라이나 전쟁을 비판적으로 보는 시각도 등장했다. 그간 서방의 제재를 꿋꿋이 견뎌낸 것도, 젊은이들의 전쟁 반대에 차가운 반응을 보인 것도 위대한 러시아 재건이라는 푸틴의 구호에 매료되었기 때문이었으나 막상 드러난 현실은 전혀 딴판이었다. CIA가 여러 경로로 속속 밝혀내는 푸틴의 은닉 재산에 대한 의식 있는 국민들의 비판적 시각은 점차 고조되었으며 러시아의 국영 가스 회사가 수출하는 가스에 푸틴의 지분이 4퍼센트 붙어있다느니, 러시아 올리가르히들에게 위장 분산되어있는 재산이 빌 게이츠를 능가한다느니 하는 소문들이 이젠 공공연히 나돌았다. 가끔 한 번씩 폭로되는 푸틴의 초호화 별장 같은 것들은 거기에 기폭제가 되었다.

"우리가 푸틴에게 속은 거야!"

한 사람의 외침이 점차 확산되더니 종내는 무시할 수 없이 많은 사람들이 푸틴을 의심하기 시작했다. 예전 프리고진의 반란도 푸틴의 카리스마를 추락시키는 데 일조했다. 한번 허물어진 철혈 지도자 이미지는 좀체 회복되지 않았고 우크라이나군이 곧 크림반도까지 밀고 들어온다는 소문이 파다해지자 푸틴 퇴진이라는 구호조차 들렸다.

모스크바에 도착한 마크롱은 바로 크렘린 궁으로 안내되었다. 푸틴은 건재했으나 예전의 그 오만해 보이던 기상은 더 이상 찾아볼 수 없었다. 오히려 다소 초조해 보이는 기색이 얼굴에 묻어났다.

"우크라이나 침공에 실패했지만 그것은 오히려 당신을 미국과 나토의 동진에 맞선 위대한 지도자로 부각시킬 기회일 수도 있어요. 하지만 크림에 우크라이나군이 들어오면 모든 게 허사지. 지금 휴전해야 해요."

"바이든이 날 협박하라 했소?"

"협박이 아니라 현실이오. 그들은 당신을 실각시키려 하고 있고 그 방법이란 크림 전쟁이니까."

마크롱의 논리는 푸틴의 뇌리 속 깊은 곳으로 흘러들었다. 우크라이나 침공 실패는 오히려 나토의 동진이라는 심각한 현실을 국민들에게 각인시키는 데 쓰일 수도 있었으나 크림에서 전쟁이 벌어지면 문제는 달라질 것이었다. 푸틴은 자신의 미래를 결정짓는 분명한 물리적 마지노선이 크림이라는 마크롱의 논리에 내심 고개를 끄덕였다.

"우크라이나를 제외한 세계 모든 나라가 휴전을 원하고 있어요. 그런데 막상 우크라이나는 독자적으로 전쟁을 치를 힘이 없으니 대놓고 휴전에 반대하지도 못해요. 아니 어쩌면 우크라이나도 속으로는 휴전을 바랄지도."

"나도 휴전에 반대하는 건 아니오. 다만 어떤 조건으로 휴전하느냐가 관건이지."

"가장 소박하게 전쟁 전으로 돌아가는 겁니다."

"그건 안 돼!"

푸틴은 단호했다. 그냥 전쟁 전으로 돌아가는 건 사실상 항복을 의미하는 것과 다를 바 없었다.

"그럼 어떤 조건이면 휴전을 받아들일지 말해봐요."

"우크라이나가 나토 가입을 하지 않고 스위스와 같은 중립국을 선포한다면 휴전에 동의할 거요."

마크롱은 고개를 가로저었다.

"미국은 말할 것도 없고 나토 회원국 중 어느 나라도 거기에 동의하지 않아요. 그건 우크라이나 국민의 의사를 철저히 무시하는 것인 데다 이미 우크라이나 가입을 약속한 나토의 항복이잖소."

마크롱이 제시한 하한선과 푸틴이 내세운 상한선 사이의 간극은 너무 컸다. 그냥 돌아설 수 없는 마크롱은 나름의 안을 냈다.

"전쟁 이전으로 돌아가되 우크라이나 정부가 동부 지역에 대한 러시아어 사용 허가에 동의하고 크림을 러시아 영토로 인정한다면?"

이미 러시아로의 귀속이 기정사실화되어있는 크림을 굳이 언급하는 마크롱의 수작에 푸틴은 콧김을 짧게 뱉고 고개를 돌렸으나 마크롱은 여유로운 미소를 지었다. 그가 본 푸틴은 분명 약해져 있었으며 크림 반도를 거론할 때마다 숨길 수 없는 동요를 보였다. 결국 고개를 숙이는 것 외에는 푸틴에게 어떤 방법도 남지 않았을 것이라 생각한 마크롱은 그날의 회담을 기쁘게 마쳤다. 하지만 다음 날 만난 푸틴은 오히려 한층 강경해져 있었다.

"내 요구를 받아들이지 않을 거면 앞으로 당신이 모스크바에 올 일은 없소."

선을 긋듯 내던진 말에 불쾌해진 마크롱은 거칠게 물었다.

"나토 가입 철회 말이오?"

"중립국 선언까지."

"그건 어림없대도."

"그러면 비극이 초래될 거요."

마크롱은 푸틴의 갑작스런 엄포에 순간 어이가 없었으나 다른 협상 채널인 튀르키예의 에르도안보다 빠른 성과를 내고자 목소리를 낮춘 채 중요한 정보 하나를 건넸다.

"우리의 우정을 생각해 극비 정보를 얘기해주겠소. 최근 젤렌스키는 바이든에게 크림반도 진격을 승인해줄 것을 요청했고 이에 대해 바이든의 참모들은 긍정적으로 검토 중이오. 물론 대량의 첨단 무기 지원을 포함해서 말이오. 그렇게 되면 당신은 무척 어려워져요. 당신에게 오늘 나와의 담판이 중요한 이유요."

하지만 푸틴은 코웃음을 쳤다.

"우크라이나에게는 나토 가입 철회와 중립국 선언 외에 다른 선택지란 없소."

빈손으로 파리로 돌아간 마크롱은 푸틴이 허세를 부린다 판단했고 상황을 전해 들은 바이든 역시 마찬가지였다. 욕설을 내뱉으면서도 시간문제일 거라 말하는 마크롱에 동의한 바이든은 이제 에르도안을 내세웠다.

"블라디미르, 바이든은 이 전쟁에서 괄목할 만한 성과를 얻지 못하면 선거를 잃소. 죽기 살기로 덤벼든단 말이오. 세계적으로 사용 금지된 집속탄까지 우크라이나에 주는 걸 보시오. 따라서 러시아에 승리란 없소. 내가 볼 때 지금 여기서 휴전을 하면 당신은 얻은 것도 잃은 것도 없소. 다 없던 걸로 합시다. 다시 옛날로 돌아가는 거요."

"나는 무슨 일이 있어도 우크라이나가 나토에 가입하는 걸막을 거요. 그리고 도네츠크와 루한스크는 자치공화국으로해야 하오. 이것이 최종 휴전안이오. 이외에는 어떠한 조건도받아들일 수 없소."

에르도안은 마크롱을 만났을 때보다 훨씬 강경해진 푸틴을보자 놀라지 않을 수 없었다.

"어떻게 요구 조건이 더 붙었소? 도네츠크와 루한스크의자치공화국 선포는 당신이 전쟁에 완승했을 때 얻을 수 있는결과들이잖소. 하지만 당신은 전쟁에 졌단 말이오. 크림반도까지 빼앗기기 직전이오. 현실에 눈을 떠야지 자꾸 몽상만 늘어놓으면 어쩌자는 거요?"

"더 이상 말하지 않겠소. 이 조건 외에는 휴전이란 없소."

"블라디미르, 나는 당신 편이오. 어떻게든 당신을 도와 전쟁을 끝내려는 거란 말이오. 좀 찬찬히 생각해보고 답을 주길기다리겠소."

마크롱에 이어 에르도안까지 푸틴의 완강한 반응을 전해오자 바이든의 참모들은 분개했다. 그간 우크라이나의 갖가지 요청을 간신히 거절하며 휴전을 타진했지만 푸틴은 도저히 들어줄 수 없는 요구 외에는 마이동풍이었다. 에르도안의 말처럼 푸틴의 조건은 설사 러시아가 전쟁에 이겼다 해도 들어줄 수 없는 무리한 것들이었으며 이제껏 온갖 희생을 치르며 전쟁을 여기까지 끌고 온 우크라이나와 미국, 그리고 나토에 대한 조롱이기까지 했다. 참모 회의에서는 당장 우크라이나군의 크림반도 진격을 승인하자는 강경론이 주류를 이루었다.

흑해의 비밀

긴급 전략회의에 소집된 잠수함사령부의 핵심 간부들은 제 25 공군 국립항공우주정보센터에서 보내온 인공위성 사진을 앞에 둔 채 긴장된 기색으로 잠수함사령관의 입가에 시선을 집중했다.

"우리는 지난 3개월간 러시아의 핵잠수함 벨고로드의 행방에 대한 어떠한 정보도 포착하지 못했다."

사령관의 침중한 목소리에 몇몇 핵심 지휘관들의 이맛살이 잔뜩 찌푸려졌다. 본래 백해의 기지를 떠난 러시아 잠수함은 어떤 경로를 택하든 미국 해군의 감시망에 노출되기 마련이었다. 미 해군이 암암리에, 혹은 세계 도처의 동맹국 협조를 받아 해저에 극히 예민한 센서 라인을 깔아둔지라 러시아 잠수함들이 아무리 주의 깊은 잠항을 한다 하더라도 어디에선가는 포착되게 마련이었다. 백해를 떠난 러시아 잠수함들은 대개 북해를 거쳐 북극의 얼음 밑에 들어가있거나 아주 드물게 얼음을 깨고 밖으로 나와 대륙간 탄도미사일을 쏘는 훈련을 해왔으며 때때로는 그보다 넓은 경로인 발트해를 잠항해 대서양으로 나오곤 했다.

백해에서 북해로 향하는 경로를 감시하는 것은 어려운 일이 아니었고 발트해에서 대서양으로 향하는 경로 또한 노르웨이나 영국 등 해양 강국의 경계가 삼엄한 데다 대잠헬리콥터와 초계기들이 비행하는 횟수가 많아 더욱 대상을 놓치는 일이 적었다. 거기에 더해 미군은 인공위성에서 레이저 빔을 쏴 의심스런 지역을 심층 탐색하는 신기술까지 개발해 사용하고 있었으니 미 해군의 자신감은 그간 꺾인 적이 없었던 것이다.

그러나 이번 벨고로드는 달랐다.

"다들 아는 대로 벨고로드는 포세이돈을 탑재하고 있어 단 한 순간도 놓쳐서는 안 되는 최고 레벨의 감시 대상이지만 지금 우리는 부끄럽게도 추적조차 실패하고 있다. 오늘 회의에서는 어떻게 벨고로드에 대처해야 할지, 아니 어떻게 포세이돈에 대처해야 할지 귀관들의 의견을 기탄없이 얘기해주기

바란다."

사령관의 말이 떨어지기 바쁘게 잠수함사령부의 핵심 간부들은 소신껏 자신들의 의견을 개진했으나 현실적인 방법은 누구도 제시할 수 없었다. 추적조차 할 수 없는 적이 위험천만한 무기를 지니고 있다는 사실에 모두가 무력감을 토로하며 마지막 발표자까지 뚜렷한 대책을 내놓지 못한 채 자리에 앉자 실전에서 쌓아 올린 숱한 공훈을 자랑하는 맥스 준장이 주먹으로 책상을 쾅 내리쳤다.

"잠수함의 본질은 도발이고 공격이오. 당신들은 이제껏 뭉게구름보다 많은 이야기를 지어냈지만 단 한 사람도 도발하자는 말을 하지 않았고 공격하자는 말은 아예 씨알도 찾아볼수 없었소. 우리 잠수함사령부가 언제부터 이런 꽃미남 약골들의 학급회의가 되었단 말이오?"

참석자들의 눈길이 모두 맥스 준장에게로 돌아갔다. 잠수함 전투의 전설로 불리는 이 백전노장은 세상에 알려지지 않은 숱한 수중 대결의 주인공으로 잠수함에 몸을 실은 해군이라면 들어보지 못한 사람이 없는 배짱과 용기의 표본 같은 인물이었다.

"당신들도 눈이 있으면 보시오. 지난 1년 사이 러시아는 백해에서 쏘아 캄차카의 표적에 명중하는 사르맛 실험을 여봐

란듯이 공개했고 무게 백 톤에 사실상 무제한의 사정거리를 가진 포세이돈의 개발을 완료했소."

참석자들은 너 나 할 것 없이 고뇌에 찬 표정을 지었다. 개중에는 입술을 깨물며 신음을 터뜨리는 이들도 있었다. 맥스는 무척이나 못마땅한 얼굴로 이런 모습을 바라보다 겨우 화를 억누르고는 목소리를 골랐다.

"잠수함사령부는 어떤 작전을 하든 상급 부대나 외부 인사에게 보고할 의무가 없소. 이것은 우리의 오하이오급 잠수함 열네 척이 미국의 안보를 전적으로 책임지고 있기 때문이오. 어째서 국가가 잠수함사령부에 이런 독자적 권한을 주었는지 아시오? 핵전쟁을 일으킬 수도 있는 이러한 위험한 권한을 왜 우리에게 주었는지 아느냔 말이오?"

맥스는 날카로운 눈초리로 좌중을 한 번 훑은 뒤 묵직한 음성을 밀어냈다.

"외부에 보고를 하면 결코 핵공격을 할 수 없기 때문이란 말이오. 미합중국은 잠수함사령부에게 오로지 도발과 공격에 몰두하라는 임무를 내린 거요. 그런데 여러분들은 그 엄중한 사실로부터 도피해 온실 속 화초처럼 향기만 피우고 있소. 그러니 저 러시아 놈들이 사르맛이니 포세이돈이니 마구 만들어대는 거 아니오. 이대로 조금만 더 가면 미합중국의 군사력은 다 증발해버리고 말 거요. 포세이돈 핵어뢰 한 방이면 최신예 제럴드 포드든 뭐든 우리 항공모함은 악 소리도 못 내고 침몰이오. 포세이돈 열한 발이면 합중국 항모는 모조리 증발하는 거란 말이오."

맥스의 논리는 다소 강경하긴 했으나 미군의 현실을 적나라하게 드러내는 바 있어 참모들은 물론 사령관조차 묵묵히 고개를 끄덕였다.

"오늘 회의를 앞두고 하나의 대책을 생각했소."

"말해보시오."

사령관은 은근한 기대를 머금은 표정으로 맥스의 입가에 눈길을 보냈고 이것은 모든 참석자가 마찬가지였다. 미 해군 최고의 두뇌들이 모여서도 구태의연한 말만 오가던 맥 빠진 회의에 어쩌면 이런 외골수야말로 오히려 타개책을 내놓을 수도 있기 때문이었다.

"우리의 오하이오급 잠수함을 백해에 잠항시키는 거요."

"뭐라고요?"

즉시 누군가의 고함이 터지고는 곧 침묵이 이어졌다. 누구도 생각해본 적도, 입 밖에 내놓을 수도 없는 말이었다. 백해는 러시아 해군의 총본산이자 발트함대의 기지였으며 러시아 핵잠수함들의 모항이었다. 거기에 오하이오급 잠수함을 보낸

다니, 3차 대전을 일으키자는 거나 다름없는 말이었다. 사령관조차도 기가 막혀 맥스 준장을 바라만 보고 있었다.

"백해를 한 번 돌고 나온 다음 해저 사진 몇 장 보내는 거요. 우리도 가만있지 않는다는 걸 보여야 한단 말이오!"

하지만 맥스 준장의 이 정신 나간 작전에 찬성하고 나서는 간부는 단 한 사람도 없었다. 무언가를 해야만 한다는 데는 모두 공감하는 바였으나 오하이오급 잠수함이 백해에 들어간다는 건 지금과는 비교가 안 되는 치명적 위기를 초래할 수도 있었다.

"으음!"

무거운 침묵이 길게 이어졌다. 475킬로톤 위력의 핵탄두를 288개나 탑재한 핵잠수함이 백해로 들어가는 건 미친 짓이라고밖에는 볼 수 없는 해괴한 발상이었다.

깊은 침묵 끝에 누군가 한마디 툭 던졌다.

"흑해라면."

모든 사람의 눈길이 소리 난 방향을 향했다. 하지만 이 눈길은 발언의 당사자를 좇는 게 아니었다. 그 소리, 그 단어. 백해 대신 나온 흑해라는 지명을 좇는 열렬한 반응이었다.

"러시아 쪽 흑해라면 해볼 만하지 않을까요?"

백해라는 단어가 가져오는 무게에 압박당했던 이들의 고막이 흑해라는 구원의 소리를 향해 활짝 열렸고 몇 마디의 지지가 오간 끝에 좌중의 눈길은 맥스에게로 향했다.

"겁쟁이들의 의견이 모두 일치하니 나도 찬성할 수밖에 없군. 좋소, 흑해로 가서 바다 밑 암초 사진을 있는 대로 찍어 모스크바 즈나멘카 거리 19 러시아 국방부로 부쳐버립시다!"

갑자기 활기를 띤 토론이 이어지고 결국 결론을 내린 잠수함사령부는 제20 잠수함전대에 배속되어있는 한 척의 핵잠수함을 지목했다.

대서양 모처의 심해에 몸을 숨기고 있던 오하이오급 핵잠수함 로드아일랜드의 아인혼 함장은 네브래스카의 전략사령부로부터 날아온 극비의 작전명령을 받고는 전문을 뚫어질 듯 응시했다. 이것은 생각지도 못했던 당혹스런 명령이었다. 어째서 이런 작전이 하달되었을까 상상을 거듭하던 함장은 이윽고 어금니를 꽉 깨물고는 로드아일랜드의 전 승조원에게 비상 출동명령을 내렸다.

열다섯 명의 장교와 백예순아홉 명의 승조원이 탑승한 로드아일랜드는 상대방 잠수함이나 군함과 전투를 벌이는 용도로 만들어진 것이 아니라 누구의 눈에도 띄지 않는 바닷속 깊은 곳에 최장 90일간 몸을 숨기다가 본국으로부터 받은 지령에 따라 핵미사일을 발사하는 것이 주어진 임무. 누구도 이 잠수함이 어느 바다 어느 지점에 있는지 알아서는 안 되며 그 어떤 추적의 단서도 남겨서는 안 되었기에 작전을 하달받은 이후의 판단은 고스란히 함장의 몫이 되는 것이었다.

24기의 트라이던트2 미사일.

함장은 이 잠수함에 탑재된 핵탄두를 생각했다. 2백 개 이상의 핵탄두를 싣고 다니는 이 잠수함은 함장의 판단 하나에 따라 지구를 날려버릴 정도의 핵전쟁을 터뜨릴 수 있었다. 따라서 이 잠수함이 수령하는 작전명령서에는 알파벳 하나하나마다 이루 말할 수 없는 중대한 상황이 배어있을 수밖에 없었고 함장은 출동을 명령하고서도 거듭 작전의 의미를 짐작하려 고민했다.

북대서양 노르웨이 인근 해역의 심해에 몸을 숨기고 있던 로드아일랜드는 도버 해협을 지난 다음 모로코와 스페인 사이의 지브롤터 해협을 통과해 지중해로 접어들었다. 무려 3만 5천 마력의 힘을 내뿜는 원자로에 의해 추동되는 로드아일랜드는 시속 30노트의 속도로 쉴 새 없이 항진한 다음 다르다넬스 해협과 보스포루스 해협을 거쳐 드디어 러시아 해군의 앞마당 흑해에 들어섰다.

흑해는 튀르키예, 불가리아, 루마니아, 우크라이나, 러시아,

조지아의 6개국이 공유하는 바다로 미국의 핵잠수함이 출현하는 게 특이한 일은 아니었지만 이번에 로드아일랜드가 부여받은 임무는 통상의 코스를 잠항하는 게 아니었다. 보스포루스 해협을 빠져나온 로드아일랜드는 오른쪽의 튀르키예 해역이나 왼쪽의 불가리아, 루마니아 해역으로 함수를 꺾지 않고 곧장 직진했다. 위치 정보 시스템은 그대로 앞으로 나가면 러시아 해군기지가 있는 크림반도의 세바스토폴에 도착한다고 알리고 있었지만 아인혼 함장은 아랑곳하지 않고 수심 2백 미터의 잠항을 계속했다.

"이제 곧 1급 위험 수역으로 들어갑니다!"

"함수를 39도 우측으로!"

아인혼 함장은 긴장된 항해장교의 보고를 애써 태연히 받아넘겼다. 아니 그 정도에서 그친 게 아니라 함수를 39도 꺾었다. 함수를 꺾고 직진하면 세바스토폴과 러시아 크라스노다르주의 노보로시스크를 향하게 되어있었다. 잠수함이 노보로시스크를 향한다는 게 알려지자 승조원 사이에 보이지 않는 파문이 일었다.

"함장이 제정신이야? 혹시 이걸 버지니아로 착각한 거 아냐?"

적을 만나면 얼마든지 싸울 수 있는 버지니아급 잠수함과 달리 로드아일랜드는 적의 수상함이나 잠수함과 싸우는 용도가 아니었다. 적의 눈에 띄어서는 안 될 뿐 아니라 심지어 아군의 눈에 띄어서도 안 되는 핵미사일 발사 전용 전략잠수함이었다. 이 잠수함을 러시아 해군의 본거지인 세바스토폴과 노보로시스크로 전진시키는 함장이 과연 제정신인가 하는 승조원들의 푸념은 곧 함장이 이 잠수함을 러시아에 바치고 망명하는 게 아닌가 하는 의혹에까지 이르렀다.

"함장님!"

부함장을 비롯한 세 사람의 핵심 장교가 견디다 못해 함장실 문을 두드렸다.

"무슨 일인가?"

"평상시 늘 대원들과 작전 내용을 공유하던 함장님이 이번에는 아무 말씀 없으시니 대원들이 무척 혼란스러워하고 있습니다. 더군다나 여기는 러시아 해군의 앞마당이라 본 함이 절대 있어서는 안 될 곳입니다."

함장은 아무 말 없이 고개를 끄덕이고는 회항을 지시했다.

"함수를 좌현 90도로 꺾게!"

명령을 들은 항해장교는 이 지점에서 90도로 꺾으면 세바스토폴 약 30킬로미터 지점을 거쳐 우크라이나 쪽으로 접근하게 될 것을 계산해내고는 손뼉을 쳤다. 비로소 이 작전의 내용을 알아차린 까닭이었다. 이것은 포세이돈을 탑재한 채 자취를 감춘 벨고로드에 대한 일종의 무력시위였다. 미국의 전략핵잠수함이 러시아 인근 해역에 접근했었다는 사실을 알림으로써 최근 빈발하는 러시아의 군사적 모험주의에 경종을 울리려는 것이리라. 하달된 작전 내용을 짐작한 항해장교는 고개를 숙였다.

"죄송합니다. 그런 줄도 모르고."

항해장교의 사과에 함장은 고개를 가로저었다.

"사실은 나도 놀라 죽을 뻔했어. 하지만 곰곰 생각하니 이 시점에서는 이것이 우리가 보일 수 있는 유일한 대응책이라고 작전을 이해했지."

"대원들에게 알려주어도 괜찮겠습니까? 영화에서처럼 함장님이 잠수함을 가지고 망명한다는 얘기들이 파다합니다."

"좋아, 알려줘."

부함장이 장교들을 모아 작전 내용을 설명하자 모두 안도했다. 가슴을 쓸어내리며 긴장이 풀려 주저앉는 이까지 생기는 가운데 그제야 짐짓 객기를 부리는 이도 있었다.

"그냥 직진해 노보로시스크를 받아버릴 걸 그랬나 봅니다."

"옳소!"

"가서 받자!"

그러나 갑자기 확 밝아진 함내 분위기는 그리 오래가지 못했다. 적의 소굴 한복판을 향해 돌진할 때는 아무 일 없이 잠잠하더니 로드아일랜드가 세바스토폴 먼바다를 돌아 우크라이나 쪽으로 방향을 트는 순간 음탐사들이 일제히 팔을 들었다.

"뭐야?"

순식간에 함내의 모든 목소리가 거의 속삭이는 수준으로 낮아진 가운데 함장을 비롯한 장교들의 시선이 반사적으로 음탐사들에게로 향했다.

"잠수함입니다."

비록 낮은 목소리였지만 천둥소리보다 큰 충격으로 사람들의 고막을 강타했다.

"위치는?"

"선미 5킬로미터 지점으로 판단됩니다."

이 소리에 장교들의 심장이 쿵 소리를 내며 가라앉았고 초급장교 하나는 얼굴이 백지장처럼 하얘졌다.

크르르르.

음탐사가 볼륨을 키우자 선임장교들의 표정이 얼어붙었다. 확인하지 않아도 경험에 비추어보건대 분명 러시아의 아쿨라급 공격잠수함이었다.

"전투 준비! 각자 위치로!"

경악한 함장의 목소리가 터져 나왔고 그간 수많은 훈련을 해왔지만 실제 상황은 처음 겪는 대원들의 얼굴에는 불안과 긴장이 짙게 깔렸다. 장교들 또한 예외가 아니었다. 공격잠수함인 버지니아급이나 로스앤젤레스급과 이 오하이오급 전략 핵잠수함은 훈련의 내용이 달랐다. 적의 잠수함과 마주쳐 전투를 벌이는 훈련이 아니라 바닷속 깊은 곳에 숨어 탄도미사일을 날리는 훈련이 전부였던지라 아무리 침착하려 해도 숨이 짧아지고 입술이 말라붙는 건 어찌할 수 없었다.

"일정 거리를 둔 채 따라오고 있습니다!"

놀란 건 적도 마찬가지일 터였다. 공격잠수함과는 급이 다른 생전 듣도 보도 못한 대형 잠수함이 포착되었으니 함부로 공격할 수도 그렇다고 못 본 척 피할 수도 없는 상태에서 쫓아오고 있을 것이었다.

"어뢰발사관 개방!"

아인혼 함장은 자신의 목소리가 너무 경직되었다 판단하고는 몇 번 소리를 가다듬었다. 하지만 원하는 목소리가 나오지 않는지 얼른 물병을 잡아 목구멍 깊숙이 물을 흘려 넣었다. 아쿨라급 적함은 어뢰만 마흔 발을 장착하고 있는 데다 회피 기동 성능이 월등해 어뢰전은 상대가 될 수 없었다. 조금 전까지만 해도 이대로 노보로시스크까지 돌진하자던 대원들은 언제 그랬느냐는 듯 절망한 표정으로 언제 적이 어뢰를 발사할지 몰라 불안감에 몸을 떨었다.

"적함 위치는? 백 미터 단위까지 보고해!"

"4천6백 미터입니다."

"적이 어뢰발사관을 열었나?"

"아직 소리를 듣지는 못한 것 같습니다."

"확실히 말해! 들었어, 못 들었어?"

"못 들었습니다!"

함장의 눈길이 아까부터 보고 있던 해저지형도를 떠나 레이더 화면에 날아가 붙었다. 꽤 많은 암초가 비쭉비쭉 솟아있는 화면을 보는 함장의 표정에 약간의 안도감이 자리 잡는 것 같았다.

"저기다!"

노르웨이 해역을 떠날 때부터 뚫어지게 봐왔던 해저지형도상의 암초밭이 레이더 화면에 나타난 것이었다. 암초는 한두 개가 아니라 밭이라 해도 될 만큼 많았다.

"좌표는? 아직 러시아 영해인가?"

"아직입니다!"

"공해까지는 얼마 남았나?"

"33분입니다!"

"저 암초밭까지는?"

"거의 같습니다."

33분. 애매한 시간이었다.

함장의 이마에 땀이 비 오듯 흘렀다.

"암초밭을 향해 직진해! 디코이 살포 준비하고 음탐사 보고 기다려!"

로드아일랜드는 최고 성능의 레이더를 갖추고 있었지만 고주파 전파가 통과하지 못하는 심해에서 제 성능을 낼 수는 없었다. 이 순간에는 각종 소나를 이용해 소리를 들어냄으로써 적의 액션을 분간하는 음탐사들의 능력이 그 무엇보다 중요했다.

"적함 거리는!"

"3천8백 미터입니다!"

함장은 머리가 어찔해지는 느낌이었다. 러시아 잠수함들은 속도가 매우 빨라 일촉즉발의 순간이 차츰 다가오고 있었다. 거리가 좁혀질수록 어뢰를 피할 시간이 없어지기 마련이니 잠수함 함장들은 이 지구상에서 거리에 가장 민감한 존재일 수밖에 없었다. 그나마 천만다행인 것은 러시아 잠수함들이 속도에 신경을 쓰느라 정숙성은 극히 떨어진다는 사실이었다. 아쿨라급 잠수함은 원자력 추진함임에도 불구하고 온갖 소리를 노출하고 있었고 아인혼 함장은 오직 이에 기대고 있었다. 긴장 속에서 잠항을 계속하던 중 영해를 벗어나기 직전 음탐사의 다급한 외침이 함장의 고막을 때렸다.

"러시아어가 들립니다."

미 해군 잠수함의 적은 주로 러시아 잠수함이기 때문에 음탐사들 중에는 러시아어를 익힌 고참들이 있었다.

"으음!"

함장은 다급히 네브래스카의 전략사령부에 전문을 넣었다. 기대해볼 수 있는 최선은 전문을 본 전략사령부가 러시아 해군 지휘부와 소통해 어뢰 공격을 중단시키는 것이었지만 워낙 로드아일랜드의 전략적 가치가 크다 보니 소통이 되더라도 어떤 상황이 벌어질지 알 수 없었다. 게다가 지금은 우크라이나 전쟁이 한창인 때고 밀릴 대로 밀린 러시아로서는 어떻게든 이 상황을 최대한으로 이용하려 할 것이 분명했다. 러시아가 어뢰로 위협하며 로드아일랜드를 나포하려 들 때가 가장 큰 문제였다.

"점차 좁혀오고 있습니다!"

최악의 상황이었다. 아예 지금 어뢰를 발사하면 죽이 되든 밥이 되든 대처할 일밖에 없지만 겨냥만 한 채 계속 따라오며 거리를 좁히는 데는 반응하기가 더욱 까다로웠다. 로드아일랜드는 러시아 영해, 그것도 해군기지가 있는 매우 민감한 지역을 침범했으며 아직도 러시아 영해 안에 있었다. 러시아 잠수함이 추적한다고 선제공격을 하기도 어려웠고 자칫하단 전쟁을 일으킨 책임마저 고스란히 떠안아야 했다.

"아! 어뢰 발사 준비 명령이 떨어졌습니다."

드디어 올 것이 왔다 판단한 함장이 회피기동을 지시하려는 순간이었다.

"함장님!"

"함장님!"

아인혼 함장의 고막에 각기 다른 소나를 맡은 음탐사들의 목소리가 동시에 울렸다.

"카운트다운이 시작되었습니다!"

절망의 목소리와 동시에 함장의 고막에 희망 섞인 한 외침이 꽂혔다.

"암초밭에 진입합니다!"

"직진해! 어서!"

로드아일랜드는 전속력으로 암초밭으로 진입하려 하였으나 어뢰의 추적음이 바로 뒤를 쫓아오자 다급히 기수를 틀었다.

쿠쿠쿠쿵!

들려오는 충돌음과 진동에 아인혼 함장은 자신도 모르게

눈을 질끈 감았다. 잠수함이 크게 흔들리자 승조원들은 이리 저리 쏠려 다니다 나동그라졌다.

"함장님, 괜찮으십니까?"

누군가의 외침에 눈을 뜬 함장은 빠르게 상황을 살폈다.

"아!"

다행이었다. 침수도 화재도 없는 함내는 도대체 무슨 일이 있었느냐는 듯 멀쩡했고 쓰러졌던 승조원들도 부축 없이 일어서고 있었다.

"어뢰가 아니라 암초에 부딪쳤습니다!"

"선수를 우측 암초 뒤로 틀어! 음탐사는 적 어뢰를 쫓아라!"

"아무 소리도 들리지 않습니다!"

"적함 위치는?"

"뒤로 돌아가고 있습니다."

"무슨 일이지?"

"마지막 카운트 셋을 남기고 멈추었습니다."

"어뢰가 발사되지 않은 건가?"

"그렇습니다. 공해라 판단한 것 같습니다."

함장은 적의 잠수함이 사라진 게 완벽하게 확인된 후에야 암초밭에서 나왔다.

"전속력으로 전진하고 피해 상황 보고하라!"

"인명 피해 없습니다!"

"부상자는?"

"경상 세 명 있습니다."

"함체는?"

"우측면 센서와 좌측 전면 소나가 파손되었습니다. 기능 상실입니다."

"그것뿐인가?"

함장은 피해 상황으로 보아 배가 암초와 정면충돌한 게 아니라 우측면이 암초에 쓸리면서 외장 센서들이 거의 다 떨어져 나갔음을 알 수 있었다. 공해에 나와서인지 적 잠수함의 추격은 사라졌지만 로드아일랜드는 최대한 정숙 잠항한 끝에 스네이크 아일랜드 부근 수심 80미터 지점에서 겨우 닻을 내렸다.

기상천외한 범죄

    적막만이 흐르는 짙은 어둠의 바닷속 깊은 곳에서 시커멓고 길쭉한 물체가 옆구리에 긴 생채기를 낸 채 통신용 부이를 수면으로 쏘아 올렸다. 부이를 떠난 전파는 차례로 튀르키예, 그리스, 독일 등의 미 해군기지 레이더에 걸렸고 멀리는 미국 본토의 네브래스카 전략사령부 초대형 레이더에도 잡혔다. 느닷없이 날아와 모니터에 뜬 암호를 목도한 분석관의 눈동자는 그대로 굳어버렸다.

    559.

    가장 급박한 단계의 긴급 구난신호였다. 하지만 산전수전 다 겪은 베테랑 분석관을 얼어붙게 만든 건 이 숫자가 긴급 구난신호라서가 아니었다. 이 숫자는 오하이오급 핵잠수함

로드아일랜드의 고유 식별신호였고 모니터에 뜬 위치 좌표 또한 예민하기 짝이 없는 해역이기 때문이었다. 분석관은 꿈에서 깨려는 듯 고개를 한 번 세차게 흔들고는 키를 두드림과 동시에 헤드셋 마이크에 대고 고함쳤다.

"S47, S145, S211, S238, S362, 포커스를 위도 46-26N, 경도 030-46E로!"

즉각 인공위성의 카메라가 좌표 지점을 향했고 인공위성 영상을 받는 대형 모니터에는 다섯 대의 군사위성이 각자의 위치에서 보내는 영상이 실시간으로 잡혔다.

"어!"

"아니!"

"로드아일랜드!"

요원들의 입술 사이로 새어 나온 신음과 외침이 방을 가득 메운 가운데 수십 쌍의 눈동자가 559라는 식별 표시가 떠있는 모니터를 향했으나 화면에는 칠흑 같은 어둠만이 잡혀있을 뿐이었다. 인공위성이 보내오는 흑해의 상황이 전 세계 모든 미국 해공군 기지의 모니터에 실시간 좌표로 명멸하기 시작하자 분석관들은 가슴을 졸이며 다음의 신호가 잡히길 기다렸다.

327, 667, 4483, 988, 2983.

난수는 자동적으로 문자화되어 모니터에 떴고 긴장한 채 모니터에서 눈을 떼지 못하던 분석관들 입에서는 안도의 한숨이 새어 나왔다. 다행히 최악의 상황은 면한 것으로 보였다.

"휴, 암초였어!"

누구나 머릿속에 그렸던 최악의 시나리오는 폭뢰 피격에 의한 좌초나 러시아 잠수함으로부터의 어뢰 피격이었다. 다행히 그런 상황은 면했으나 흑해에서 사고가 난 것 자체만으로도 특급 위험이었다.

"저긴 왜 들어간 거야?"

간혹 극비리에 로스앤젤레스급이나 버지니아급 공격용 잠수함이 해저지형을 조사하기 위해 적의 앞마당으로 들어가긴 하였으나 배가 아닌 국가를 타깃으로 하는 전략핵무기인 이 오하이오급 잠수함이 흑해에 들어간다는 건 절대로 있을 수 없는 일이었다.

"내 생각으로는 벨고로드 때문이야."

포세이돈을 탑재한 이 괴력의 잠수함이 돌연 백해의 모항을 벗어나 사라져버렸기 때문에 나토는 모든 회원국에 긴급 주의보를 통보했다. 통상 이런 상황이 되면 공격잠수함이 경고 차원에서 맞불 잠항을 전개해 적이 생각지도 못했던 곳에서 불쑥 부상하거나 심지어는 적 기지 부근에 침투하기도 한다. 이것은 냉전 시대부터 이어져온 눈에는 눈, 이에는 이라는 잠수함 전략이었다.

하지만 그것은 어디까지나 전략핵잠수함과는 거리가 먼 공격잠수함 이야기였다. 로드아일랜드의 흑해 좌초는 즉각 북부사령부와 전략사령부를 거쳐 백악관에 보고되었고 대통령의 분노를 자아냈다.

"도대체 이놈의 핵잠수함들은 왜 노상 좌초하는 거야!"

대통령의 역정은 당연했다. 불과 얼마 전에도 시울프급 핵잠수함 코네티컷이 남중국해에서 암초를 들이받은 다음 수면으로 떠올랐던 것이다. 당시 잠항 능력을 잃은 코네티컷이 견인선의 쇠줄에 묶여 태평양 건너 샌디에이고까지 끌려오는 망신극을 연출했던 터라 다시금 반복된 로드아일랜드의 좌초에 대통령은 터져 나오는 분노를 억제하지 못했다.

하지만 대통령과는 달리 해군 지휘관들은 위기의 한가운데서도 안도의 한숨을 내쉬었다. 잠수함사령관의 보고를 받은 해군의 수뇌들은 일단 사고가 러시아 군함과의 격돌이 아닌 점이 무엇보다도 다행스러운 일이라 생각했다. 비록 승조원 세 명이 부상당했다고는 하나 무시해도 될 만한 경상인 데다 암초와의 충돌로 말미암은 선체의 부분 파손은 기지에 들어가 수리하면 될 것이었다. 하지만 현지에서 연신 들어오는 보고는 그리 간단한 상황이 아님을 말해주고 있었다.

"소나와 센서가 줄줄이 파손됨에 따라 운항이 어렵다 합니다!"

소나가 잘못되었다면 이것은 보통 문제가 아니었다. 소나는 잠수함의 눈과 다름없는 만큼 여기에 이상이 있다면 적에게 발각될 경우 눈 감고 당할 수밖에 없었다. 바다 깊숙이 들어간 잠수함은 앞을 볼 수 없어 음파를 내쏘아 지형지물을 탐지해 항해도 하고 적을 식별하기도 하는지라 이 소나가 고장 나면 전투 능력을 완전히 상실하는 것은 물론 손발이 묶여 옴짝달싹도 할 수 없기 때문이었다. 사고가 일어난 우크라이나 남부 해역은 구축함과 잠수함이 노상 출몰하는 러시아 흑해함대의 안방인 데다 최근 들어 우크라이나의 수중 드론이 러시아의 흑해함대를 시시때때로 공격하고 있어 자칫 오인 사고가 날 수도 있었다. 더군다나 러시아 잠수함에 쫓겨 좌초되었다면 어딘가에서 러시아 잠수함들이 잠복하고 있을지도 모를 일이었다.

"유일한 방법은 로드아일랜드가 오데사 부두 수면 밑에서 접안하면 독일이나 튀르키예의 기지에서 부품을 가져다 잠수부들이 수리하는 겁니다. 다행히 거기에 로드아일랜드가 접안할 수 있는 부두가 있습니다. 지금은 사용하지 않는 곡물

선적항의 맨 끄트머리에 있어 누구도 접근하지 않습니다."

해군 수뇌부의 기대 속에 잠수함 작전은 개시되었다. 독일의 람슈타인 기지에서는 수송기 편으로 숙련된 기술자들과 잠수부들, 그리고 충분한 부품을 폴란드로 실어 날랐고 이들 인원과 장비는 은밀하게 오데사로 옮겨졌다. 모든 작전이 계획한 대로 착착 들어맞는 가운데 로드아일랜드 또한 쥐도 새도 모르게 오데사의 곡물 수출 독 수면하에 자리를 잡았다.

"48시간이면 완전히 수리할 수 있습니다."

독일에서 온 수리 팀과 의논을 마친 담당 장교로부터 보고를 받는 아인혼 함장의 얼굴이 펴졌다.

"오케이, 지금으로부터 정확히 48시간 후 출항한다. 기관장과 음탐장은 잠수부들과 함께 작업하고 선발된 열다섯 명은 함내외서 경비에 임하라. 그때까지 모든 승조원은 맨 끝 곡물 창고에서 은폐 대기하며 휴식한다!"

공기가 있어야 엔진을 돌리는 디젤잠수함은 사고가 나면 반드시 수면으로 부상해 공기를 흡입해야 하지만 저농축 우라늄을 연료로 쓰는 핵잠수함은 터빈을 돌리는 데 공기가 전혀 필요 없었다. 산소 또한 바닷물을 멤브레인 필터에 통과시켜 염분을 제거한 다음 전기분해를 통해 얻기 때문에 핵잠수함은 고장이 나도 부상할 필요가 전혀 없었다.

"수심 5미터 지점에서 작업한다."

독일 기지에서 파견된 능숙한 기술자들은 잠수함을 물속에서 고정시킨 뒤 눈 한 번 붙이지 않고 열정적으로 작업을 이어갔다.

"미하일! 지금 보로닌의 차가 들어가요!"

거사일 저녁 곡물항 뒷산에 몸을 숨기고 있던 강도단은 부두로 들어가는 보로닌의 차를 발견하고는 산길을 뛰어 내려갔다. 길가에 다다르자 복면을 덮어쓰고 날랜 동작으로 담을 넘는 강도단 하나하나의 얼굴에는 드디어 시작된 작전에의 기대감이 넘쳐흘렀다. 마침 하역 작업이 다 끝난 뒤라 광활한 부두에는 인적 하나 없어 강도단은 순조롭게 보로닌의 사무실이 있는 건물로 접근할 수 있었다.

미하일은 전장에서 익힌 능숙한 동작으로 강도단을 지휘했고 뒷골목에서 잔뼈가 굵은 단원들은 눈앞에 다가온 성과에 눈을 빛내며 비서와 운전사를 손쉽게 제압한 뒤 보로닌의 사무실에 들어섰다.

"당신들 뭐야?"

보로닌은 고함을 지르다 중무장한 강도단이 줄줄이 들어오자 대경실색해 입을 꾹 다물었다.

"마케의 다이아몬드만 내놓으면 목숨은 살려준다."

"무슨 다이아몬드요?"

"마케, 시바의 여왕 마케 말이야."

"처음 듣는 얘긴데요. 그런데 그걸 왜 내게 와서 찾아요?"

"이 개새끼가!"

로만의 주먹이 날아가자 퍽 소리와 함께 보로닌의 입술이 터져 피가 바닥에 뚝뚝 떨어졌다.

"다음엔 두개골을 부숴버린다!"

"가만, 대체 왜 이러는 거요? 지금 말한 그 다이아몬드 때문이라면 잘못 알고 왔소."

보로닌은 영문 모를 폭력에 울먹거렸다. 비탈리가 목에 칼을 갖다 대자 보로닌은 거의 실성한 듯 바둥거리며 필사적으로 모르는 일이라 호소했다. 이 광경을 지켜보던 미하일이 뭔가 이상한 듯 비탈리를 제지하고는 다소 가라앉은 목소리로 말했다.

"금고를 열어봐."

보로닌은 자신의 결백이라도 증명하려는 듯 황급히 열쇠를 찾아 금고를 열었다. 낡고 작은 금고 안에는 서류 뭉치와 얼마 안 돼 보이는 지폐가 있을 뿐이었다.

"초대형 금고는?"

"금고라고는 이것뿐이오."

"이 새끼가 죽어야 실토하려나!"

비탈리가 다시 눈앞에 칼을 들이밀자 보로닌은 울음을 터뜨렸다.

"없어요, 없어! 정말 없단 말이오. 내가 왜 목숨을 그까짓 보석과 바꾼단 말이오?"

"그럼 집에 있나?"

"목숨 걸고 맹세하는데 그런 보석 자체가 아예 없소. 이 금고에는 돈도 안 넣어둬요. 하역 인부들 봉급 줄 때는 은행에서 바로 찾아오거나 통장에 넣어준단 말이오. 생각해봐요. 여기는 어중이떠중이 천지인 부두 하역장인데 어떻게 금고에 보석을 넣어두겠소?"

"당신 운전해?"

"할 수 있어요."

"그럼 너희 둘 이놈 따라 집에 갔다 와. 거짓말이면 그 자리에서 없애. 가족이고 뭐고, 다 죽여버려!"

"목숨 걸고 맹세하는데 진짜 다이아몬드 같은 거 집에 없소. 돈은 2만 유로 있어요. 그거 다 줄 테니 제발 가족은 건드리지 말아요. 꼭 누군가 죽어야 한다면 나를 죽여요."

미하일은 보로닌을 끌고 나가려는 둘을 제지했다.

"모르다쇼프와는 무슨 관계야?"

"모르다쇼프? 모르는 사람이오."

"음!"

미하일은 비서와 운전사를 불러 여러 가지를 신문한 끝에 뭔가 잘못되어도 크게 잘못되었다는 걸 알고는 낙심한 목소리를 뱉어냈다.

"음, 이 보로닌이란 작자는 그런 다이아몬드를 가질 주제가 못 돼. 그저 부두의 하역업자 나부랭이일 뿐이야."

미하일이 케빈에게 전화를 걸어 사무실 안의 상황을 설명하고 나자 코바사는 미하일을 향해 걱정 어린 질문을 쏟아냈다.

"집에 2만 유로 있다는데 일단 가서 가져와야 하지 않습니까?"

"그냥 뒈!"

"그럼 일거리는 날아간 건가요?"

"방금 두 눈깔 멀쩡히 뜨고 봤잖아!"

"아니 그럼 정말 십만 유로가 달아났다고요?"

"그래, 이 새끼야. 선금 반은 토해내."

"다 써버렸는데요. 무장하느라."

"통째로 내장 다 뽑아버리기 전에 토해내."

코바사가 시무룩한 표정으로 찌그러지자 비탈리가 의미심

장한 눈빛으로 보로닌에게 물었다.

"부두 끄트머리에 있는 놈들은 뭐 하는 거야? 느낌상 돈 될 게 좀 있어 보이던데."

"어디요?"

"저기 왼쪽 끄트머리 말이야."

"거기는 아무 작업이 없소. 예전 전쟁 전 한창 바쁠 때는 썼지만 전쟁 나고 나서는 1년 이상 작업을 안 하고 있어요."

"무슨 개소리야? 아까 보니 물속을 들락거리며 뭘 하던데."

"그럴 리가! 여긴 우리 회사 소유라 다른 사람들이 일할 수 없어요."

"이 자식이 용쓰고 있네. 나뿐 아니라 여기 있는 우리 모두가 다 봤어. 도대체 그게 뭐야? 뭐 하는 거야?"

"맹세코 그런 일 없다니까요."

비탈리는 보로닌을 끌고 나갔다 잠시 후 돌아왔다.

"이 자식아, 그래도 없어?"

보로닌은 잔뜩 의문에 잠긴 표정으로 고개를 가로저었다.

"알 수 없는 일이오. 누군가 도둑 작업을 하는 것 같아요."

갑자기 비탈리의 얼굴이 화색을 띠었다.

"밀수꾼이다!"

그는 환희에 찬 표정으로 미하일과 나머지 네 명의 단원을 향해 탐욕과 기대에 불타는 야릇한 눈길을 던졌다.

"저놈들 틀림없이 뭔가 엄청 돈 되는 놈들이야. 물속에서 뭔가 꺼내는 것 같던데 보나 마나 마약이야. 우리 한밑천 크게 잡은 거라고!"

단원들의 눈길이 일제히 미하일에게로 향했다. 본래 누구의 눈치 따위는 안 보는 무뢰한들이지만 이들은 어느새 미하일의 기색을 살피는 게 습관이 되어있었다. 잔뜩 기대를 머금은 눈길이 원하는 건 당장 덮치자는 단 한 마디였다. 미하일은 보로닌과 그의 직원 두 사람에게 고개를 돌리고는 목소리에 한껏 힘을 주었다.

"오늘 여기서 있었던 일이 새어 나가면 너희들은 죽은 목숨이야. 입 다물겠다고 맹세하면 살려주겠어."

세 사람이 열렬히 고개를 끄덕이자 미하일은 이들의 휴대폰을 빼앗은 다음 지하실에 가두도록 했다.

"내일 아침까지 참아!"

미하일은 비탈리 등과 함께 사무실에서 완전히 어둠이 내릴 때까지 시간을 때운 다음 총구를 앞으로 겨눈 채 앞장서서 부두 끄트머리를 향해 걸음을 옮겼다.

"쉿! 조용히."

일당은 어둠 속에서 바닥에 배를 깔고 엎드려 한참이나 잠수복을 입은 사람들이 물속으로 들어갔다 나왔다 하는 광경을 지켜봤다.

"저게 뭐 하는 거야? 마약을 꺼내는 것 같지는 않은데."

마약이라 단언했던 비탈리 역시 알쏭달쏭한 표정으로 사람들이 작업하는 모습을 지켜보고 있다 결국은 고개를 가로저었다.

"알 수 없는 놈들입니다. 동작으로 봐서는 뭘 건져 올리는 게 아니라 뭔가를 바다 밑으로 내려보내고 있어요."

"네 눈엔 끝없이 내려보내는 저게 마약으로 보여?"

"아니요, 마약은 아닌데. 여하튼 무척 수상한 놈들인 건 틀림없잖아요."

"그건 그래! 공사하는 놈들처럼 보이는데 무슨 공사를 저리도 조심스럽게 하는 거야? 총 들고 경비하는 놈만 셋이야. 그런데 경비하는 놈들도 작업하는 놈들도 주변을 살피며 몸 숨기기에 급급하고 있어. 사방이 이렇게나 컴컴한데 무엇으로부터 몸을 숨기는 거야?"

미하일은 전화기를 꺼내 한참이나 누군가와 문자를 주고받았다. 그로부터 한 시간쯤 후 뒤편에서 저벅저벅 발자국 소리가 들리자 미하일은 재빨리 몸을 굴려 그 방향으로 총을 겨누었다.

"나야."

어둠 속에서 나타난 사람은 다름 아닌 케빈이었다.

"여기 와서 봐. 아무리 지켜봐도 저놈들이 무슨 지랄을 하는지 모르겠어."

일당 앞에서는 욕을 입에 달고 살며 안하무인으로 행동하는 미하일이 유독 케빈의 앞에서는 한풀 꺾이는 모양새였다. 뒤집어쓰고 있던 복면을 벗은 케빈은 일당이 주춤주춤 비켜준 구경하기 좋은 포인트에 배를 깔고 엎드렸다.

"으음!"

물속의 잠수부들이 밖으로 나와 지상의 나무 상자 안에서 뭔가를 꺼내 들고는 다시 물속으로 들어가는 광경을 한참 지켜보던 케빈은 멀찌감치 떨어진 창고로 눈을 돌렸다. 어둠 속에서 자동차 몇 대의 희미한 윤곽선을 발견한 그는 미하일에게 사람을 보내 창고를 살펴보도록 했다.

"몸을 숨기고 어떤 일이 있어도 맞붙지 말고 돌아와."

잠시 후 돌아온 일당의 얼굴은 하얗게 질려있었다.

"마지막 12번 창고에 엄청난 숫자의 군인들이 있소. 한 2백명 될 거요. 이게 도대체 무슨 일이오?"

"러시아군이야?"

"글쎄, 러시아 해군 복장은 아니오. 우크라이나군도 아니고."

"추측대로군!"

미하일을 비롯한 모두의 시선이 케빈을 향했다.

"저 물속에 잠수함이 있어. 잠수부들이 저 부품들을 가지고 들어가 잠수함을 수리하고 있는 거야. 저들은 러시아의 감시망에 걸리지 않으려고 저토록 은밀히 작업하는 거지. 잠수함이 저 바닷속 어딘가에서 이상이 생겼을 거야."

이제까지 눈을 부릅뜨고 지켜봐도 무슨 일인지 도통 알 수 없었던 강도단은 그제야 모두 고개를 끄덕였다. 일단 잠수함이 바닷속에 있다 생각하니 그 모든 동작이 명료하게 이해되었다.

"조용히 뒤로 물러나 돌아가자."

미하일의 지시에 볼멘 목소리들이 터져 나왔다.

"제길, 마약이든 밀수든 한 건 톡톡히 할 줄 알았는데."

모두 살살 기어 뒤로 물러서는 가운데 나자르가 한마디 툭 던졌다.

"수리가 끝나면 저 잠수함이 움직일 거 아니오?"

뜻밖의 말에 미하일이 퉁명스레 대답했다.

"그래서?"

"저거 탈취하면 큰돈 되지 않겠소?"

"미친놈!"

"아니 그럴 게 아니라 좀 생각해보잔 말이오. 저 잠수함이 마약과 다를 바 뭐가 있소? 저게 마약이라면 우리는 무조건 움직일 거 아니오? 아니, 오히려 잠수함이면 마약보다 수십 수백 배는 비쌀 거 아니야?"

나자르는 다른 일당과 달리 처음부터 대형 범죄자란 인상을 풍기던 자였다. 도통 말이 없던 그가 토해내는 말이 이상하게 현실성이 있어 보이는 건 아마도 그의 분위기 때문이었겠지만 묘한 순간에 묘한 말을 듣고 있는 일당들은 자신도 모르게 현실과 상상 사이의 경계에 바짝 다가서고 있었다.

"어둠 속이니 저 경비병 셋은 나 혼자 소리 없이 죽일 수 있소."

나자르는 허벅지에 늘 차고 다니는 길고 날카로운 칼을 툭 쳐 보였다.

"저놈들 죽이는 건 그렇다 치고 그다음은?"

"몰고 나가 러시아에 넘기는 거지. 공해상에서. 마케의 다이아몬드보다 몇십 배 더 받을 거야."

일동의 눈이 반짝했다.

"누가 몰아? 여기 잠수함 몰 줄 아는 놈 있어?"

반사적으로 대들던 비탈리의 눈초리가 천천히 돌아가 코바사의 얼굴에 꽂혔다.

"너 잠수사 했다 그랬잖아."

"병신아, 잠수사가 잠수함 운전을 어떻게 해?"

그 순간 놀랍게도 미하일의 눈길이 케빈의 얼굴에 가서 멎었다.

"케빈?"

코바사와 달리 케빈은 즉각 반응하지 않고 무언가를 깊이 생각하는 표정이었다. 일당은 뭔가 야릇한 기분을 느끼며 미하일에게로 시선을 돌렸다. 거칠긴 했으나 신뢰감을 줘온 미하일이 뜬구름 잡듯 케빈의 이름을 부른 게 의미심장하게 다가왔다.

"12번 창고에 있는 놈들은 저놈들이 잠수함 수리를 끝마칠 때까지 나타나지 않을 거다. 수리가 끝날 무렵이면 시동을 건 상태에서 전체 테스트를 할 거야. 이상이 없으면 연락을 할 테고 그 연락을 받아야 창고에 있는 놈들이 잠수함에 탑승하러 가겠지. 경비병 세 놈은 나자르가 처치한다고 해도 잠수사들의 숫자를 모르는 데다 그들이 어떻게 움직일지가 관건이야."

옐레나가 끼어들었다.

"아까 가보니 12번 창고 뒤에 버스가 있어요. 잠수함 수병들은 바다에서 튀어 올라왔을 테니 버스는 잠수사들 몫이 아닐까?"

"그래?"

잠시 눈을 감고 생각하던 케빈이 눈을 번쩍 뜨자 일당은 애타게 케빈을 바라보았다.

"버스가 있다면 저 잠수사들은 잠수함 수병들이 아니란 얘기야. 외부에서 온 자들이지. 그렇다면 세리머니가 있을 가능성이 커. 해군이란 예의를 차리기 좋아하는 놈들이니까."

"세리머니라면?"

"코바사, 자네 잠수사 출신이라 그랬나?"

"조금 하기는 했습죠."

"지상에 나온 잠수사가 가장 하고 싶은 게 뭐지?"

코바사는 잠시 생각하다 대답했다.

"옷 갈아입는 거요."

"맞아, 밖에 나오면 잠수복만큼 거북한 게 없으니 저들은 바로 옷부터 갈아입어. 그런데 버스가 있다 그랬지, 엘레나?"

"틀림없이 있어요."

"그래, 놈들 옷이 버스에 있어. 잠수사들이 물 밖으로 나오는 시각에 버스가 올 테고 저들은 버스 안에서 옷을 갈아입을 거야. 버스가 창고로 돌아가면 창고 안의 2백 명이 세리머니를 간단히 치르고 잠수함으로 돌아간단 말이지. 그사이에는 저 세 놈의 경비병들만 남는 거야. 나자르가 손을 쓰고 잠수함을 탈취해 공해로 나갈 수 있어!"

"그게 아니라 잠수함을 운전할 줄 아냐니까요?"

일당의 눈동자 열 개가 지켜보는 가운데 케빈은 조용히 고개를 끄덕였고 그를 슬쩍 본 미하일이 옆에서 단언했다.

"케빈은 잠수함뿐 아니라 탱크와 비행기도 몰 수 있어. 아마 우주선도 몰 수 있을걸."

잠수함의 행방

소나 시스템이 완전히 정상으로 돌아오고 엔진이 제대로 가동되는 걸 확인한 기관장과 음탐장은 어둠 속에서 잠수함을 부상시킨 후 잠수사들과 서로 엄지를 치켜세우며 준비된 버스에 올랐다. 러시아 흑해함대의 뒷마당에서 귀신도 모르게 대형 수리를 마친 만족감은 이루 말할 수가 없을 정도라 이들은 바다를 향해 연신 손 키스를 날리고는 전 대원이 기다리는 12번 창고로 향했다.

"함장님, 이제 완벽합니다! 기지로 돌아가도 다시 손볼 일이 없을 정도입니다."

"후라!"

"올레!"

창고에서 대기하던 승조원들은 이들에게 아낌없는 박수를 보냈다. 적의 해역에서 발생한 사고를 이렇게나 깔끔하게 수습한 일은 잠수함 역사에 자랑스럽게 기록될 것이었다. 함장은 독일에서 날아온 기술자들과 일일이 악수를 나누며 로드아일랜드의 로고가 찍힌 기념품을 전달했고 승조원들은 주먹을 맞댔다.

기술자들이 탄 버스가 떠난 직후 어둠 속에서 눈을 빛내고 있던 일당은 소리 없이 발걸음을 옮기기 시작했다. 일정 거리를 두고 서있는 세 명의 경비병을 노려보는 나자르의 눈이 빛났다. 그가 칼을 뽑아 들고 맨 앞의 경비병에게 다가가려 할 때 케빈이 그의 팔을 잡았다.

"이걸로 해!"

총이었다.

"소리가 나잖소?"

"느린 총알에 소음기 달렸어."

"아니, 나는 내 칼이 편한데."

"이 새끼야, 너부터 쏴줄까? 비탈리, 네가 해."

비탈리는 내키지 않는 손길로 기다란 소음기가 달린 권총을 받아 들고는 경비병의 뒤로 다가가 머리에 총알을 박았다.

단 한 방에 소리 없이 상대가 쓰러지자 비탈리는 나머지 두 사람의 경비병 역시 손쉽게 처리했다.

일당은 수직으로 높게 솟은 함교탑을 한 발 한 발 걸어 올라서는 해치를 열고 좁은 수직 통로 안으로 한 사람씩 몸을 들이밀었다. 꽉 다문 입과 번득이는 눈초리, 간결한 동작은 이들이 산전수전 다 겪은 군인 못지않은 집단임을 보여주고 있었다. 특히 경비병 셋을 단번에 해치운 비탈리의 민첩함이나 소음기에 속도가 늦은 탄환까지 준비한 케빈의 용의주도함은 마치 숙련된 특수부대원을 연상시켰다.

"어!"

맨 앞의 미하일이 갑자기 몸을 숙이며 팔을 뻗어 일행을 저지했다. 그는 놀란 표정으로 케빈을 돌아다보며 속삭였다.

"경비병이다!"

"몇이야?"

"하나, 둘…… 무지 많아."

"해치 닫고 내려와. 모두 흩어져."

어느새 미하일을 대신해 케빈이 리더가 되어있었고 일당은 사다리를 내려서자마자 흩어졌다. 몸을 숨긴 채 이들을 지켜보던 케빈이 낮고 무거운 소리로 지시했다.

"저 뒤로 가면 로커가 있으니 너희 넷은 속히 수병 옷으로 갈아입고 와."

일의 규모가 규모인 만큼 여느 때보다 바짝 눈에 독기가 서린 코바사, 로만, 비탈리, 나자르가 신속한 동작으로 군복을 입고 돌아오자 케빈은 손가락으로 여기저기 가리켰다.

"태연히 아무렇지도 않게 다가가 머리를 쏴! 누구도 너희를 외부인이라 생각지 않으니 자연스럽게 다가가면 돼."

케빈의 지시에 따라 일당이 최대한 자연스레 걸어 나간 후 여기저기서 총소리가 들렸고 순식간에 상황은 종료되었다. 행동을 마친 넷은 케빈의 옆에 다가와 마치 상관에게 보고하듯 일렬로 늘어서 말했다.

"모두 사살했소."

수십 개 화면을 일일이 들여다보며 눈을 떼지 않고 있던 케빈은 짧게 지시했다.

"배 안을 구석구석 다 뒤져."

수색을 마치고 돌아온 일동 가운데 비탈리가 뜬금없이 경례를 붙였다. 나머지도 따라서 경례를 붙이자 옐레나만이 잠깐 웃음을 터뜨리는가 싶더니 그녀 또한 따랐다.

"냉동실까지 샅샅이 뒤졌는데 더 없습니다."

케빈의 능숙한 조작에 의해 우우웅 하는 소리와 함께 배가 움직이자 케빈을 바라보는 일당의 눈길에 감탄이 어렸다. 케빈은 수직타를 조작해 잠수함을 물속으로 가라앉히고는 핸들을 돌려 바다 방향으로 기수를 잡은 후 잠수함이 전진하기 시작하자 한군데 모아놓은 경비병들의 시체를 가리켰다.

"들고 따라와."

케빈은 밸러스트 탱크에 시체를 모두 넣은 다음 총을 난사하게 했다. 일당은 시체에 대고 총질을 시키는 케빈을 이해할 수 없었지만 어느새 우뚝 서버린 그의 지시를 군소리 없이 따랐다. 곧 케빈은 해수구를 열어 시체를 밖으로 내보내고는 전속력으로 가속해 오데사 부두를 떠났다.

간단한 세리머니를 마친 승조원들은 잠수함이 있는 방향으로 절도 있게 몸을 틀었다. 바닷속에 있는 동안에는 이런저런 불만에 잔뜩 휩싸여도 역시 잠수함 승조원들에게는 바다가 고향이었다. 잔뜩 사기가 오른 승조원들은 발밑에 있는 더플백을 어깨에 들쳐 메고 선임하사가 붙이는 구령에 따라 힘찬 발걸음을 내디뎠다. 하지만 이들은 몇 걸음 옮기지도 못하고 그 자리에 얼어붙고 말았다. 조금 전 십여 명의 수병들을 인솔하여 먼저 잠수함으로 향했던 부함장이 정신 나간 표정으로 미친 듯 달려오는 모습이 망막에 맺힌 까닭이었다. 수백 개의 눈동자가 직선으로 부함장에게 날아갔다.

"하, 함장님!"

숨이 턱에 걸린 채 달려온 부함장은 손을 좌우로 마구 흔들었다.

"뭐야? 왜 저래?"

소스라치게 놀란 승조원들의 눈동자에 그가 가쁜 숨을 몰아쉬며 함장의 귀에 대고 무언가를 속삭이는 모습과 이를 듣자마자 함장의 얼굴이 하얘지는 모습이 동시에 들어왔다.

"뭐라고! 그게 정말이야?"

함장은 물고 있던 파이프를 던져버리고는 잠수함을 향해 뛰었고 승조원들 또한 누구의 명령도 없이 잠수함을 향해 맹렬히 뛰었다.

"엇!"

"아, 아니!"

"아아!"

달리기가 빠른 젊은 승조원들의 입술 사이로 신음이 터져나왔다. 바닥에 널브러진 세 구의 시체가 랜턴 불빛에 비친 탓이었다. 이들의 시신이 눈에 들어오는 순간 함장도, 승조원들도 무슨 일이 터졌는지 즉각 알아차렸다. 없었다. 지구의 역사가 종말을 맞는 그 순간까지도 절대 일어나서는 안 될, 아니 일어날 수도 없는 일이 발생하고 말았다.

잠수함.

힘찬 시동이 걸린 채로 눈앞에 당당히 버티고 있어야 할 전략핵잠수함 로드아일랜드가 누군가에 의해 탈취당하는 미증유의 대사건이 터져 나온 것이었다.

미국 정부는 긴급대책본부를 설치하고 책임자로는 사성장군인 함대전력사령관을 임명했다. 그는 임명과 동시에 중앙정보국, 국방정보국, 해군수사대와 기타 몇몇 기관의 정예요원들로 편성된 수사본부를 구성해 요원들을 우크라이나로 급파하는 한편 인공위성을 비롯한 전 세계의 미군 정보 자산을 총동원하여 사라진 잠수함의 행적을 추적하는 데 전력을 기울였다.

"어떤 레이더에도, 소나에도, 센서에도 걸리지 않습니다."

당연한 일이었다. 사실 누구도 탈취당한 로드아일랜드를 바닷속에서 찾아낼 수 있을 거라고는 기대하지 않았다. 소형 원자로를 싣고 다니는 핵잠수함은 폐함시킬 때까지 외부로부터 어떠한 동력도 공급받을 필요가 없어 아무리 오랜 시간이라도 바닷속에 머무를 수 있는 것이다.

또한 심해는 전파가 통과하지 않아 함선이나 항공기, 인공위성도 무용지물이라 잠수함을 보내 탐색해야 하는데 이는 카스피해에서 바늘 찾는 거나 다름없는 일이었다.

더군다나 로드아일랜드를 탈취할 정도의 상대라면 지금쯤은 미리 생각해둔 안전한 장소로 잠수함을 몰고 가 단단히 처박혀있을 터였다.

"우크라이나 놈들! 그 새끼들이야!"

잠수함의 행방에 관한 어떠한 실마리도 찾지 못하자 수사본부의 초점은 당연히 우크라이나 해군에게로 향했다. 물론 함장을 비롯한 승조원들, 독일 기지에서 온 미군 기술자들도 집중 신문했지만 처음부터 의혹의 화살은 우크라이나군에 꽂혀있었다. 무엇보다도 오데사는 우크라이나 해군사령부가 있는 곳이었다.

수사본부는 젤렌스키 대통령을 포함해 모든 우크라이나 관리를 잠정적 용의자로 규정하고는 미국이 우크라이나에 제공하기 위해 오데사의 곡물 부두에 내려둔 무기가 대거 빼돌려졌다는 가공의 사건을 하나 만들어냈다. 무기 회수를 명분으로 수사본부는 우크라이나 해군은 물론 키이우의 핵심 관리들의 행적을 조사하고 휴대폰과 컴퓨터를 비롯한 모든 전자기기를 샅샅이 뒤졌으나 어떠한 혐의자도 찾아낼 수 없었다.

오데사의 곡물 부두로부터 꽤 떨어진 곳에 설치되어있던 감시용 카메라만이 유일한 희망이었지만 가시광선용인 데다 낡아빠진 것이라 어둠 속에서 벌어진 사건을 추적하는 데는 전혀 도움이 되지 못했다. 다만 정문에 있는 감시카메라를 수백 번 돌리며 사건 전후 드나든 모든 차량과 사람을 탐색한 결과 흐릿하게나마 혐의가 가는 여섯 명의 윤곽을 확보할 수 있었고 수사본부는 고작 이들 여섯 명에 의해 로드아일랜드가 탈취당했다는 사실에 망연자실했다.

"로드아일랜드가 곡물 부두 끄트머리 해역에서 수리 중이라는 사실을 러시아군은 알지도 못했고 부두에 들어올 수도 없었습니다. 이것은 당연히 우크라이나인들이 저지른 범죄입니다."

대책본부는 수사의 한계를 실감했다. 분명 우크라이나인들의 소행이지만 우크라이나군은 물론 공무원들까지 샅샅이 뒤졌음에도 전혀 단서를 찾을 수 없어 고심하던 함대전력사령관은 직접 FBI를 찾아갔고 집무실에서 그를 맞은 FBI 국장은 고개를 절레절레 흔들었다.

"도저히 믿기지 않는 얘기군요."

"국장, 하루속히 범인을 밝혀내지 못하면 무슨 일이 터질지 몰라요. 탈취당한 잠수함에는 자그마치 288발의 핵탄두가 실려있소."

'이런 병신 같은!'

목을 뚫고 튀어나오려는 욕지거리를 억지로 누르며 물을 한 잔 마신 그는 미국이 아닌 우크라이나 오데사에서 벌어진 일인 만큼 수사가 제대로 될 리가 없다 생각했다. FBI의 관할은 아니었지만 이보다 더 절실한 상황이 있을 수 없다는 생각에 사건을 맡길 만한 인물을 곰곰 생각하던 국장은 급기야 한 사람의 얼굴을 떠올렸다. 그의 얼굴을 떠올리자 저도 모르게 미간을 찌푸리면서도 국장은 그의 이름을 내밀었다.

"아주 적당한 자가 있소. 제이슨 샤프먼이란 자인데 그 친구가 개입하는 게 맞나 모르겠소."

"무슨 문제라도 있소?"

"컨트롤이 안 되는 사람이오. 상급자 지시는 물론 국장 지시도 안 들어요. 국가안보가 걸린 민감한 정보라도 제멋대로 공개하는 사람이지."

"그런 자를 쫓아내지 않았다고요?"

"쓸모가 있으니까."

"얼마나 유능하길래?"

"기발하고 집착이 대단해요. 그리고 특별히 시체를 사랑하는 사람이오. 마치 시체와 대화라도 나누는 것 같지. 그 외에는 뭐, 섹스 스캔들 폭로에도 일가견이 있고."

"하."

잠수함 출신인 사령관은 짧은 한숨을 내뱉었다. 입이 가벼운 잡배라는 말이 아닌가. 사실 세상에 알려지지 않았지만 냉전 시대 소련과 심해에서 벌였던 잠수함 전쟁은 공개될 경우 수많은 별들을 떨어뜨릴 정도로 아찔한 것들이 많았다. 3차 대전 직전까지 갔던 위험천만한 상황이 한둘이 아닌데 이런 비밀이 가득한 분야에 그런 엉망진창인 인물을 추천하다니.

"이 일은 절대로 밖에 알려져서는 안 되오. 핵잠수함을 찾는 일보다 더 중요한 게 알려지는 걸 막는 일이오. 그 요원은 아무래도 곤란할 것 같소."

"알겠소."

대화가 끝나고 일어나 국장에게 악수를 청한 사령관은 나가려다 말고 되돌아서 초조한 눈빛으로 국장을 바라보았다. 커다란 사건들 사이에서 잔뼈가 굵은 국장이 이 정신 나간 사안의 중대함을 모르지 않을 텐데 스스로도 탐탁치 않은 듯 말하면서도 굳이 그런 자를 추천한 데에는 나름의 이유가 있을 것이었다.

"그가 범인들을 찾아내긴 할까?"

"우리가 늘 다루던 사건이 아니라 뭐라 대답할 수는 없소. 다만 반드시 해결해야만 하는 미결 사건이 있다면 마지막은 그에게 보내지."

'제기랄.'

예스, 노로 대답하는 군인들과 달리 어설픈 대답만 해오는 민간인들의 세계가 마음에 들지 않은 사령관은 혀를 찼다. 상부의 지시를 듣지 않는다는 요원도, 그런 요원 하나 길들이지 못하는 국장도 마음에 들지 않았지만 결국 문을 나가지 못한 사령관은 종내 고개를 끄덕였다.

"보안 유지는 우리가 설득하겠소. 그 사람을 보내주시오."

노퍽의 함대전력사령부 경비병들은 찾아온 방문객이 사령관을 부르는 호칭에 어이가 없어 웃음을 터뜨렸다.

"미스터 커들을 찾아왔어요."

"보통은 커들 사령관이라 부릅니다."

"제이슨 샤프먼이오."

경비병들은 사내가 내민 FBI 신분증을 보자 사령부 현관까지 지프로 에스코트했다. 꽤나 까다로운 사람이라는 사전 예고를 받았던 긴급대책본부의 간부들은 인사를 나누고 난 후 분위기를 부드럽게 하고자 간단한 대화를 나누었다.

"나에 관해 무슨 얘기를 들었는지 모르지만 내가 공개한 건 정치인의 불륜 수사 정보예요. 그게 국가안보라는 게 말이 되나요? 지난주 여러분이 한꺼번에 데리고 놀았던 세 명의 창녀

들이 러시아 국적만 아니라면 공개하지 않을 테니 맘 편하게
얘기합시다."

"하하하하!"

샤프먼의 농담으로 한층 부드러워진 분위기 속에 해군 수
사관들 몇몇이 자료를 들고 나왔다. 곧 실내가 어두워지며 사
령관이 들어오자 수사관들의 브리핑이 시작되었다.

"현재 핵잠수함 탈취라는 유례없는 사건 앞에 미 정부는 우
크라이나 정부에 군사지원 중단을 통보한 상황입니다."

처음 우크라이나 정부는 수사 협조에 미온적이었으나 지원
중단이 통보된 이후에는 몸이 달아 속속들이 수사 정보를 내
놓는 중이었다. 그중에는 코바사로부터 보석을 훔친다는 계
획을 들었던 수십 명의 범죄자들, 다이아몬드 강도단 후보에
뽑혔던 사람들, 그리고 보로닌과 그의 두 직원들도 있어 당시
의 상황은 일목요연하게 정리되고 있었다.

"미하일이라는 자입니다."

스크린에 드러난 얼굴을 가리키며 수사요원은 브리핑을 이
어나갔다.

"범행의 두목이자 우크라이나 특수부대 출신으로 아내와
딸을 러시아 병사들에게 잃었습니다. 러시아를 상대로 여러
전투에 참가해 전쟁 영웅이라 불리기까지 했으나 심한 총상

을 입어 입원 치료 후 징집해제 되었습니다."

"역시 우크라이나의 소행일까?"

"확신할 수 없습니다. 징집해제 이후 그는 우크라이나 범죄자들을 모아 보로닌이라는 사업가를 습격했습니다. 보로닌이 보유했다는 마케의 다이아몬드가 목적이었으나 보유 사실이 거짓임을 알고는 목표를 바꾸어 우연히 현장에 있던 로드아일랜드를 습격, 탈취한 것으로 사료됩니다. 두목 미하일 외에 다섯 명의 부하가 있으며 그중 하나는 여성으로……."

브리핑이 끝나자 샤프먼은 미간을 찌푸렸다.

"범인들이 모두 우크라이나 깡패라는 말인데."

"예."

"깡패들이 사전 계획도 없이 우연히 오하이오급 핵잠수함을 보고 즉석에서 탈취하겠다는 생각을 할 수가 있을까요? 또한 이들 중 잠수함을 운전하고 밸러스트 탱크를 이용해 시체를 버릴 줄 아는 자가 있었다는 게 우연일 수가 있나?"

"우크라이나 해군은 2022년 이전까지 잠수함을 가져본 적이 없었습니다. 2022년 4월 덴마크에서 소형 잠수함 두 척을 제공했을 때 비로소 몇몇 해군 장교들과 수병이 잠수함 운전을 익힌 것으로 기록되어있습니다."

"그자들의 신원은 확인되었나요?"

"예. 불과 열 명 남짓한 사람들이고 보로닌을 비롯한 증인 모두가 범인과 신상이 일치하지 않는다고 확인하였습니다."

몇 가지 정보가 더 이어졌으나 사건의 진상에 닿을 만한 것은 없었다. 어머니와 동생이 있는 옐레나 외에 다른 범인들은 가족조차 없었으며 과거의 행적 또한 특별할 게 없는 흔한 범죄자들이었다.

이후로 회의가 이어지는 내내 시체 사진에만 코를 박고 있던 샤프먼은 한마디 던지고는 자리에서 일어났다.

"오데사로 가야겠군요."

오데사에 도착한 샤프먼은 바로 부두를 찾았다. 승조원들이 머물렀던 창고와 잠수함이 떠올랐던 자리, 열다섯 구의 시체를 발견한 당시의 상황 등을 면밀히 조사한 그는 수사본부로 향해 국방부 조사국의 수사관들을 불러놓고 물었다.

"범인들의 신상을 말해봐요."

금발의 여자와 얼굴에 칼자국이 있는 범죄자의 사진이 모니터에 떠올랐다.

"이 여자는 옐레나 바르바시나, 여러 인터넷 사이트에서 활발한 범죄 활동을 확인할 수 있는데 이번 사건과 관련지을 수 있는 것들은 아닙니다."

"이놈은?"

"레제프 나자르란 놈으로 두버사리와 티라스폴 등지에서 강도, 폭행 및 탈취의 범죄를 저지르던 전과자인데 몇 달 전 오데사로 들어와 무기 밀매 시장을 기웃거렸다 합니다. 나머지 셋은 아직 신원을 밝히지 못하고 있습니다. 현장 부근에나 거리에나 감시카메라가 거의 없는 데다 그나마 있는 것들도 전시라 병력 이동 등 이유로 거의 떼어버리거나 꺼두어 신원 확인에 애를 먹고 있습니다."

"여섯 중 셋의 정체가 드러났군. 전쟁 영웅에 별 특징 없는 여자에 전문 범죄꾼이라. 나머지 셋에 대해서는 사소한 정보도 없소?"

"다 비슷합니다. 거친 우크라이나 쌍욕을 습관처럼 써대는 걸로 봐서는 뒷골목 깡패 출신이거나 감방을 드나들던 놈들로 보였다 합니다."

"미하일은 전쟁 영웅인데도 불구하고 병원에서 완치 후 전선으로 복귀가 안 되었던데 누가 무슨 이유로 복귀시키지 않았는지 조사가 되었소?"

"그는 정규군이 아니라 징집병인데 해제를 원하는 징집병들이 많기 때문에 해제 조건을 명문화해 두었답니다. 각기 다른 총상이 세 개 이상이면 무조건 징집해제라 전투지로 복귀가 불가능해 그는 몹시 분개했다고 합니다."

"징집해제에 불만을 가졌다? 그래서 전쟁 영웅이 잠수함을 탈취한다? 음, 이상하기는 한데 그럴 수도 있겠고."

샤프먼은 잠시 생각하다 물었다.

"우크라이나에 서방 각국의 무기가 쏟아져 들어오니 여기 무기 밀매가 대단할 것 같은데 그것은 조사가 되고 있소?"

"국제 암거래 조직이 활개를 치고 있습니다. 제공된 무기를 싸게 사서 빼돌리는데 심지어는 하이마스와 같은 대형 무기도 거래된다 합니다."

"잠수함도 거래될 수 있다는 얘긴가?"

"여기 분위기로는 얼마든지 그럴 가능성이 있습니다."

"나자르라는 놈이 무기 밀매 시장을 기웃거렸다면 잠수함 탈취의 목적이 돈이란 얘긴데."

"으음!"

참관하던 해군 관계자의 입술을 타고 고통스런 신음이 새어 나왔다. 핵잠수함의 암거래라니. 영화에서나 보던 일이 눈앞에 다가와있었다. 그러나 샤프먼은 별스럽지 않다는 듯 즉각 다음 질문을 던졌다.

"만약 돈을 노린 범행이 아니라면 어떤 목적이 있을 수 있지?"

국방정보국 요원이 즉각 대답했다.

"우리 정보국에서는 우크라이나 정부가 하수인들을 시켜 핵잠수함을 빼돌린 다음 협박용으로 쓸 수도 있다는 분석을 하고 있습니다. 하는 짓을 보고 마음에 들어야만 돌려주겠다는 식이죠."

"누구를 협박한다는 건가?"

"미국 정부."

"음, 그건 뜻밖이군."

"우크라이나는 나토의 즉시 가입 문제로 겉으로 드러나지는 않지만 속으로는 우리 정부와 커다란 갈등을 겪고 있습니다."

"그렇다 하더라도 우크라이나 정부가 경계병을 열다섯이나 죽이고 그런 짓을 한다고요?"

"악명 높은 아조우 연대가 벌인 일이라는 추측이 가능합니다. 그래서 아조우 지휘관 프로코펜코를 여러 차례 신문했지만 신통한 결과는 없었습니다."

극우 아조우 연대는 그 잔인함으로 악명이 높아 국제 제재를 받아왔으나 러시아의 우크라이나 침공으로 말미암아 다시 각광받고 있었다. 하지만 무슨 일이든지 저지를 수 있어 누구에 의해서도 이용당할 수 있는 존재였고 우크라이나 정부가 이용하려 들기만 하면 얼마든지 잠수함 납치에 써먹을 수 있는 부대였다.

"만약 이것이 범죄자들의 우발적 범행이 아니라 군인들이 계획적으로 저지른 일이라면 러시아를 배후로 지목할 수 있을까?"

샤프먼이 묻자 정보국 요원은 희미하게 고개를 가로저었다.

"물론 그 경우도 가능합니다만 두목 미하일은 러시아에 한이 맺힌 사람입니다. 나머지 다섯도 우크라이나 사람이라 비록 범죄자라 해도 러시아를 위해 그런 매국적 행위를 할 가능성은 매우 낮다는 생각입니다."

샤프먼은 거기까지 듣고 자리에서 일어나 즉시 공항으로 향해 미국으로 돌아와버렸다.

미국의 수사본부로 복귀한 샤프먼은 로드아일랜드의 아인혼 함장을 소환했다. 거듭된 조사에 기진맥진한 얼굴로 나타난 그는 샤프먼의 앞에 털썩 앉으며 중얼거리듯 말했다.

"이미 아는 모든 것을 말했소. 내게서 더 나올 것이 있는지 모르겠군."

샤프먼은 배실거리는 웃음을 떠올리며 편안한 분위기를 만들어주었다.

"고초를 겪고 있겠어요. 사실 그 자리에 함장님이 아닌 누가 있었어도 벌어졌을 일인데. 규정도 다 매뉴얼대로 엄수한 것으로 들었고."

엄청난 사건의 한가운데서 이루 말할 수 없는 중압감에 눌려있던 아인혼은 피로한 얼굴을 움직여 씁쓸한 미소를 지었다. 사건이 사건인지라 누구도 그리 편안한 말을 해온 적이 없는 까닭이었다.

"잠수함은 워낙 경험해본 적이 없는 분야라. 해저에 있으면 승조원들의 컨디션이 영 엉망이겠지요? 밤낮이 없으니 바이오리듬이 무너질 테고, 신선한 바람도 못 쐬고, 음식도 죄 냉동식품일 테고. 아, 그러고 보면 냉동고가 참 중요하겠군요."

"그렇소. 잠수함마다 다르긴 하지만 큰 냉동고가 몇 개나 있지."

"전투라도 벌어졌다 침수가 되면 큰일이니 방마다 물샐틈 없이 견고한 격벽들이 있을 테고요. 완전히 밀폐된."

"당연하오. 대다수의 공간이 내외부의 간섭으로부터 차폐되어있소."

"그렇군요. 잠수함이란 언젠가 한번 경험해보고 싶은 곳입니다. 왜, 누구나 그렇잖아요? 어릴 적 잠수함이나 우주선 같은 것에 로망이 있는 게."

아인혼은 쓴웃음을 지으며 이 어린애 같은 수사관이 떠드는 양을 다만 지켜보았다.

"아무튼, 그게 그래서 문제란 말입니다."

"음?"

갑자기 달라진 목소리와 함께 샤프먼은 고개를 갸웃거리며 중얼거리듯 말을 이었다.

"범인들은 열다섯 명이나 죽인 살인자란 말입니다."

"그렇지요."

"살인자들이 가장 두려워하고 수사관들이 가장 좋아하는 게 뭐라고 생각해요?"

"……."

샤프먼은 몇 장의 사진과 자료를 그의 앞에 내밀었다. 잠수함 내부의 사진과 부두의 사진, 그리고 사물 간의 거리가 표시된 숫자들과 더불어 수많은 시체 사진이 그의 눈에 들어왔다.

"시체요. 모든 살인자는 시체를 숨기려 하고 수사관들은 시체를 찾으려고 해요. 시체는 반드시 무언가를 말하거든. 그런데 열다섯 구의 시체가 오데사 앞바다에 떠올랐어요. 지구상에서 가장 거대한 범죄를 저지른 자들이 시체 열다섯 구를 버리고 갔다는 말입니다."

"급박하고 정신이 없었겠지. 기껏해야 잡범들이 갑자기 어마어마한 범죄를 저질렀으니."

"범죄를 저질러본 적이 있나요?"

"없소."

"일부러 잡히려고 하는 놈이 아닌 이상에야 모든 범죄자는 같은 생각을 해요. 어떻게든 흔적을 은폐하려고 하지. 다급해서 엉망진창으로 실수를 하는 놈도, 강심장으로 철두철미하게 계획적으로 저지른 놈도 가장 먼저 생각하는 것이 시체 은닉이오. 시체를 숨긴다고."

"워낙 큰 범죄라 실수할 수도 있지 않소? 시체를 싫어해서 그럴 수도 있고."

샤프먼은 어느새 슬쩍 웃음을 떠올리고 있었다.

"범인들은 시체를 밸러스트 탱크에 넣고 해수구를 통해 내보냈어요. 잠수함의 구조를 사전에 알고 계획하지 않고서는 할 수 없는 일이지. 시체가 썩을까 걱정하거나 단순히 싫어한다? 아까 잠수함에 충분한 냉동고가 있고 완전히 밀폐된 공간이 다수 존재한다 하지 않았습니까? 그런 곳에 처박아놨다가 망망대해로 나가서 내보내면 될 텐데?"

"그건."

"오데사 부두에 버려뒀습니다. 바깥에서 죽은 셋, 안에서 죽은 열둘. 무려 시체 열다섯 구를."

무언가 대답하려던 아인혼이 할 말을 찾지 못하고 있자 샤프먼은 고개를 저었다.

"함장은 무언가를 알고 있어요. 하지만 절대 입을 열지 않을 테지."

"뭘 안단 말이오? 범인이 어쨌든 그것이 나와 무슨 상관이야?"

처음의 부드럽던 태도를 싹 바꾼 채 갑자기 자신을 지목하는 샤프먼에 대항해 아인혼은 지지 않고 눈을 마주쳤다. 뚫어져라 향해 오는 샤프먼의 눈길에 아인혼은 큰소리를 억누르듯 숨을 고르며 낮게 말했다.

"당신이 뭘 하든 자유지만 조국을 위해 목숨을 바친 나의 부하들을 불명예스럽게 만드는 건 절대 허용하지 않을 거요."

"역시 이상해요. 함장은 자꾸 이상한 부분을 묻으려고 한단 말입니다."

"무슨 말도 안 되는 얘기요?"

"범인을 돕는 것도 아니고, 그렇다고 수사를 돕는 것도 아니고."

묘한 표정으로 아인혼을 바라보던 샤프먼은 곧 인사를 건네고는 신문실에서 나가버렸다.

광기의 푸틴

"에르도안 이 개자식! 이건 배신이야!"

푸틴은 가슴속 깊은 곳으로부터 치밀어 오르는 분노를 삭이지 못하고 거친 욕설을 내뱉었다. 리투아니아 빌뉴스에서 열린 나토 정상회의에서 에르도안은 갑자기 입장을 바꿔 그간의 완강했던 스웨덴의 나토 가입 반대 입장을 철회하고 찬성으로 급선회해버린 것이었다. 그간 튀르키예는 나토 가입국임에도 불구하고 우크라이나전 발발 이후에도 러시아에 무기를 팔아온 데다 나토의 러시아 제재에도 참가하지 않았는데 이것은 푸틴에게 크나큰 자랑거리였다.

"늙은 쥐새끼!"

에르도안을 영원한 친구라 치켜세워왔던 푸틴은 그가 전적으로 바이든을 위해서만 뛴다는 생각에 연신 욕지거리를 내뱉었다. 최근 그의 태도를 가만히 보면 급속히 나토 쪽으로 기울었고 그것은 사실상 이번 전쟁에서 러시아가 이기는 길이 없다는 뜻이었다.

게다가 미국이 우크라이나에 집속탄을 지원한 것 또한 의미하는 바가 있었다. 집속탄은 하나의 폭탄 안에 여러 개 혹은 수백 개에 이르는 작은 폭탄이 들어있는 모양으로 그 살상력이 너무 커 국제사회에서 사용 금지되다시피 한 폭탄이었다. 개전 초에는 소총 한 자루 주는 것도 망설이던 미국이 이런 집속탄까지 내준다는 건 대놓고 이건 미국의 전쟁이며 무슨 일이 있어도 이기고 말겠다 선언하는 것과 다름없는 일이었다.

이대로 가면 몰락이었다. 장담했던 우크라이나 정복은 물건너가고 스웨덴, 핀란드의 나토 가입을 야기한 데다 튀르키예는 배신하고 혹독한 경제 제재에 석유와 가스의 수출 제한까지 초래했으니 자신이 예전과 같은 권력을 휘두를 가능성은 없었다. 아직은 전쟁 중이라 지지율이 유지되지만 전쟁이 실패로 끝나면 어떤 일이 닥칠지 모를 일이었다. 문득 루마니아의 차우셰스쿠를 생각하라던 시진핑의 말이 떠올랐다.

"보드카 가져와!"

푸틴은 보드카를 큰 잔에 따르게 하고는 단숨에 목구멍 안으로 다 털어 넣었다.

"으윽!"

구역질이 나려는 걸 애써 참았지만 잔기침이 터져 나오기 시작하자 푸틴은 한동안 기침을 멈추지 못하고 콜록거렸다. 예전에 없던 이런 모습을 보는 여비서의 표정이 근심으로 물들었다.

"더 따라! 가득 채워!"

"안 됩니다, 대통령님."

"더 따르란 말이야!"

"예전에 보드카를 한 잔 이상 못 마시게 하라고 제게 지시하셨습니다."

"내가 그런 지시를 했다고! 내가 그런 겁쟁이란 말이야?"

"나이를 생각하셔야 합니다."

"이년이 나를 늙은이 취급하나? 위대한 삼보 챔피언 푸틴을! 늙은이에 겁쟁이라고! 로켓군사령관 불러!"

취한 상태의 푸틴은 급히 불려온 로켓군사령관을 마주했다.

"시티코프, 말해봐, 러시아가 이 전쟁에서 져도 핵을 쓰면 안 되나?"

"그것은 국방정책의 모순입니다. 70년이 넘도록 러시아는 핵 개발에 치중해왔는데 전쟁에 지더라도 핵을 사용할 수 없다면 그것은 정책의 완전한 파탄입니다."

"당장 내일 키이우에 쏘아버릴 거야!"

"네? 얼마짜리를요?"

"몇 루블짜리든."

"아니, 그게 아니라 핵탄두 용량 말입니다. 몇 킬로톤, 아니면 몇 메가톤을 쏠까요?"

"아주 큼직한 걸로 하나 쏘아버려. 미국 놈들, 그리고 나토 자식들, 내가 못 쏠 줄 아나?"

"큼직한 거라면 어느 정도를 말씀하시는지요?"

"키이우 인구가 얼마야?"

"3백만 명 정돈데 반 이상 빠져나가 지금은 약 1백5십만 명 정도 됩니다."

"한 5십만 정도 죽여버려!"

"그럼 백 킬로톤이면 됩니다."

"맞아, 얼마 전 회의에서 키이우에 백 킬로톤 쏘는 게 최선이라 그랬지. 그런데 발사 명령을 자네가 내리는 건 어떤가?"

"네?"

"나는 오늘 밤 깊이 잠들 거야. 내일 아침 내가 깨면 결과를 보고해. 쏘고 나서 시티코프 자네가 직접 날 깨우러 오란 말

268

이야."

"안 됩니다. 제가 혼자서 쏠 수는 없습니다. 각하가 직접 체게트를 여셔야 합니다."

"체게트? 핵가방 말인가?"

"그렇습니다. 코드를 주셔야 하고 국방장관과 핵전략사령관이 승인을 해야 하기 때문에 핵미사일을 발사하는 순간 반드시 각하가 깨어계셔야 합니다."

"빌어먹을!"

시티코프는 갑자기 정신이 날아갈 정도로 혼미해졌다. 처음 푸틴의 취한 모습을 봤을 때는 핵공격을 결심한 후 고통을 견디기 위해 술을 마셨다 생각했고 그 고뇌를 충분히 이해할 수 있었다. 그러나 자신이 잠든 사이 제3자가 핵공격을 떠맡기 원하는 모습은 그저 혼란스럽기만 했다.

"각하께서 직접 하셔야만 합니다."

"알았어, 가봐."

생각지도 못한 커다란 위험을 느낀 시티코프는 얼른 대답하고 자리를 벗어났다. 방금 겪었던 일을 어떻게 받아들여야 할지 몰랐다. 서둘러 집으로 돌아온 그는 우선 보드카 한 잔을 들이키며 마음을 가라앉히고 밤새 고심하다 결국 전화기를 들었다.

"장관님, 주무시는데 죄송합니다."

"무슨 일이오?"

"각하께서 내일 아침 우크라이나에 핵미사일을 발사하라 명령했습니다."

"뭐라고!"

국방장관의 목소리가 전화기를 뚫고 나와 시티코프의 고막에 그대로 꽂혔다.

"5십만 명 정도 죽일 것을 원했지만……."

"그런데?"

"즉석에서 취소했습니다. 혹시 장관님과 의논하셨는지요?"

"아니오. 의논한 적 없소."

"그렇다면 이건 정말 큰일입니다. 온 러시아가 심사숙고해야 할 일을 술에 취해 저렇게 변덕스럽게 다루다니. 돌발 사고가 일어나지 않도록 무슨 조치라도 해야 하겠습니다."

잠시 침묵이 흐른 뒤 국방장관의 음산한 목소리가 흘러나왔다.

"사령관, 내가 충고 하나 하지."

"네, 장관님."

"지금의 위기는 푸틴의 위기만이 아니오. 우리 러시아가 마주한 존망의 위기요. 특히 우리 군부는 이대로 전쟁이 끝나면 남아날 사람이 없소. 당신 포함해서 말이오."

"으음!"

"세계 2위로 알았던 러시아 군사력이 일개 우크라이나에게 이렇게 뭉개졌다는 사실을 국민들이 어떻게 받아들일 것 같소? 정치인 푸틴은 죽을 수도 살 수도 있지만 우리 군부가 붕괴하는 건 백 퍼센트요. 무슨 말인지 알겠소?"

"네. 장관님."

"푸틴이 핵을 쏘게 해야 하오."

"아!"

"그가 핵을 쏴야 군부가 사는 거요. 당신이 살고 내가 산단 말이오."

"그런 생각은 하지 못했습니다."

"그리고 러시아가 살아. 돌이킬 수 없는 후과니 뭐니 흰소리를 쳐도 핵을 쏘았을 때 미국이든 나토든 우크라이나든 대항할 방법이 없소. 우리는 전 세계를 대적하고도 남을 충분한 핵탄두가 있소. 핵을 쏘아야 위엄 있는 휴전을 할 수 있단 말이오. 푸틴도 군부도 무사할 수 있는 안전한 휴전 말이오."

"제 생각이 짧았습니다."

"오늘 일은 절대 보안을 유지하시오. 나 외의 누군가와 얘기한 적 있소?"

"장관님께만 전화를 드렸습니다."

"명심하시오. 반드시 푸틴을 구멍 속으로 몰아넣어 핵을 쏘게 해야 하오."

전화 통화를 마친 시티코프는 표정이 달라져있었다. 국방장관의 미래에 대한 판단은 정확했고 자신을 포함한 러시아의 군부 모두는 이미 몸을 뺄 길 없이 한배에 몸을 싣고 있었다. 푸틴이 핵을 쏘게 해야만 한다, 국방장관의 말을 다시 한번 떠올리며 마음을 가다듬은 시티코프는 보드카를 들이켰다.

에르도안은 푸틴으로부터 연락이 오자 이를 드러내고 웃었다. 우크라이나 전쟁이 터지자 스웨덴의 나토 가입을 미끼로 그의 존재 가치를 세계에 뽐내고 미국으로부터도 한몫 푸짐하게 챙겼지만 그가 계속 세계의 중심적 지도자 위치를 유지하는 데 있어 가장 중요한 사람은 사실 푸틴이었다. 푸틴과 가장 가까웠던 독일의 메르켈은 정치 무대에서 사라진 지 오래였으며 최근 들어 마크롱이 집적거리긴 했지만 근원적으로 야당의 감시와 견제로부터 자유롭지 못한 마크롱과 푸틴의 대화는 분명한 한계가 있었다. 푸틴과의 속 깊은 얘기는 오로지 자신만의 몫이었고 그 배경에는 자신과 푸틴이 공유한 영웅의 기질과 독재자의 기질이 있었다.

에르도안은 바이든에게 전화를 걸었다.

"푸틴이 만나자고 하는데 무슨 얘기인지 잘 듣고 오겠소. 혹 각하도 나를 통해 푸틴에게 할 얘기가 있다면 지금 말해주시오."

"휴전 조건 얘기일 테니 일단 잘 듣고 오시오."

"지난번에는 이 작자가 잔뜩 허세를 부렸는데 이제는 많이 꺾였을 거요."

에르도안은 지난번 푸틴이 우크라이나의 나토 가입을 백지화하고 도네츠크와 루한스크를 자치공화국으로 하는 것만이 유일한 휴전안이며 그 외의 어떠한 조건도 받아들일 수 없다고 큰소리치던 걸 떠올렸다. 그때 승자나 할 소리라며 비웃어주었던 건 지금 생각해도 흐뭇한 일이었다.

"여하튼 만나고 나서 연락을 주시오."

바이든과 통화를 마친 에르도안은 러시아 측에서 흑해 연안이 아닌 모스크바에서 만나자고 통보해오자 다소 이상한 기분이 들었다. 소치가 되었든 어디가 되었든 흑해 연안의 도시에서 만나는 게 거리상 편했고 무엇보다 놀러 가는 기분이라 마음도 편했다. 하지만 에르도안은 모스크바가 더 나을 수도 있다며 이내 머리를 털어버렸다. 모스크바의 집무실에서 나누는 대화가 좀 더 공식적이고 구속력이 더 있을 터였다.

최근의 상황을 고려할 때 보나 마나 푸틴은 휴전 조건을 맞추려 할 것이었다.

표류하는 나토

크렘린 광장을 가로지른 에르도안의 자동차는 푸틴의 집무실 앞에 멎었다. 평소 푸틴이 직접 나와 맞이하던 것과 달리 오늘은 보좌관이 서있을 뿐이었다. 하지만 에르도안은 기분이 나쁘지 않았다. 오히려 푸틴이 나와 과장된 제스처를 보이는 편이 오늘의 입장 정리에 더 불편할 것이었다. 차에서 내려 한참을 걸어가자 집무실 문이 열렸고 거기에 혼자 있던 푸틴이 건조한 표정으로 에르도안을 맞았다.

"어서 오시오."

"블라디미르."

의례적 악수만 나눈 채 자리에 앉는 푸틴을 바라보며 에르도안은 이제껏 만나오는 동안 그 어느 때도 보지 못했던 그의 모습에 비로소 낯섦을 느꼈다. 평소와 같은 과장스러움도, 그토록 내보이고 싶어 했던 우월감도 모두 지운 채 무미건조한 표정의 한 낯선 사람으로 푸틴은 앉아있었다.

"나는 메시아요."

에르도안은 갑자기 당황스러워졌다. 그에게 뚱딴지같은 측면이 있는 건 익히 알고 있었지만 메시아라니. 대체 무슨 소리인가 싶어 에르도안은 푸틴의 두 눈을 똑바로 바라보았다. 바스라질 듯 메마른 눈이었다.

"앞으로 17일 후 우크라이나 키이우에 백 킬로톤급 핵폭탄을 터뜨리겠소. 당신은 미국과 나토에 나의 말을 전하시오."

청천벽력 같은 소리가 떨어졌고 이내 침묵이 이어졌다. 이자가 무슨 소리를 하는가, 과거와 같은 허세를 의심해 에르도안은 정신을 가다듬고 푸틴을 바라보았지만 그런 기미는 없었다. 마치 껍데기만 남은 듯한 얼굴에 메마른 눈 그 깊은 곳에는 광기와 결의가 숨어있었다. 진짜다. 한동안 할 말을 잃은 채 숨만 몰아쉬던 에르도안은 용무가 끝났다는 듯 자리에서 일어나는 푸틴을 간신히 붙잡았다.

"이보시오, 블라디미르 블라디미로비치. 말을 전하기는 하겠지만 당신이 정확히 무엇을 원하는지, 어떻게 하면 핵전쟁을 막을 수 있는지 내게 설명을 해주어야 할 거 아니오."

"도네츠크와 루한스크에 자치공화국을 세우고 우크라이나의 나토 가입을 철회하는 것 외에 다른 길은 없소. 자, 이제 당신은 가시오."

"블라디미르, 그런 큰일을 결정하는 데 17일은 너무 짧지 않소. 시간을 더 주시오."

"나와 러시아는 결심했소."

"블라디미르! 잠, 잠깐만!"

푸틴은 다급히 외치는 에르도안을 남겨둔 채 뚜벅뚜벅 걸어 나가버렸다.

돌아가는 차 안에서 에르도안은 깊은 고민에 빠졌다. 아니, 고민이랄 것도 없었다. 여태까지의 모든 외교가 전부 허사로 돌아가고 거대한 압박만이 가득해져오는 가운데 머리를 쥐어뜯은 그는 할 수 있는 일이 무엇일까를 상상했다. 암살? 푸틴이 없어진다면? 그러나 그 또한 쓸데없는 상상이고 말도 안 되는 공상이었다. 핵이라니. 단 5분의 만남으로 저항할 수 없는 무력감에 빠져버린 그는 전용기에 타자마자 바이든의 번호를 눌렀다.

불과 17일.

나토 32개국 정상은 단 한 사람도 빠지지 않고 즉시 브뤼

셀에 모였다. 바이든이 무거운 표정으로 먼저 말문을 열었다.

"드디어 그자는 전 세계를 상대로 협박장을 던졌소. 우리가 우려하던 그 광기의 순간이 닥치고야 만 거요."

우크라이나 전쟁이 시작되던 바로 그 순간, 아니 미국과 나토가 우크라이나 지원을 결심하던 바로 그 순간부터 예견됐던 시한폭탄이 마침내 재깍재깍 초침 소리를 내며 작동을 시작한 것이었다. 모든 정상이 늘 마음속에 품고 있었으나 애써 입 밖에 내지 않으려 했던 그 공포의 서사는 인류사에서 늘 그래왔듯 최악의 가능성 쪽으로 급선회하고 있었다.

"이 미친 자는 백 킬로톤급 핵폭탄을 키이우에 쏘겠다는 거요. 히로시마에 떨어졌던 리틀보이가 15킬로톤이니 자그마치 일곱 배요."

에르도안이 분위기를 전했다.

"그는 자신이 메시아라 했소. 나는 그 말을 듣는 순간 이 사람이 실성했구나 싶으면서도 완전한 결단을 내렸다 느꼈소. 결코 단순한 협박이 아니었소."

에르도안이 말을 마치자 사람들의 눈길이 모두 바이든을 향했다. 지금 상황에서는 미국 대통령 말고는 누구도 자신 있게 발언할 수 있는 사람이 없었다.

"그의 광기가 발산되는 바로 그 순간 우리는 핵미사일을 발

사한 러시아 기지와 세바스토폴의 흑해함대 사령부를 초토화
시킬 거요."

바이든의 발언은 짧았다. 사람들은 그가 뭔가 좀 더 길게
이야기해주기를 바랐으나 그는 더 이상 할 말이 없는 듯 입을
다물어버렸다. 잠시간의 침묵이 흐른 다음 올라프 숄츠 독일
총리가 입을 열었다.

"그 공격에 러시아가 핵으로 대응한다면?"

사람들의 눈길이 화살보다 빠르게 바이든의 입가에 날아
가 박혔다. 러시아의 핵 도발에 재래식 공격으로 치명적 타격
을 가한다는 건 모두가 염두에 두었던 시나리오지만 거기까
지였다. 그 공격에 대해 러시아가 다시 핵으로 반격할 경우에
대해서는 누구도 깊이 생각하지 않았다. 아니, 더 이상 앞으로
나가기 싫었던 것이다. 그러나 지금 이 순간은 생각해야만 했
다. 러시아가 다시 핵으로 반격해온다면 어떻게 할 것인가.

"감히 그러지 못할 거요."

바이든이 짧고 단호하게 답했지만 실상은 질문에 대한 대
답을 피하는 것에 불과했다. 숄츠는 피의자를 신문하는 수사
관처럼 거칠게 파고들었다.

"감히 그런다면?"

"……."

바이든은 대답이 없었다. 나토 정상들은 낯선 세상의 알 수 없는 심연을 마주한 느낌이었다. 더 이상 들어가선 안 되는 세상이었다. 정상들은 바이든이 대답할 수 없는 문제라는 걸 알았다. 그 역시 거기까지일 수밖에 없었다. 러시아가 핵으로 반격할 경우에 대한 시나리오는 누구도 입 밖에 낼 수 없었다. 그저 닥치면 그때 가서 어떻게든 반응할 뿐 그 상황을 미리 머릿속으로 끌어들여 계획을 세울 수 있는 일이 아니었다. 그러나 아무 계획 없이 공격이든 초토화든 하는 말을 입에 올린다는 건 너무도 무모하고 무책임한 일이었다.

"도미노 게임이지요."

마크롱이었다.

바이든의 초토화에 러시아가 핵으로 응수하면 그다음은 바로 도미노였다. 세계는 어떠한 브레이크도 없는 핵전쟁의 도미노로 휩쓸려 들어가는 것이었다. 정상들은 말이 없었다. 누구도 입을 열 수 없었다.

"망할 놈의 사르맛!"

누군가 러시아의 최신 핵무기 사르맛을 저주했지만 기실 아무 의미도 없는 탄식이었다. 지금 이들이 마주한 문제는 사르맛이 있고 없고가 아니었다. 이미 5천 발이 넘는 핵탄두를 가지고 있는 러시아에게 사르맛은 상징에 불과한 것으로 공포의

무늬를 하나 더하는 이상의 의미는 없었다. 마크롱이 나섰다.

"우리는 지난 2차 대전을 돌이켜보아야 합니다. 5천만 명 이상의 사상자가 발생한 이 전쟁의 원인은 베르사유 조약입니다. 1차 대전에서 진 독일에게 부과된 가혹한 배상금이 이 비극을 잉태한 겁니다. 그런데 일본을 보세요. 미국은 일본에게 오히려 호의를 베풀었어요. 그래서 지금의 이런 평화와 협력을 가져왔지요. 그 어떤 나라든 위력으로 제압하면 더 큰 비극을 잉태하는 겁니다. 러시아는 패전국이 아닙니다. 오히려 지구상에서 핵탄두를 가장 많이 가진 무서운 나라예요. 이런 나라를 힘으로 눌러서 제압한다는 건 사실상 불가능합니다. 만약 우리가 그 길로 간다면 반드시 돌이킬 수 없는 대형 비극이 발생합니다. 3차 대전이지요. 우크라이나 전쟁은 여기까지 왔으면 됐습니다. 러시아가 키이우에 핵을 쏘면 미국도 나토도 달리 대항할 길이 없어요. 여기서 러시아의 요구 조건을 어느 정도 들어주고 모든 걸 끝내는 게 맞습니다."

무슨 일이 있어도 키이우에 핵탄두가 떨어져서는 안 된다는 생각을 가진 대부분 나토 정상들의 얼굴에 안도의 기색이 감돌기 시작했다. 러시아 기지를 초토화시켰을 경우에는 도미노 게임이 시작될 것이었다. 바이든의 시나리오란 무모하고 위험하기 짝이 없었다.

정상들의 기색을 살핀 마크롱은 더욱 힘이 실린 목소리로 말을 이었다.

"핵전쟁을 결정하는 3대 요소는 지도자, 군부, 국민입니다. 러시아 국민의 대다수가 위대한 러시아를 그리워하고 있습니다. 군부와 지도자는 말할 것도 없고요. 그러면 지도자, 군부, 국민의 3대 요소가 모두 핵 반격을 가리키고 있는 것입니다. 러시아에 재래식 공격을 퍼붓는 순간 핵전쟁 도미노를 피할 수 없습니다."

스페인 총리가 마크롱의 말에 힘을 더했다.

"러시아가 키이우에 핵을 떨어뜨리고 나면 우리는 사실상 할 수 있는 게 아무것도 없습니다. 그렇다면 그가 핵공격을 하지 않도록 하는 게 최선입니다."

그의 말이 채 끝나기도 전에 바이든의 거친 목소리가 새어 나왔다.

"그 작자는 핵을 쏘지 않는 조건으로 도네츠크와 루한스크를 자치공화국으로 만들고 우크라이나의 나토 가입을 백지화하라는 건데 이것은 노골적인 강탈이오. 우리가 여기서 푸틴의 요구를 들어주는 건 결국 인류사를 배신하는 부끄러운 짓이오. 가장 두려운 건 여기서 우리가 물러서면 앞으로 이런 일이 빈번하게 일어날 거라는 사실이지. 핵으로 협박하면 꼼짝 못 하는구나, 이런 인식의 확산과 더불어 전 세계는 핵 개발 광풍에 빠지게 되고 결과적으로 지구 멸망의 위험은 기하급수적으로 확산될 거요."

마크롱이 즉각 반발했다.

"지금 당장 핵전쟁에 돌입하는 것보다는 훨씬 낫지 않나요?"

"내 얘기는 인류가 협박에 굴복해서는 안 된다는 거요."

"이것은 현실입니다. 인류는 이제껏 현실의 유지와 계승을 최우선적 가치로 지켜왔기에 오히려 성공하고 발전해왔어요. 프랑스는 러시아가 키이우에 핵을 쏘는 걸 막는 게 인류의 길이라 생각합니다."

"마크롱 당신은 묘한 화법을 쓰는군. 마치 내가 러시아의 키이우 핵공격을 바라는 것처럼 말을 왜곡하는데 내 얘기의 골자는 이렇게 핵 협박이 통하게 두면 더 큰 위기가 찾아온다는 뜻이오. 그게 지구를 더 큰 위험에 빠뜨리는 일이란 말이오. 지금은 부닥쳐야 할 순간이고 견뎌내야 하는 순간이오."

"그러나 코앞에 닥친 핵전쟁에 대처할 방법이 없지 않습니까? 대통령 각하도 대답을 못 하고 있어요. 다시 한번 묻지요. 러시아가 키이우에 핵을 쏜다, 그래서 미국과 나토가 러시아에 재래식 공격을 가한다, 이에 대해 러시아가 핵으로 반격한다. 그다음은 뭐지요? 대답해보시오. 그다음이 무엇인지."

"러시아는 핵 보복을 못 할 거요."

"왜? 왜 못 한다는 겁니까?"

"그랬다가는 러시아가 멸망할 테니까."

마크롱은 작게 코웃음을 쳤다.

"우리가 멸망시킨다는 겁니까? 핵탄두를 5천 발 이상 가지고 마음만 먹으면 세계를 모조리 멸망시킬 수 있는 러시아가 두 손 두 발 다 묶인 채 우리가 멸망시키는 대로 그냥 멸망당한다고요? 미국 같으면 앉아서 멸망하겠습니까?"

"……."

바이든은 달려드는 마크롱에게 제대로 반박할 수 없었다. 러시아가 핵을 쓰면 재래식 공격으로 응수한다는 발상 자체가 사실은 대책이 전혀 없다는 고백에 불과했음을 지금 이 순간 나토 정상회의는 여실히 실감하고 있었다.

"키이우에 핵폭탄이 떨어지지 않도록 하는 게 최선입니다."

말은 아름다웠지만 사실상의 내용은 러시아의 요구에 순응하자는 뜻이었다. 좀 더 현실적으로 말하자면 러시아의 협박에 고개를 숙일 수밖에 없다는 뜻이었다. 누군가의 온화한 목소리를 타고 나온 이 평화의 염원이 그대로 결론처럼 받아들여질 수밖에 없는 분위기 속에서 조용히 손을 드는 한 사람이 있었다. 나토 회원국이 아니었지만 바이든의 초청을 받고 참석한 당사국 우크라이나의 젤렌스키였다. 사람들의 눈길이 모두 젤렌스키의 입술에 가서 꽂혔다.

"러시아가 백 킬로톤급 핵미사일을 키이우에 쏜다면 그 타깃은 아마도 대통령 궁일 겁니다. 곧바로 제게로 날아오겠지요. 저는 피하지 않습니다. 가슴에 그 핵미사일을 정면으로 받고 타 죽을 겁니다. 그것이 제가 가야 할 길이고 우크라이나 국민이 가야 할 길입니다. 우리 우크라이나 국민은 모두 핵불길 아래 타 죽기로 결심했습니다."

젤렌스키의 목소리는 비장했고 눈빛은 처연했다.

"저는 여러분들께 이 위험한 길을 같이 가달라고 사정하지 않겠습니다. 이제껏 함께 와주신 것만도 너무나 감사해 목이 메어옵니다. 모든 우크라이나 국민이 여기까지 같이해주신 모든 세계인께 감사드리고 있습니다."

"으음!"

나토 정상들은 누구 하나 착잡해지지 않을 수 없었다.

"하지만 한편으로는 우크라이나인이 아닌 인류의 한 사람으로 하고 싶은 말이 있습니다. 한 사람의 인간으로서 하고 싶은 말이 있는 것입니다."

젤렌스키는 잠시 말을 멈추고 창밖의 하늘을 바라보았다.

이미 정상들의 판단은 내려진 상태라 나토 회원국도 아닌 우크라이나 대통령으로서 당신들 나라의 운명을 걸고 내 나라를 도우라 요구할 수는 없는 일이었다. 하지만 우크라이나 대통령으로서 나라의 운명이 결정되는 지금 이 순간 침묵할 수는 더더욱 없는 일이었다. 오로지 국익에 따라 움직이는 냉혹한 국제정치의 현실에서 자신이 이들을 설득할 가능성은 없었지만 젤렌스키는 최선을 다해 한 마디 한 마디 말을 이어갔다.

"모든 생명은 본능을 좇아 건강하고 풍족한 삶을 만들려 노력합니다. 식물이든, 곤충이든, 짐승이든 존재의 지속이야말로 최고의 목적이고 숙제입니다. 그리하여 생명은 유전자의 숙주가 됩니다. 나의 유전자를 보전하고, 남기고, 세상에서 지워지지 않도록 지키는 것이 지상목표인 것입니다. 그러나 여러분, 저는 인간의 존재가 오직 유전자에만 남는다고 생각하지는 않습니다. 본능을 넘어서 얼마만큼 이타의 세계로 들어갈 수 있었는가, 어떤 신념으로 이기심이라는 본능을 넘었었는가, 인류 역사와 지성의 산봉우리에서 어떤 외침을 내었었는가. 감히 말하건대, 약자의 팔을 부여잡고 같이 걸었던 성인들이야말로 저는 가장 위대한 존재를 남겼다 외치고 싶습니다."

"으음!"

누군가의 입에서 신음이 새어 나왔다.

"인류의 역사에서 오늘 이 자리는 너무도 중요합니다. 그간 인류의 동행이라는 정의를 지켜온 자랑스러운 역사를 이어나가느냐, 아니면 불의의 협박에 무릎을 꿇고 마느냐가 판가름 나는 시간이기 때문입니다. 그간 우크라이나와 같이해준 여러분께 진심으로 감사드립니다. 여러분이 손길을 내밀어주지 않았으면 저 부차의 비극은 온 우크라이나에서 자행되었을 것이고 자유를 향한 우크라이나 국민들의 소망은 푸틴의 구둣발 아래 이미 오래전에 짓밟혔을 것입니다. 그간의 동행에 깊이 감사드립니다."

회의장은 숙연해졌고 젤렌스키가 자리에 앉은 이후 한동안 침묵이 계속되었다. 긴 침묵을 깬 건 바이든이었다.

"미국은 역사상 단 한 번도 불의에 굴복한 적이 없소. 그리고 여러분께 분명히 한마디 경고하겠소. 이렇게 폭력에 굴복하기 시작하면 앞으로의 인류사는 끝이오."

그러나 거기까지였다. 폐부를 찌르는 젤렌스키의 호소에 마음이 움직인 정상도 있었고 그렇지 않은 정상도 있었지만 누구도 마음속의 생각을 밖으로 꺼낼 수 없는 건 마찬가지였다. 심지어는 바이든조차도 그 이상의 말은 할 수 없었다. 핵전쟁의 책임이란 그 누구도 질 수 없는 것이었다.

푸틴이 내놓은 17일의 기간 중 벌써 10일이 지났지만 나토 정상회의는 표류하기만 할 뿐 어떠한 방향으로의 목표 설정도 할 수 없었다. 이런 가운데 유럽의 언론들은 대대적으로 바이든의 모험주의를 경계하는 논조의 기사를 실었다. 유럽은 미국의 애완견이 되어선 안 된다는 감정적 기사부터 바이든의 우크라이나 개입이 선거에 미치는 영향을 분석한 기사까지 난무했다. 그러나 러시아의 핵 보복을 각오하더라도 우크라이나 핵공격을 수수방관해선 안 된다는 기사는 눈을 씻고도 찾아보기가 어려웠다.

나토가 극심하게 흔들리는 모습을 보며 자신감을 완전히 회복한 푸틴은 시간이 갈수록 기세등등해졌다.

"이제 이틀 남았군."

"그렇습니다. 나토는 전혀 의견 통일이 안 되고 있습니다. 아니, 의견 통일이 되고 있다 해야 맞겠습니다. 고작 우크라이나 때문에 온 인류가 사라지는 선택을 해서는 안 된다는 견해가 지배적입니다."

"이봐, 메디."

푸틴은 기분이 좋을 때면 한때 대통령까지 시켰던 자신의 충복 메드베데프를 메디라는 약칭으로 부르곤 했다.

"네. 블라디미르."

"대중이란 뭐지?"

"수많은 사람의 무리입니다."

"현명한가?"

"그 반대입니다."

"어리석다는 뜻인가?"

"사회의 인원 구성은 언제나 피라미드형이죠. 아래로 내려 갈수록 많아지고 위로 올라갈수록 적어질 수밖에요. 대통령 은 한 명, 국회의원은 수백 명, 판검사는 수천 명, 공무원은 수 십, 수백만 명, 무지렁뱅이는 셀 수도 없는 거 아닙니까."

"그래, 맞았어. 1920년대까지만 해도 유럽의 꼴찌이던 러 시아가 1940년대에는 미국과 맞먹는 G2로 거듭난 이유가 뭐 라 생각하나?"

"……글쎄요."

"1930년대를 겪었기 때문이야. 스탈린 대원수 말이야."

"아, 그렇군요!"

"이런 핵 문제 같은 건 대중의 판단에 던져지는 바로 그 순 간부터 누더기가 되는 거야. 대중은 겁도 많지만 무엇보다 뚜 렷한 하나의 특징이 있어. 이기적이야. 철저히 이기적이지. 미 국과 유럽의 대중이 우크라이나를 위해 핵전쟁을 한다는 건

꿀꿀이들이 망아지를 위해 헌혈하는 거나 같아."

"크하하하!"

"메디, 저들의 방황을 보고 있나? 갈팡질팡하며 어쩔 줄 몰라 하는 저 나토의 깡패 두목들을 보고 있냐는 말이야. 평소에는 의리니 뭐니 목숨까지 내줄 듯하다가 막상 일이 닥치니 물에 빠진 놈 어깨 딛고 일어서는 모습 말이야."

"두 눈 똑똑히 뜨고 보고 있습니다."

"아직 한 발 쏘지도 않았는데 저렇게 겁먹고 헤매면 도대체 어쩌자는 거지? 지금도 저런데 핵 한 방 쏘고 나면 어떤 꼬라질 보일지 흥미진진하단 말이야."

푸틴의 참모들은 오랜만에 맛본 러시아의 위용에 다들 도취됐다. 금단의 언덕을 넘기까지가 힘들었지 한번 넘고 나자 그 과실은 너무나 달았다. 참모들은 핵공격 결정을 내린 푸틴을 진심으로 우러러보았다.

"이제 보니 너무 약한 조건을 건 것 같기도 합니다. 처음에는 그렇게 대담한 조건을 내거시나 하고 속으로 놀랐는데 말입니다. 역시 대통령님은 메시아입니다."

"하하하하! 수틀리면 무조건 쏘고 본다! 지금도 저렇게 벌벌 떠는데 한 발 쏘고 나면 어떤 꼴이 벌어질지 보잔 말이야."

알링턴 국립묘지

"잘 생각해보았소?"

"뭘 생각하라는 거였지요?"

샤프먼은 지난번과 달리 고압적인 수사관의 얼굴로 나타났고 아인혼 함장은 피의자의 신분임에도 이에 물러서지 않고 불쾌한 태를 보였다.

"이상한 점 말이오. 범인들이 시체를 다 내버리고 갔다는."

"아, 이제 생각나는군. 그놈의 시체. 그래서 우리가 그 시체에서 발견한 것이 무어요? 당신 말대로면 그 시체가 뭐라도 증거를 보여주었어야지. 그 증거를 통해서 범인의 윤곽을 잡았어야 하는 게 아니오?"

"그러니까."

샤프먼은 고개를 끄덕이며 특유의 그 웃음을 지어 보였다. 이어 가방을 열고 사진들을 꺼내어 아인혼의 앞에 펼쳐놓고는 잠시 어디 먼 곳을 떠올리기라도 하는 듯 텅 빈 벽을 바라보다 천천히 입을 열었다.

"이상한 점이 몇 가지 있지만 그중에서도 가장 이상한 것이 범인의 정체성이란 말이오."

아인혼은 입을 닫은 채 몸을 뒤로 젖혔다. 마음대로 떠들라는 뜻이었다.

"기상천외한 범죄를 모든 정황에 어울리게 잘 저질렀지만 아주 이상한 데서 부실해요. 굳이 다 떠들 이유는 없으니 거두절미하고, 깜짝 놀랄 만한 생각을 하고 실수 없이 실행하는 대범한 놈이지만 범죄를 저지른 경험이 없다 이 말이오. 마치, 범죄자가 아닌 것같이."

"무슨 뜻이오?"

"군대의 눈으로 보면 증거가 없소. 노상 보는 똑같은 시체가 그냥 버려진 채 있던 거란 말이야. 하지만 수사관의 눈으로 보면? 자, 한번 직접 보실까."

샤프먼은 펼쳐둔 사진들 중 몇 개를 골라 순서와 배열을 바꾸기 시작했다. 한참 고심하며 사진을 배열해보던 그는 이윽고 입맛을 다시며 다시 몇 장을 부분 부분 겹치게 올리거나 각도를 틀면서 마치 파노라마처럼 사진을 합쳤다.

"이게 그날의 팩트야."

샤프먼은 중지로 책상을 탁 치며 말했다. 선뜻 그것이 무슨 의미인지를 이해하지 못해 사진에 시선을 고정해둔 아인혼을 기다려주던 샤프먼은 곧 볼펜을 꺼내 사진의 시체에 나있는 관통상 하나를 찍었다.

"탕!"

이어서 다음 상처를, 다음 흔적을, 입으로 탕탕 소리를 내며 하나씩 다 찍어간 그는 곧 그 흔적 전체를 볼펜으로 이었다. 놀랍게도 한 개 줄로 모두 이어지는 흔적을 다 연결하고 난 그는 아인혼을 바라보며 씨익 웃더니 이내 사진들의 겹쳐진 부분을 살짝 들어 보였다.

"아."

아인혼의 입에서도 신음이 흘렀다. 한 시체의 몸을 뚫고 나간 관통상의 탄흔이 다음 시체에 겹치며 일치해있었다. 한두 개가 아닌 수많은 탄흔이 그와 같은 일치를 보이며 전체적으로는 하나의 선으로 이어진 모양새를 나타내고 있었다.

"같은 선상으로 난 탄흔이오. 한 번에 드르륵 갈긴 거지. 그것도 이들을 같은 공간에 모아두고서. 더 재미있는 건 이런 이상한 자세로 겹쳐두고서."

샤프먼은 몸의 각도를 기괴하게 꺾어 보이며 설명을 이었다.

"잠수함의 1~2미터 남짓한 협소한 통로들에 이런 자세로 서서 총알을 맞았다? 함장, 도대체 이건 어떤 상황이겠소? 침입자에 맞서서 이렇게 도열할 수 있는 장소가 함내에 있소?"

"많이 있소. 식당에 모여서 응전했다던가, 아니면 범인이 경비병들을 무장해제 시킨 후 한곳에 몰아넣고 쏠 수도 있는 것 아니오?"

"바로 그게 문제요."

"무엇이 말이오?"

"열다섯, 아니지 열두 명에 달하는 무장한 군인들이 통로마다 흩어져 경계를 서고 있는데, 고작 여섯 명의 아마추어 범죄자가 그들을 쫓아 한곳에 양 떼 몰듯 몰아넣었다? 혹은 하나씩 모두 소리 없이 제압하여 무장해제 시켰다? 그게 가능할까? 함장이 생각하기에 그들 열두 명 모두가 적을 보자마자 모든 중요 시설을 버려놓고 후퇴하여 식당 따위에 모이거나, 즉시 한마음으로 항복하는 미숙한 훈련병이오?"

"……."

"설사 그렇다 쳐도, 그러면 이 시체는 물구나무를 선 채로 총탄을 맞았어야 하는데."

샤프먼의 손가락이 가리킨 사진은 거꾸로 뒤집힌 채 한 줄로 이어진 탄흔에 정확히 일치해있었다. 아인혼은 더 말을 잇지 못했고 샤프먼은 웃었다.

"사인은 사실 이 구멍들이었소. 목이나 머리 등에 9밀리미터 권총 탄환이 들어간 입사구들이지. 범인들은 권총을 통해 단 한 발로 하나씩 이들의 급소를 쏘아 죽였고 죽은 후에 시체를 모아다 HK416을 난사해 원래의 사인을 덮은 거요. 그게 그날 일어났던 일이지. 이제 알겠소?"

"그렇다면 그런 거겠지. 그래서 뭐가 문제요?"

"사인을 왜 덮었을까?"

"난들 알겠소?"

"정말 모르겠소?"

"내가 뭘 알아야 하냐니까!"

흥분한 아인혼이 지른 고함의 끄트머리를 자르며 샤프먼의 차분한 목소리가 이어졌다.

"열다섯 명에 달하는 숙련된 군인을 하나같이 단 한 발의 권총 사격으로 급소를 쏘아 죽이고, 그랬다는 사실을 감추기 위해 함내 경비병 열두 명의 시체는 HK416을 난사한 것인 양 위장하고, 그 시체를 또 부두 앞바다에 보란 듯 내다 버린 범죄자들. 어마어마한 계획을 강심장으로 빈틈없이 실행하고도 정작 범죄 은닉에는 미숙한 범죄자들. 그리고 이 모든 것이 자꾸 합리적인 것인 양 대변하는 함장 말이오. 그들이 무얼 숨기고 있는지."

"뭐요? 당신 지금 나를!"

샤프먼은 씨익 웃으며 지난번과 같이 꾸벅 목례를 하고 신문실을 나섰다.

"이미지를 촬영하는 위성은 크게 두 가지로 분류할 수 있어요. 물론 하나는 광학 이미징 위성이죠. 맥사테크놀로지나 플래닛랩스 같은 세계적 인공위성 전문 업체들이 하는 방식으로, 이 두 회사는 우주 공간에서 지면에 있는 20센티미터 크기 물체도 다 잡아내요. 그런데 유감스럽게도 광학 이미지이다 보니 밤에는 무용지물이에요. 하지만 우리 위성은 지구 표면에 마이크로파 레이더 신호를 보내요. 박쥐가 어둠 속에서 물체를 탐지하는 방식과 유사하게 되돌아오는 신호를 받아 처음 보낸 신호와 비교하지요. 그렇게 물체의 이동을 파악하는 거예요."

"당신 얘기의 요점은 카펠라스페이스의 인공위성은 밤에도 물체를 식별한다는 거 아니오?"

"정확히 맞는 말씀입니다."

"문제는 그날 밤 오데사의 곡물 창고를 찍은 영상이 있느냐

여부요."

카펠라스페이스의 직원은 자신 있는 손길로 가방을 열고는 작은 장치를 꺼냈다.

"다행히 있더군요. 아니 당연히 있지요. 전쟁이 일어난 이후 우크라이나 상공에는 미국의 각종 위성 수백 개가 떠있으니까요."

인공위성 회사 직원이 스트리밍한 동영상에는 사방이 컴컴한데도 또렷한 사람의 이미지가 움직이고 있었다.

"하나, 둘, 셋, 넷, 다섯, 여섯, 일곱! 일곱 명입니다."

"일곱? 여섯이 아니라 일곱이라고?"

샤프먼의 목소리가 일곱에서 확 올라갔다.

"분명 일곱입니다."

"그렇군. 모두 일곱. 분명 여섯이 아니라 일곱이란 말이지. 미스터 카펠라, 이놈들 얼굴 좀 알아볼 수 없소?"

"미안합니다만 지금의 기술로는 이게 맥시멈입니다."

"좋소, 키 맨을 찾아냈으니 다행이오. 잠수함을 운전할 수 있는 놈. 여기까지 와줘 고맙소."

"당연히 해야 할 일인걸요."

카펠라스페이스의 직원이 FBI의 로고가 박힌 볼펜과 티셔츠를 받고는 흡족해 땡큐를 연발하며 카페를 나가자 샤프먼은 혼자 커피를 마시며 생각에 잠겼다. 한참의 시간이 지난 다음 무언가를 결심한 듯 그는 전화기를 들고는 익숙한 손길로 번호를 눌렀다.

"알링턴 국립묘지의 시체 압수수색 영장을 받아줘. 영장 청구 이유서는 곧 보낼 테니까."

워싱턴의 알링턴 국립묘지 정문에 여러 대의 굴삭기와 국방부 조사국 직원이 백 명 가깝게 들이닥쳤다는 보고를 받자 관리소장은 혼비백산해 달려 나왔다.

"이게 도대체 무슨 짓입니까? 여기는 미합중국 알링턴 국립묘지예요."

"보시오. 시체 압수수색 영장이오."

"아니!"

입이 떡 벌어진 관리소장을 대동하고 묘지를 파헤치기 시작한 굴삭기들은 모두 열다섯 구의 시체를 파냈다. 해군병원으로 옮겨진 이들 시체 모두에 대한 부검이 이루어지기 직전 샤프먼은 사령관의 전화를 받았다.

"도대체 시체는 왜 파낸 거요? 모두 국가유공자들인데 그들의 명예를 훼손하는 이유가 뭐요?"

"수사상 필요한 일입니다."

"무슨 필요가 있는지 내게 설명해보시오."

"로드아일랜드 탈취 사건은 범죄 아닙니까?"

"그야 당연히 범죄요."

"사람이 죽은 범죄가 맞습니까?"

"우리 해군 용사가 열다섯 명이나 죽었잖소."

"사람이 죽은 범죄에서 가장 중요한 게 무엇이겠습니까?"

"그야 빨리 범인을 잡는 거 아니오."

"그러려면 시체가 가장 중요합니다. 시체는 모든 걸 말하는 법이니까. 이 사건은 맨 먼저 시체에 대한 검토가 이루어져야 했어요. 하지만 열다섯 구의 시체는 부검 없이 바로 묻혔습니다."

"그야 당연하잖소. 근무 중 사망한 국가유공자의 시신을 부검한다는 말은 들어본 적이 없소."

"국가유공자라도 범죄와 연관이 있을 때는 증거물입니다."

"경비병들이 도대체 범죄와 어떻게 연관이 되었다는 거요? 총에 맞아 죽는 것도 범죄요?"

"무기력했습니다. 저항이 없었단 말입니다. 마치 생명이 없는 마네킹처럼 손가락 하나 까딱 않고 죽음을 맞이했어요. 잠수함의 경비병들이 외부의 탈취범들을 맞아 이토록 무기력하게 제압당하는 건 어떠한 상황에서도 있을 수 없습니다."

서슬이 퍼렇던 사령관의 목소리가 다소 누그러들었다.

"세상에는 별일이 다 있는 법이오. 머릿속에서 상상한 대로 움직여주지 않는단 말이오. 여하튼 당신은 경솔한 행동으로 조국을 위해 목숨을 바친 해군 용사들을 모독했고 미합중국의 성지 알링턴 국립묘지를 더럽혔소. 이것은 장병의 명예를 지키는 데 앞장서야 할 해군사령부가 할 일이 아니오."

"저는 수사관입니다."

사령관은 잠시 말을 멈추었다가 시간이 지나자 분노가 잦아든 목소리로 물었다.

"그런데 이미 시신이 다 썩어버렸을 텐데 지금 와서 부검을 하는 게 의미가 있겠소? 탄흔은 사진에 다 있는데."

"그걸 보는 게 아닙니다. 유의미한 결과가 나오면 연락하겠습니다."

"탄흔이 아니면 도대체 무얼 보겠다는 거요?"

"차후 말씀드리겠습니다."

"해군의 명예를 실추시키고 미국의 성지를 훼손하는 걸 별을 네 개나 달고 그냥 지켜보라는 말인가? 결과가 안 나오면 당신은 반드시 합당한 책임을 져야 할 거요."

은근한 협박이 담긴 목소리와 함께 사령관은 전화를 끊어버렸다.

샤프먼은 옷을 갈아입고 직접 부검실로 들어가 부검을 지휘했다.

"약물에 중독된 것이 아닌지 집중해서 찾아보시오."

무려 열다섯 구의 시체를 부검하는 대작업인지라 해군 부검의들은 잔뜩 긴장하고 있었다.

"이 시신들은 모두 무생물처럼 죽음에 이르렀소. 오늘 부검을 통해 알아내려 하는 건 이들이 총에 맞아 죽기 전 정상의 의식을 가지고 있었는지 여부요. 따라서 향정신성 약물이나 독극물의 잔존 여부를 확인하는 부검이지. 어떤 약물들은 뼈에 남기도 하니 살과 피부에 없다 해서 속단하지 말고 집중력 있게 해주기 바라오."

"염려 마십시오. 최근 해군이 도입한 기술로는 물 천 톤에 녹아있는 단 1그램의 독극물도 찾아낼 수 있습니다."

그러나 부검이 모두 끝나자 샤프먼은 실망하지 않을 수 없었다. 티끌만큼의 약물도 시신에서 발견되지 않았기 때문이었다.

"이럴 수가!"

확신이 컸던 만큼 실망도 컸는지 샤프먼은 입술을 깨물었다. 비좁은 잠수함 안에서 열두 명이나 되는 경비병들이 여섯 명, 아니 일곱 명에 불과한 탈취범들에게 일괄적으로 급소를 맞아 몰살당했다는 건 그들이 온전한 정신이 아니었을 경우에만 가능한 일이었다. 그러려면 마약이나 독극물에 중독된 경우뿐이라 생각했기에 부검에 기대를 걸고 결과를 확신했던 것이었다. 해군 부검의들이 부당한 지시를 받을 경우까지 대비해 직접 부검을 지휘했으니 달리 의심할 여지도 없었다.

"중독된 게 아니라고. 그러면 어떻게?"

누구의 보고를 받았는지 함대전력사령부에서 바로 전화가 걸려 왔다. 곧 망연자실한 샤프먼의 뒤로 두 명의 장교가 다가와 짤막한 목소리를 던졌다.

"사령관님 지시에 따라 귀하는 이 시간부로 직위해제 되었습니다."

북극의 얼음 밑

전속력으로 오데사의 곡물 부두를 떠난 로드아일랜드는 흑해를 벗어나 지중해로 나온 다음 계속 서쪽으로 잠항하여 북대서양에 이르렀다. 케빈이 능숙한 손놀림으로 자동 운항 시스템을 해제하고 지도를 보아가며 수동 운전으로 잠수함을 몰아가는 것을 지켜보던 멤버들은 감탄하며 박수를 치거나 환호를 질렀다. 케빈은 어느새 일당의 리더 같은 존재가 되어 있었고 멤버들은 하나둘씩 미하일 대신 그를 대장이라 부르기 시작했다.

"대장, 이제 어떻게 할 거요?"

케빈은 코바사의 걱정스런 목소리에 여유 있게 대답했다.

"일단 숨고 보자."

"숨는 건 좋은데 이러다 거래를 못 할까 봐 걱정이오. 물속이라 아무것도 안 된단 말이오. 휴대폰이 아예 터지지 않아요."

케빈은 웃었다.

"잠수함병들은 휴대폰을 소지하지 않아. 아무 소용이 없으니까."

코바사는 바닷속에 있다는 사실이 불안한지 줄곧 바깥 일에 조바심을 냈다.

"통신이 돼야 잠수함을 팔아먹든 뭘 하든 할 텐데 바다 깊은 곳에서 무얼 어떻게 해요?"

휴대폰을 다섯 개나 갖고 다니는 옐레나는 특히 견딜 수 없어 했다.

"나는 갑갑해서 바닷속에 못 있겠어요. 인터넷도 휴대폰도 안 터지면 도대체 어떻게 살아요. 차라리 죽는 게 낫겠어요. 돈도 급하단 말이에요."

"일단 상황 돌아가는 걸 좀 보고 안전한 데 숨어서 통신 부이를 띄워야지."

"통신 부이? 그게 뭔데요?"

"바닷속은 전파가 안 통하니 일종의 안테나 같은 걸 물 위에 띄우는 거야. 그러면 원하는 통신을 마음대로 할 수 있어.

휴대폰도 터지게 할 수 있고 티브이도 시청할 수 있어. 하지만 그런 건 잠수함의 존재 이유나 존재 방식과 어긋나기 때문에 최대한 안 해.”

“잠수함의 존재 이유? 좀 쉽게 얘기하면 안 되나요?”

“잠수함이 물속에 들어가있는 이유가 뭐겠어? 은폐하려는 거 아냐. 그런데 통신 부이를 띄우면 드러나잖아.”

“망망대해에서 쪼끄만 안테나 하나 띄운다고 눈에 띌까요?”

“안테나가 눈에 띄는 것도 문제지만 전파통신을 잡아내는 이런저런 방법들이 있어. 이런 전략잠수함은 절대로 존재가 드러나선 안 되기 때문에 함부로 통신을 하지 않는 거야.”

“전략잠수함이란 깊은 바닷속에 숨어있다 지시를 받으면 핵미사일을 쏘는 거잖아요.”

“그래.”

“그럼 긴급 지시를 어떻게 받아요. 항상 통신 부이를 띄우고 있는 게 아니라면?”

“심해의 잠수함은 초저주파 통신을 해. 보통의 전파는 바닷속을 뚫고 들어오지 못하지만 이 초저주파는 수백 미터 아래까지도 들어오거든. 하지만 특별한 통신기지가 필요해. 이 통신기지를 갖춘 나라는 미국, 영국, 중국, 프랑스, 러시아밖에 없어. 그리고 또 하나의 방법은 전용 통신 비행기하고 교신하는 거야. 원활한 통신을 위해 비행기가 근처로 날아오지."

"대단하군요. 이 잠수함이 세계 어느 바닷속에 있어도 미국과 실시간으로 통신한다니. 휴대폰은 엘리베이터만 타도 통신이 끊기잖아요. 그런데 미국 대통령이 그 통신기지까지 가야 하나요? 긴급 공격 명령을 내리려면."

"아니, 통신기지는 중계를 할 뿐이지. 핵공격 명령은 전략사령부에서 내려. 그래서 전략핵잠수함은 전략사령부 아닌 그 어느 곳 그 어느 누구와도 통신을 하지 않아. 대통령이라 하더라도 잠수함과 통화할 수 없어."

"그거 참 신기하네요. 대통령도 통화를 못 한다니."

코바사가 끼어들었다.

"대장, 이런 시시한 여자에게 뭐 그리 다 일러줘요? 알아듣지도 못할 텐데."

케빈은 고개를 가로저었다.

"바닷속 수백 미터 아래에 있는 현재 우리는 서로가 서로의 생명줄이야. 서로 간에 안 맞기도 하고 바라는 바도 다르지만 서로 도우며 같이 걷는다는 의식만이 우리가 의지할 수 있는 유일한 기둥이야. 그리고 잠수함은 워낙 위험이 많아. 알면 알수록 도움이 되니까 언제든 물어. 나도 아는 한 최대로 알려

줄 테니."

케빈의 리더십 때문인지 바다 깊은 곳에 격리되었다는 의식 때문인지 강도단은 웬만한 조직 못지않은 규율과 협동의 모습을 보이기 시작했다. 하지만 미하일을 제외한 다섯 멤버는 잠수함을 어느 누구에게 얼마에 팔 수 있을지 하는 것만이 종일의 관심사였고 아무리 절제하려 해도 불쑥 솟는 불안과 의심을 달랠 수 없어 미하일에게 대들곤 했다.

"두목, 하루 온종일 어딘지도 모를 컴컴한 바닷속에서 웅크리고 있는데 도대체 우리는 언제 밖으로 나가는 거요?"

"케빈이 안전하다 판단할 때."

"그게 말이 돼요? 시간이 갈수록 점점 더 위험해지지, 안전해질 리 있소? 밖에서는 우릴 찾으려 혈안이 되어있을 거 아니오? 아무리 바다가 넓다지만 인공위성부터 잠수함에 이르기까지 별별 희한한 방식으로 우릴 찾을 텐데 점점 위험해지게 되어있지, 어찌 점점 안전해진다 생각하는 거요?"

"몰라, 그런 건 케빈에게 물어봐."

"케빈 대장은 어딘지 좀 어렵단 말이오. 워낙 잘 대해주기도 하지만 뭔가 깊은 생각에 늘 잠겨있어 딴 세상 사람 같단 말이야. 두목이 좀 물어봐요. 언제 통신 부이를 띄워 잠수함 살 놈들하고 만날 수 있는지."

며칠이 지나고 바닷속에 가라앉아있는 시간이 한없이 길어
지자 비교적 말이 없던 비탈리가 갑자기 발작을 일으킬 듯 고
함을 지르기 시작했다.

"씨팔, 빨리 통신 부이 띄우란 말이야. 갑갑해 심장이 터질
것 같아. 어느 놈이든 가격 협상만 되면 넘겨주고 제발 밖으
로 좀 나가잔 말이야. 씨팔, 하루 종일 아가리 닫고 살아야 하
는 데다 똥까지 조용히 싸야 하는 판이니 돌아버릴 것 같다
고. 죽이 되든 밥이 되든 당장 안 나가면 다 찔러 죽여버릴 거
야!"

이 모습을 본 케빈은 미하일에게 지시해 심장약을 갖다주
도록 했다.

"잠수함에 있으면 호흡곤란에서부터 협심증, 공황장애까지
각종 질환이 생기기 마련이다. 약 먹고 좀 쉬면 나아지니 너
무 걱정하지 말도록."

"그런데 이토록 바깥세상과 연락되지 않으면 우리 앞날은
어떻게 되는 거요? 내 마누라는 정조 없는 년이라 도망가기
십상이고 아이들은 갈 데도 없단 말이오."

로만이 울상을 지으며 사정하자 그간 약한 면을 보이지 않
으려 애쓰던 멤버들 모두의 얼굴에마저 불만이 떠올랐다. 훈
련받지 않은 이들에게 바닷속에 가라앉아 세상과 격리된 잠

수함 생활이란 괴롭기 그지없는 것이었다.

"제발 한 번만 물 위로 떠올라 바깥 공기 쏘이고 푸른 하늘 한 번 보면 안 될까요? 이대로면 금방 미쳐버릴 것 같단 말이에요."

"안 돼! 너무 위험해. 지구 상공에 인공위성이 모두 몇 대인지 아나? 만 대가 넘어. 이들이 바다란 바다는 모조리 감시하고 있다고 봐야 해."

"밤에 컴컴할 때 잠시 나가면 되잖소. 칠흑 같은 어둠 속에 보일 게 뭐요?"

"적외선, 근적외선, 레이저 투사, 마이크로파 투사 레이더 등 셀 수도 없이 많은 방법으로 이들이 우릴 탐색하고 있어. 어둠이 아무리 짙어도 구름이 아무리 두껍게 껴도 물 위로 떠오르면 지구 위 수백 수천 킬로미터 상공의 인공위성에 그대로 포착되게 되어있어."

"차라리 포착돼버리자고! 죽는 게 낫지 이대로는 도저히 못 견딜 것 같단 말이오. 그냥 심장이고 허파고 다 터져 나가버리는 게 낫겠어. 이제는 진짜 한순간도 못 견디겠다니까!"

"미안하지만 지금은 어쩔 수 없다."

"통신 부이를 못 띄우면 그 초저주파 통신인가 뭔가로 어딘가와 연락할 수 있는 거 아니오?"

"초저주파 통신으로는 오직 전략사령부와만 교신할 수 있어. 알다시피 우리는 무슨 일이 있어도 사령부와 교신하면 안돼. 바로 위치가 드러날 뿐 아니라 그들이 우리 바람대로 돈 주고 잠수함을 살 리 없으니까."

나자르가 눈을 번득이며 말했다.

"대장, 오히려 그들이 가장 앞장서 살 수도 있지 않을까요?"

케빈은 말을 받아주면서도 고개를 저었다.

"틀린 말은 아니지만 너무 위험해. 그들과 교신하는 순간 바로 위치가 드러나니까. 공격당할 수도 있어."

"설마 전략핵잠수함을 공격할까!"

"위치를 드러내면 거래를 시작하는 순간부터 현금을 건네받는 순간까지 우리는 약자가 돼. 저쪽의 일거수일투족에 끌려다닐 수밖에 없지. 약자가 되는 순간 죽음이야."

"약자라, 그러면 우리 중 누군가가 예민한 폭탄을 들고 터뜨리겠다 위협하면 경거망동 못 하지 않겠소? 흐흐, 엄청난 핵무기 옆에서 폭탄을 터뜨리는데 감히 어떤 놈들이 총부리를 들이대겠냔 말이야."

"후후. 나자르, 당신은 이런 방면 경험이 많은가 봐."

"노상 은행 털 궁리만 하고 살았소."

꼴값 떤다는 표정으로 나자르를 흘겨보던 옐레나가 끼어들었다.

"그렇게 잠수함을 돌려주고 돈을 넘겨받은 다음에는 어떻게 되는 거죠? 계속 폭탄을 들고 다녀요?"

"맞아. 오히려 다음이 어렵지. 그들은 돈보다도 다른 이유로 그냥 눈감고 있지는 않을 거야. 항구에서 체포하든 아니면 공항에서 체포하든, 아니면 숫제 도로에서 체포하든 하겠지. 폭탄이든 뭐든 터뜨릴 테면 터뜨리라면서."

진심인지 건성인지 꼬박꼬박 상대해주는 케빈을 바라보는 옐레나의 표정은 의외로 몹시 진지했다.

"우리는 안 보이는 상태에서 거래를 마쳐야 해요. 우리가 어디 있는지도 모르게."

"그래, 그쪽이 더 좋아 보여."

썩 시원하지는 않았지만 무언가 토론이 진행되었다는 희망이 잠수함 내부의 분위기를 다소 바꾸었다. 일당은 둘, 셋씩 토론하며 안전하게 잠수함을 넘기고 돈을 받아 튀는 방법을 찾으려 했고 이런 열정은 터질 것 같던 잠수함의 분위기를 가라앉히고 묘한 활력을 불어넣었다.

"그런데 대장, 지금 우리는 어디에 있는 거요? 유리창이 하나도 없으니 뭐가 뭔지 어디가 어딘지 하나도 모르겠소."

"여긴 북극이야. 우린 거대한 빙하 밑에 딱 붙어있는 거고."

"오오! 절대 들키지는 않겠군. 그런데 대장에게 무슨 일 생기면 우린 모두 북극 얼음 밑에 딱 붙어서 죽겠어."

"일은 무슨 일이 생겨? 이 잠수함 안에서."

나자르는 비탈리를 한 번 쳐다보고 나서 속삭였다.

"아까 저 미친놈 발작하는 거 봤잖소. 난 저 새끼가 대장을 쏠 것 같아 조마조마했단 말이오. 압수한 총들은 다 안전하게 둔 거요?"

"……."

케빈은 둘을 번갈아 바라보더니 뜻밖의 말을 내뱉었다.

"잠수함에 사고가 생기면 그 누구의 도움도 받을 수 없어. 그래서 잠수함 근무자는 필수적으로 구조 신호 보내는 방법을 알아야 한다. 잠수함이 구조 신호를 보내는 데는 세 가지 방법을 쓰는데 물론 하나는 초저주파로 전략사령부와 통신하는 거겠지? 또 하나는 소나를 쏜다."

"소나가 뭐요?"

"박쥐나 고래를 생각하면 돼. 이들 동물들은 음파를 내쏘아 상대방 물체에 맞고 돌아오는 걸로 물체의 유무, 형상 등을 판단하지. 마찬가지로 잠수함도 음파를 쏘아 컴컴한 바닷속 형상을 짐작하며 운항한다. 레이더는 전파를 쏘지만 잠수함은 음파를 쏘는 거야. 이 음파에 구조 신호를 담아서 다른 잠수함이나 수상 선박, 비행기 등에 탐지되도록 하는 거지. 그리고 마지막 하나는 안테나 기능을 하는 통신 부이를 수상으로 올려 통신하는 거다.”

케빈이 만약의 경우를 대비해 교관의 말투로 잠수함 통신을 가르치는 모습에 일당은 기대에 부풀었다.

“통신 부이 올리는 방법을 가르쳐주려는 거요?”

“전략사령부와 통신하는 기술 외의 두 가지를 가르쳐주지. 나자르 말대로 내가 죽으면 여러분들도 따라 죽는 비극은 피해야 하니까.”

“안 돼!”

미하일이었다.

“그걸 가르쳐주면 이놈들 중 누구라도 수틀리면 너를 죽일 생각을 할 수도 있잖아.”

“그 생각을 안 한 바 아니지만 나는 잠수함의 규칙을 따르기로 결심했어. 잠수함 내에서는 단 한 사람이 생존의 권한과 기술을 독점해서는 안 된다는 게 규칙이야. 무슨 일이 생길지 모르니까.”

케빈은 미하일의 반대에도 불구하고 외부와 통신하는 두 가지 방법을 가르쳤고 일당은 진지하게 배웠다.

“이 일회용 통신 부이는 통신을 마치고 나면 자동으로 가라앉아버리기 때문에 발각될 염려가 적어. 하지만 소나는 한번 쏘면 즉각 위치가 탐지될 위험이 크지. 따라서 작전 시에는 소나를 절대 통신용으로 쓰지 않지만 내가 없는 상황에서 여러분들이 구조용으로 쓸 때는 아주 유용하다."

케빈은 한 사람 한 사람이 일일이 기기를 다뤄보게 하는 등 누구나 손쉽게 구조 신호를 보낼 수 있도록 열심히 가르쳐놓고는 그들의 어깨를 두드리며 믿음 어린 미소를 지었다.

"로만, 들어가도 돼?"

"옐레나?"

"그래, 나 옐레나야."

로만은 비좁은 침대를 파고드는 옐레나를 뜨겁게 끌어안았다. 완전히 밀폐된 데다 외부와 어떤 교신도 할 수 없어 게임도 할 수 없고 티브이도 볼 수 없고 휴대폰 통화도 할 수 없는 잠수함 안에서 유일한 낙이라면 배불리 먹는 것과 종종 침대를 파고드는 옐레나와의 섹스였다. 옐레나는 남자를 달아오르게 하는 기술이 일품이었다.

"로만, 일이 잘되면 우리 둘이 떠나자."

"어디로?"

"라스베이거스 가본 적 있어?"

"없어."

"한 번 가본 적 있는데 이 세상에 낙원이 있다면 바로 거기야."

"거기서 뭐 하지? 돈은 어떻게 벌고?"

"이 잠수함 얼마에 팔릴 거 같아?"

"글쎄. 한 천만 달러, 아니 2천만."

"이 바보. 안 팔리면 안 팔렸지 팔리면 그 정도로는 어림없어. 이건 보통 핵잠수함이 아니야. 잠항하기 전에 찾아봤었는데 475킬로톤짜리 핵탄두만 싣고 다니는 잠수함이야."

"475킬로톤짜리가 뭐야?"

"핵폭탄 크기야. 그 엄청난 게 288개나 있어."

"그럼 얼마 받아?"

"최소 5억 달러야."

"와! 그럼 우리 몫은?"

"케빈 대장과 미하일 두목과 나는 1억 달러씩, 너희 깡패 넷은 5천만 달러씩. 나는 얼마 전 아버지 잃은 우리 엄마한테 5천만 달러 줄 거야. 하지만 우리 둘이 합하면 1억 달러니 걱정하지 마."

로만은 옐레나를 힘껏 껴안았다.

"가자, 라스베이거스로!"

"그런데 대장이 제대로 해낼 것 같지가 않은 게 걱정이야."

"맞아, 조심이 지나쳐."

"그래서 말인데……."

옐레나는 로만의 귀에 대고 속삭였다.

"지구상에서 이 잠수함을 살 수 있는 나라는 몇 없어. 미국과의 관계를 생각해야 하니까."

로만은 고개를 끄덕였다. 그는 최근 들어 여러 번이나 옐레나의 머리가 비상하다는 걸 깨달을 기회가 있었다.

"가능한 나라는 중국, 이란, 러시아, 북한 정도야. 그런데 이란과 북한은 북극의 심해에서 잠수함을 인도받고 우리를 제3국에 내려줄 능력이 안 될 거야. 설사 된다 하더라도 거래하기가 꺼려지는 나라지."

"나는 북한이 싫어. 이란도. 둘 다 인색할 것 같아."

"결국 러시아와 중국인데 내 생각에 더 환장할 나라는 중국이야. 러시아는 미국과 기술 수준이 엇비슷하지만 베끼기 좋아하는 중국에게는 이 잠수함이 보물단지일 거란 말이지."

"나도 중국이 더 마음에 들어."

"게다가 중국엔 아는 사람이 있어. 중개를 해줄 만한 사람이."

"뭐 하는 사람인데 이런 일을 중개할 수 있어?"

"중국이 우리나라에 핵우산을 약속한 건 알고 있어?"

"그게 무슨 소리야?"

"10년 전 시진핑 주석이 키이우에 와서는 우크라이나가 핵 공격을 받을 때는 중국이 나서서 지키겠다 했단 말이야."

"호오! 그런 일이!"

"그래서 2014년 러시아가 크림반도를 침공했을 때 인터넷에서 한바탕 논쟁이 벌어졌어. 우리나라 사람들과 중국인들 사이에. 우리는 핵우산이란 모든 침공에 대한 방어이니 중국이 나서야 한다고 주장했고 중국인들은 핵공격을 받을 경우만 지켜준다는 얘기라고 싸운 거지."

"결론은?"

"그런 싸움에 결론이 날 리 있어? 그런데 중국 쪽에 지휘자 같은 사람이 있었단 말이야."

"인터넷에 무슨 지휘자가 있어?"

"중국엔 있어. 중국은 공산당이 모든 인터넷을 감시하고 통제해. 이들은 네티즌인 척하면서 토론에도 개입해서 공산당이 원하는 대로 끌어가지. 여하튼 그 핵 논쟁을 지휘하던 사람이 내게 전화번호를 물어보더니 정말로 어느 날 전화를 걸어왔어."

"왜?"

"우크라이나 사람인 내가 오히려 중국에 유리한 주장을 했거든. 유리한 주장이라기보다 상식적으로 올바른 주장을 한 거지. 핵우산이란 핵을 보유하지 않은 나라가 핵보유국으로부터 핵공격을 받을 때 보호하는 거니 러시아가 핵을 쓰지 않는 한 중국이 러시아의 크림 침공으로부터 우리나라를 지킬 의무는 없다 했거든. 중국 편을 드는 우크라이나 여자라면 이용할 게 있다고 생각했겠지."

"똑똑하셔."

"여하튼 그때부터 연락하고 지냈는데 그 후 자매도시 방문단으로 북경에 갔을 때 만나기도 했었어."

"자매도시?"

"그래, 키이우와 베이징은 자매도시거든. 아무리 깡패라도 그 정도는 알고 살아라. 참, 키이우 출신이 아니지. 여하튼 그 사람에게 중요 인물을 연결해달라고 할 수 있을 거야. 자기가 공산당원이라고 삐졌거든. 미국의 전략핵잠수함이라는 말을 들으면 기겁할 테니 아마 시진핑이 직접 달려들걸."

로만은 환호했다.

"그렇구나! 달라는 대로 주겠구나. 그런데 어떻게 연락하나?"

"통신 부이. 대장도 잠을 자야 하는 인간이니 통신 부이 띄울 기회는 얼마든지 있어."

　케빈이 인도적 견지에서 통신 부이 사용법을 가르친 것은 크나큰 실수였다. 과연 옐레나는 케빈이 잠든 시간이면 어김없이 통신 부이를 해면 위로 띄워 올려 별 시시한 통화까지 마음대로 했다. 하지만 그녀가 가장 열중한 건 첸이라는 중국 공산당 하급 간부와의 통화였다. 처음엔 말도 안 되는 장난이라 여겼던 첸은 전화 회사로부터 기지국을 확인할 수 없다는 통보를 받은 후부터 급격히 관심을 보여 공산당 지역책임자에게 보고했고 보고는 차츰 위로 이어져 결국은 중앙군사위원회에 보고되었다.

　"틀림없습니다! 이 여자가 보내온 미국 핵잠수함 내부 사진은 모두 진짜입니다!"

　핵잠수함부대장의 증언에 위원들은 놀라 자빠지지 않을 수 없었다. 그리고 과연 옐레나의 예측대로 중앙군사위 주석 시진핑에게 직보되었다.

　"이건 무슨 음모지? 우크라이나 강도단이 미국의 전략핵잠수함을 탈취했다고? 그럴 수는 없는 일이야. 도대체 무슨 음모야?"

　시진핑은 철저하고도 면밀한 조사를 명했지만 다양한 정보기관들의 보고가 망라된 문서를 앞에 놓고는 고개를 갸웃거리지 않을 수 없었다.

"전원 우크라이나인에 아시아인 하나라고. 게다가 열다섯 명이나 되는 미군 경비병을 죽이고……. 음, 진짜라 믿을 수도 없지만 가짜라 의심할 수도 없는 지경이군."

"여러 경로로 확인해본 결과 잠수함에서 우리와 교신하는 여자는 오래전부터 인터넷에서 중국과 시 주석님을 지지하는 모임을 이끌어오고 있었습니다."

"그래? 그런데 어떻게 미국 잠수함을 탈취하게 되었을까?"

"어떤 연유로 범죄자들과 섞인 것 같습니다."

"보스는 누구야?"

"미하일이라는 전쟁 영웅인데 아내와 딸이 부차에서 러시아군들에게 성폭행당하고 죽었습니다. 가족을 잃은 후 전장에서 미친 듯이 싸웠으나 부상이 크다는 이유로 재입대가 허용되지 않자 일을 저지른 것 같습니다."

"저들이 원하는 건?"

"5억 달러와 잠수함을 맞바꾼 후 자신들을 바하마에 내려 달라 합니다."

"바하마? 거기가 안전하다 판단했나?"

신중한 성격의 시진핑은 여러 기관으로부터의 보고가 있었음에도 스스로 이 거래의 안전성과 진실성을 꼼꼼히 따지는 모습이었다.

"어떻게 하는 게 좋겠습니까?"

"여러 갈래로 생각해보았으나 위험할 일은 없는 것 같군. 그렇다면 당연히 잠수함을 확보해야지. 잠수함은 우리 기지 밑에 영원히 넣어둔 채 핵심 기술을 이식하면 되고 저들은 그 돈으로 평생 즐길 테니 잠수함만 넘겨받으면 잘못될 일이 없잖은가."

"알겠습니다."

"끼야호!"

옐레나의 미친 듯한 환호에 잠수함 안의 나머지 여섯 명은 의문의 눈길을 던졌다.

"모두 식당으로 가요!"

실성한 여자처럼 정신없이 채근하는 옐레나를 따라 식당으로 간 여섯 사람은 옐레나의 설명에 뒤이은 문자 기록을 보고는 서로 얼굴을 마주 보았다. 옐레나로부터 휴대폰을 넘겨받아 면밀히 검증한 케빈도 그녀가 몰래 통신해온 사실을 책망하는 대신 묵묵히 고개를 끄덕였다. 중국과 교신한 내용을 믿을 수 있다는 뜻이었다.

믿기지 않는 얼굴로 케빈을 바라보던 일당은 케빈이 고개를 끄덕이자 환호했다.

"우와, 5억 달러에 거래를 성사시켰다고!"

"오, 저런!"

"옐레나!"

"그럼 한 사람당 얼마씩 갖는 거야?"

모두의 타오르는 눈길을 대하자 옐레나는 이미 계산해두었던 걸 자신감 넘치는 목소리로 말했다.

"나와 미하일 두목, 케빈 대장은 1억 달러씩, 코바사, 로만, 비탈리, 나자르는 5천만 달러씩 갖는다. 불만 있는 놈은 두목이 죽일 거야."

"우와아아아!"

누구 하나 불만이 있을 리가 없었다. 1인당 5천만 달러라니, 평생 꿈도 못 꾸어본 거액이었다.

"중국이 배신하면?"

비탈리가 조심스런 표정으로 물었지만 옐레나는 자신감에 찬 표정으로 반문했다.

"어떻게 배신한다는 거지?"

"잠수함만 넘겨받고 돈을 주지 않거나 우리를 바하마 당국에 체포되게 하거나 심지어는 우리를 죽일 수도 있잖아?"

"돈은 스위스 로열 은행에 입금시킬 거야. 우리 각자 이름으로 각자의 할당액만큼. 세계 거의 모든 은행과 온라인 거래가 되니 어디서든 마음대로 뽑아 쓸 수 있어. 바하마 당국에 체포? 그러다 우리 입에서 잠수함이 중국에 들어갔다는 폭로라도 나오면 중국은 꼼짝없이 미국에 잠수함을 내놓아야 해. 오히려 우리보다 그들이 더 철통같은 보안을 원할걸. 우리를 모조리 죽여 입을 막는 것도 불가능해. 어디다 무슨 보험을 들어놨을 줄 알고? 그들 입장에서는 그냥 돈으로 입을 막는 게 최고야. 쓸데없는 모험을 할 필요가 없다고. 이 로드아일랜드는 그만한 가치가 있어."

"최고다!"

일당은 옐레나를 향해 아낌없는 박수를 쳐주었다.

열려진 핵가방

푸틴의 예상은 적중했다. 러시아의 핵 사용 가능성이 일단 여론에 오르자 무슨 일이 있어도 핵전쟁만큼은 안 된다는 시위가 유럽 전역에서 연일 줄을 이었고 신문, 방송 등 모든 매체는 이제까지와는 달리 러시아의 입장을 보도하기 바빴다.

"나토는 절대 동진하지 않기로 약속했습니다. 그런데 지금은 우크라이나를 제외한 온 유럽이 다 나토에 들어왔습니다. 우크라이나마저 나토에 들어간다면 러시아가 느끼는 안보 위협은 극대화될 것입니다. 과연 우크라이나의 나토 가입은 세계 평화에 이바지할까요? 아니면 그 반대일까요?"

젤렌스키를 비난하는 언론인들도 목소리를 높였다.

"우크라이나 동남부의 친러주의자들에게 러시아어를 쓰지

못하게 하고 자치 운동을 잔혹하게 짓밟은 우크라이나 정부를 지지할 수 없습니다. 아조우 연대는 전 유럽에서 가장 잔인한 냉혈 우익입니다. 푸틴도 나치의 살육으로부터 친러 주민들을 구하기 위해 군사작전을 시작했다는 겁니다. 젤렌스키는 이들에게 자치권을 주는 게 맞습니다."

핵전쟁에 반대하는 거대한 물결 앞에 휴전 조건의 미묘한 차이는 아무것도 아니었다.

"푸틴의 휴전 조건을 수락하는 게 옳아요. 우크라이나의 나토 가입과 핵전쟁을 맞바꾼다는 게 말이나 됩니까?"

유럽 각국의 분위기는 급속히 푸틴에게로 쏠렸으나 그럴수록 각성의 목소리도 점점 커져갔다.

"역사는 보여주고 있어요. 이런 식으로 폭력에 굴복하면 곧 더 큰 폭력에 노출될 수밖에 없어요. 지금은 단호하게 맞서야만 할 때입니다!"

유럽의 지도자들과는 달리 바이든은 다른 종류의 고뇌에 잠겨있었다. 시작은 안보보좌관이 들고 온 칼럼 하나가 미국 군사 지도자들의 신경을 크게 건드린 것이었다.

"한국의 배드맨이 쓴 겁니다."

배드맨이라 언급된 유용원은 한국 핵 무장 여론의 구심점으로 최근 들어 부쩍 관련 활동을 늘리고 있었다. 한국에서 가장 유력한 신문의 기자로 30년간 국방부를 출입하면서 대형 군사 전문 블로그를 운영하는 그는 날이 갈수록 한국의 핵무장 여론을 증폭시키고 있어 미국에게는 눈엣가시 같은 존재였다.

"무슨 내용이오?"

"이번에 미국과 나토가 푸틴의 핵 위협에 물러서면 한국은 숨 쉴 틈도 없이 바로 핵 무장을 해야 한다는 겁니다."

한국의 핵 무장은 진정 골칫거리였다. 한국이 핵 무장을 하면 일본이 바로 뒤따를 테고 호주, 베트남, 인도네시아의 태평양 국가들로부터 독일, 이탈리아, 스페인 등 유럽 국가들, 이란, 이라크, 이집트의 중동에 이르기까지 세계적 핵 보유 도미노 현상이 일어날 것이었다. 그들이 핵을 보유하면 미국의 군사력이 의미를 잃고 이어서 여봐란듯이 달러를 마음껏 찍어낼 수 있는 힘을 잃어버릴 터, 이후 미국의 붕괴는 불 보듯 뻔했다.

"한국 입장에서 배드맨 말이 틀린 게 하나도 없습니다. 이번에 물러서면 전 세계에 무서운 핵 보유 열풍이 붑니다."

미국의 군사 지도자들은 일제히 반대 의사를 드러냈고 바이든이 확고한 목소리로 결론을 내렸다.

"전화를 걸어. 나토 정상 서른두 명 모두와 통화해 밤을 새워 설득하겠어. 물러서면 미국은 나토를 탈퇴한다!"

러시아의 핵 협박에 굴복하면 나토에서 탈퇴하는 것까지 불사하겠다는 바이든의 강력한 경고는 유럽의 기류를 크게 바꾸었다. 미국이 나토에서 탈퇴하면 당연히 영국이 따라 나가버릴 것이고 그렇게 되면 나토는 있으나 마나 한 동맹으로 전락할 것이었다. 미국이 그 어느 때보다 강력히 버티는 지금에도 러시아에 굴복한다면 미국이 빠져버린 이후에는 전 유럽이 러시아에게 아무렇게나 휘둘릴 것이라는 논리가 힘을 얻으면서 한쪽으로 쏠렸던 여론은 다시 평행선을 긋기 시작했다.

"설마 정말로 핵을 쏘겠어? 못 해. 쏠 거였으면 진작 쐈겠지."

"만약 쏘면? 우크라이나 하나 때문에 세계를 불바다로 만들 작정이야?"

"당장 미국이 빠진다잖아. 미군이 철수하면 러시아는 누가 막아? 프랑스가? 영국이?"

각국 국민들의 의견도 첨예하게 갈렸다. 세계의 모든 관심이 쏠린 가운데 나토는 어느 쪽으로도 결론을 내지 못한 채 표류했고 그 사이 푸틴이 제시한 17일의 기한은 모두 지나가버리고 말았다.

"이 박쥐 같은 놈들!"

비록 짧은 시간이었지만 핵 협박에 전 유럽이 그저 공포에만 떨었던 달콤한 기억은 푸틴의 광기를 가슴속 밑바닥에서부터 자극했다. 모처럼의 즐거운 시간을 공유한 참모들 역시 마찬가지였다. 러시아의 영광이 바로 눈앞에까지 온 순간 끼얹어진 찬물은 그들 모두를 분노케 했다.

"지금 유럽은 각하와 바이든 사이에서 왔다 갔다 하고 있습니다. 여기서 지면……."

"말해!"

"러시아의 미래는 없습니다. 각하의 미래 또한."

푸틴의 눈에서 실핏줄이 터지는 소리가 나는 듯했다. 머리에 막 씌워진 왕관이 미끄러져 내리는 기분에 푸틴은 두 주먹을 꽉 쥔 채 이를 악물었다. 끝없는 침묵의 심연 속에서 체게트를 바라보는 그의 눈동자가 차가운 얼음 위를 비행하며 안식처를 찾는 철새처럼 방황하다 드디어 한 곳에 자리를 잡는 순간 그의 입에서는 독기 서린 한마디가 튀어나왔다.

"열어!"

테이블 위에 올려진 검은 가방이 전담 경호원의 손에 의해 개봉되자 푸틴의 핏발 선 눈에 광기가 비쳤다. 검정 케이스가 드러나고 뚜껑이 열린 후 경호원이 전원 스위치를 켰다. 푸틴은 미세하게 떨고 있는 손가락을 상의 속으로 집어넣어 단추를 풀고는 빨간색 지갑을 꺼냈다. 마치 로봇 팔처럼 자신도 모르게 움직이는 손이 지갑의 지퍼를 열자 검정색 플라스틱 카드가 나왔고 순간 푸틴의 숨결이 거칠어졌다. 죄어오는 가슴의 압박을 떨치려는 듯 그는 카드를 체게트의 투입구에 집어넣고는 손등으로 탁 쳤다.

　　신분 인증이 완료되었습니다.
　　다음 과정을 진행하시겠습니까.

　미국이든 러시아든 기타 핵을 보유한 어느 국가든 핵공격 명령은 오직 한 사람, 국가 최고 지도자에 의해서만 이루어지도록 되어있었다. 선제공격을 할 경우에는 오랜 시간 참모들과 숙의하겠지만 미국으로부터 선제 핵공격을 받을 경우 등의 비상사태는 예외. 대륙간 탄도미사일은 대략 30~60분이면 러시아에 도착하며 대서양이나 태평양의 잠수함에서 발사되면 12~13분밖에는 대응할 시간이 없었다. 그러므로 비밀번호를 넣는 등의 모든 절차를 생략한 방법이 국가 지도자에게는 따로 마련되어있었다. 바로 지금 푸틴이 한 것과 같이 플라스틱 카드를 체게트에 넣는 방법.

모니터에 뜬 문자를 잠시 바라보던 푸틴은 번뜩이는 눈을 들어 테이블을 마주하고 서있는 국방장관을 비롯한 세 사람의 참모를 한 번 쓰윽 훑어본 후 확인 키를 입력했다.

　　시간과 목표물을 기입하십시오.

검정 바탕에 빨간 글씨의 디지털 문자판이 뜨자 그의 손가락이 문자판으로 옮겨졌다.

"우크라이나, 키이우가 맞나?"

침을 삼키는 소리와 동시에 느리고 묵직한 음성이 흘러나왔다.

"맞습니다."

"그렇습니다."

"우크라이나 키이우입니다."

국방장관을 비롯한 참모들이 각자 소리를 내 확인했다.

푸틴이 무거운 손길로 천천히 우크라이나 키이우를 문자판에 입력해 넣었다. 그러자 곧 죽음의 도시로 변해버릴 키이우는 자신의 운명은 짐작도 하지 못한 채 빨간색 디지털 글자가 되어 명멸하며 신속한 확인을 요구했다. 푸틴이 확인 키를 누르자 키이우의 문자 옆에 식별번호가 깜박거리며 재확인을 요구했다. 이번에는 어떠한 망설임도 없이 푸틴의 손길이 빠르게 키를 눌렀다. 그러자 우크라이나 키이우는 완전한 문장 안에 들어가 마지막 확인을 재촉했다.

우크라이나 키이우를 이 시간부로 핵공격 하는 것이 맞습니까.

처음의 묵직함도 신중함도 완전히 덜어낸 푸틴의 손가락이 경쾌하게 확인 키를 입력하자 이 죽음의 정보는 전파를 타고 빛의 속도로 핵사령부의 컴퓨터로 빨려 들어갔다.

소형, 중형, 대형, 초대형 중 용량을 결정하십시오.

푸틴은 모니터에 뜬 소형, 중형, 대형, 초대형의 문자를 한참이나 바라보다 손가락을 초대형이라 표시된 화살표에 얹고는 참모들을 향해 씨익 웃었다. 초대형이란 차르 봄바 이상을 의미하는 것이라 참모들이 대경실색하자 푸틴은 크게 소리내 웃었다.

"크하하하, 기분으로는 차르 봄바 맛을 보여주고 싶어. 하지만 일단 작은 거 하나 써보고 놈들의 반응을 보지. 어떻게 나오느냐에 따라 누를 단추는 많잖아."

"각하, 어서 거기서 손을 떼십시오. 그리고 중형을 누르십시오!"

푸틴이 킥킥거리며 중형을 누르자 백 킬로톤, 1백5십 킬로톤, 2백 킬로톤, 3백 킬로톤, 5백 킬로톤의 용량이 표시된 폭탄 그림이 나왔고 푸틴은 백 킬로톤을 눌렀다.

폭격기, 잠수함, 미사일 중 선택하십시오.

푸틴은 망설임 없이 미사일에 손가락을 대고는 참모들을 바라보았다.

"미사일, 맞아?"

세 사람의 참모들은 우렁찬 목소리로 대답했다.

"맞습니다!"

"그렇습니다!"

"미사일입니다!"

푸틴이 손가락에 힘을 가하자 화면이 바뀌며 이제까지 입력한 모든 정보를 규합한 최종 확인 메시지가 떴다.

목표물: 우크라이나 키이우

핵용량: 100킬로톤

공격 수단: 미사일

이 명령을 실행하시겠습니까.

세 사람의 참모가 지켜보는 가운데 푸틴은 청회색 흰자위를 희번득거리며 확인 키를 눌렀다.

"체게트에서 메시지가 도착했습니다!"

국방부 전시상황실은 체게트에서 날아온 메시지에 아연 긴장에 휩싸였다.

"열여섯 자리 인증번호 확인해!"

상황실장은 애써 의연한 태도를 유지하려 하였으나 이제껏 한 번도 겪어보지 못한 실제 상황인지라 목소리는 자신도 모르게 갈라져 나왔다. 상황실의 비상등이 점멸하고 사이렌이 낮게 울어대는 가운데 러시아 대통령 신분을 인증하는 숫자가 하나하나 비준되기 시작해 마지막 열여섯 번째 숫자까지 오케이 사인이 떨어지자 상황실장은 전략사령부와 러시아 내각 핵 기지와 대규모 해외 기지에 동시에 이어지는 비상전화기를 들었다.

"사령관님!"

아무리 진정하려 해도 상황실장의 목소리는 어쩔 수 없이 떨려 나왔다.

"말하시오!"

핵전략사령관의 목소리 또한 거친 숨결로 뒤덮였다.

"우크라이나 키이우에 백 킬로톤급 핵탄두가 탑재된 미사일을 발사하라는 지시가 체게트에서 발송되었습니다. 발송인은 푸틴 대통령이고 열여섯 자리 신분 인증 코드가 승인되었습니다! 국방장관 포함한 세 사람의 참모 승인 또한 도착했습니다."

"알겠소. 핵탄두 잠금 해제 코드를 보내시오."

전화를 끊고 난 핵전략사령관은 망연자실한 표정으로 전면에 걸린 대형 모니터에 눈길을 돌렸다. 우크라이나 키이우가 눈에 잡히자 그의 입술을 타고 깊은 신음이 새어 나왔다.

"음!"

발사 명령. 그것도 백 킬로톤이라는 치명적 핵탄두를 인구가 밀집한 우크라이나 수도에 쏘는 행위를 실행해야만 한다는 사실 앞에서 사령관은 피가 나도록 입술을 깨물었다. 여러 가능성을 생각해왔고 깊은 고뇌 끝에 명령이 떨어지면 그대로 따르리라 몇백 번이나 결심했지만 막상 자신의 마지막 지시 한마디에 인구가 밀집한 대도시에 백 킬로톤이나 되는 핵탄두가 떨어진다는 사실, 그 결과로 수십만의 무고한 민간인이 즉석에서 증발하고 만다는 사실 앞에서 태연히 버튼을 누를 수는 없었다. 핵전략사령관은 핵과 관련된 사령관들을 화상회의에 소집했다.

"체게트로부터 우크라이나 키이우에 백 킬로톤 미사일을 발사하라는 명령이 도착했소. 신분 인증은 되었고 푸틴 대통령이오. 이 회의를 마지막으로 미사일은 날아갈 거요. 여러 핵사령부의 마지막 의견을 듣고 싶소."

"로켓군사령관이오. 한 방에 성공시켜야 하는 만큼 미사일은 킨잘보다는 아방가르드를 쓰는 게 좋겠소."

같은 극초음속 미사일이지만 킨잘은 백파이어나 미그31 같은 전폭기에서 쏘는 공대지 미사일로, 성공 확률이 매우 높으나 패트리어트로 요격이 가능하다는 미국 측 주장이 있는 터였다. 반면 아방가르드는 2메가톤급 대형 핵탄두 전용으로 쓰이지만 요격 불가로 검증된 바 있었기에 추호도 실패가 있어서는 안 되는 이번 핵공격에는 아방가르드를 써야 한다는 주장이었고 사령관들은 모두 이에 동의했다.

하지만 이것은 핵전략사령관의 의도와 어긋난 대답이었기에 그는 자신의 의중을 드러냈다.

"좋은 의견에 감사하오. 하나 그 전에 생각해볼 것은 키이우에 백 킬로톤을 쏘는 게 과연 적당한가 하는 문제요. 그것보다 좀 줄이도록 각하께 건의하는 것은 어떻소?"

핵전략사령관의 문제 제기에 사령관들은 쉽게 대답을 하지 못하고 제각기 생각에 잠겼다. 히로시마 때 15킬로톤의 리틀보이에 순간적으로 7만이 죽었으니 그 일곱 배 가까운 백 킬로톤이 터진다면 즉사자는 2~4십만에 가까울 것이었다. 중복치가 있어 단순 배수보다는 좀 줄어든다는 연구 결과가 있긴 하나 결과는 아무도 알 수 없는 일이었다.

"각하께서도 고민이 많았을 거요. 한 발에 확실한 효과를 거두는 게 낫겠다 판단했을 테니 나는 각하의 판단을 인정하고 싶소."

북해함대사령관의 말에 핵전략사령관은 미세하게 고개를 끄덕일 수밖에 없었다. 사령관들과 뜻이 합쳐지면 핵탄두의 크기를 줄이도록 대통령에게 건의해볼 수는 있겠으나 대세는 이미 기울어진 분위기였다.

"알겠소."

핵 발사를 담당하는 핵전략사령관을 통과함으로써 핵미사일 발사는 이제 그야말로 기계적 절차만 남았고 이 절차는 신속히 진행되었다. 핵공격의 수단이 미사일로 결정되었지만 상황이 어떻게 바뀔지 모르는 데다 적의 보복 공격 가능성이 있기에 육상의 핵격납고 지휘관들 외에도 폭격기와 핵잠수함의 지휘관들까지 비상대기 상태에 돌입했다.

"제83 사일로 발사 준비!"

발사기지로 지정된 제31 로켓군 휘하 오렌부르크 기지 지하의 한 핵 사일로 뚜껑이 열리자 러시아가 자랑하는 최신형 극초음속 탄도미사일이 하늘을 찌를 듯 뾰족한 머리를 잿빛 안개 속으로 내밀었다. 길이 5.4미터에 2톤의 고체연료를 실은 채 지하에서 대기하다 공격 명령이 떨어지면 그 즉시 발사대를 차고 나가는 이 미사일은 일단 대기권으로 진입했다가 목표물을 향해 무려 마하 25의 극초음속으로 내리꽂히기 때문에 흔히 최후의 미사일로 불리곤 했다. 백 킬로톤의 핵탄두를 장착한 채 최후의 카운트다운만을 기다리고 있는 죽음의 미사일을 눈앞에 둔 로켓군사령부 장교들의 얼굴은 굳을 대로 굳어있었다.

수많은 사람들이 일상을 영위하는 살아있는 도시에 가공할 위력의 핵탄두를 날려 보낸다는 사실의 엄중함이 가슴을 묵직하게 찍어 눌러 장교들 중에는 입으로 가쁜 숨을 내뱉는 사람도 있었다. 병사들 역시 마찬가지였다. 목표물이 너무도 익숙한 나라 우크라이나의 너무도 가까운 도시 키이우라는 사실은 병사들을 비애에 잠기게 했다. 비록 지금은 전쟁 중이지만 우크라이나 여자를 아내로 둔 동료 병사들도 많았고 집에 놀러 가면 음식을 만들어주고 안주를 내오던 우크라이나인들은 거의 형제자매 같은 사람들이었다. 훈련할 때마다 상상하던 워싱턴이나 뉴욕 같은 도시가 아닌 우크라이나 키이우로 이 죽음의 폭탄을 날려 보내야 한다는 사실 앞에서 병사들은 표현할 수 없는 슬픔에 잠겼다. 한 병사의 입에서 들릴락 말락 한 가느단 노래가 새어 나왔다.

사랑하는 어머니, 알아주십시오
나의 아내여, 알아주오
머나먼 고향 사람들, 내 모든 가족들이여, 알아주오
우리의 강철 눈보라가 적을 부수고 불사른다는 것을
우리가 조국 영토에 자유를 가져온다는 것을

비애에 젖어 자조적으로 러시아군의 포병 행진가를 부르던 병사는 이윽고 시작된 카운트다운 소리에 떨리는 입술을 다물고 말았다.

"넷, 셋, 둘, 하나, 발사!"

순간 천둥소리와 함께 강력한 불길을 내뿜으며 하늘을 가르면서 일직선으로 솟아오른 아방가르드는 이내 푸른 하늘 저편으로 사라졌고 노래를 부르던 병사의 뺨에서는 두 줄기 눈물이 주르륵 흘러내렸다.

아, 우크라이나

꽝, 우르르 꽝꽝!

땅이 꺼지는 굉음이 키이우 시민들의 고막을 찢어놓기 직전 너무나 밝아 도저히 눈을 뜰 수 없게 만드는 섬광 한 줄기가 번쩍 하늘을 갈랐다. 순식간에 수천 명이 눈이 멀어 눈 뜬 그대로 우르르 넘어졌고 얼른 손을 들어 눈을 가린 사람들은 기이한 현상에 마치 다른 세상에 온 것 같은 느낌이 들었다. 눈앞에 있는 사람들의 뼈가 훤히 눈에 비치는가 하면 손으로 눈을 막고 눈꺼풀을 꽉 죄었음에도 빛은 가려지지 않고 손을 그대로 투과했다. 사람들이 망막에 맺힌 앙상하고 가느다란 자신의 손가락 뼈를 보며 그 낯섦에 고개를 가로저었지만 그것이 이 세상에서의 마지막 동작이었다. 고통을 느낄 찰나의 여지도 없이 사람들은 순식간에 타버렸고 증발되어버렸다. 없어지는 사람이야 의식이 사라져버렸으니 차라리 슬픔도 고통도 몰랐겠지만 순식간에 몸의 반이 타버려 고통 속에 울부짖다 최후를 맞는 사람부터 목도 성대도 타버려 아예 목소리가 안 나오는 사람, 온몸의 물기가 순식간에 다 말라버려 바싹 마른 노가리처럼 몸이 붙어버린 기형의 사람들로 온 도시가 가득 찼다.

죽어지지 않아 절규하는 사람들의 비명과 신음이 넘쳐나는 가운데 구급차 사이렌이 울렸으나 갈 병원도, 진료나 치료를 할 의사도 모두 증발해 바퀴 아래로 뛰어드는 사람들을 밟으며 갈 곳을 찾아 왱왱거릴 뿐이었다. 섭씨 4천 도의 열에 앉은 자세에서 그대로 증발한 사람들은 돌이나 콘크리트에 앉아있던 자국만이 검게 남은 원폭 그림자로 화해버렸다.

키이우에 떨어진 백 킬로톤의 핵탄두는 시간을 정지시켜버렸다. 동작이 멎고 의식이 멎고 시간이 멎어버린 공간에서 사람들은 밀랍처럼 녹아내린 살과 뼈를 몸에 붙인 채 실루엣처럼 형체 없이 흐느적거렸고 살아있는 생물이 낼 수 있는 가장 고통스러운 소리가 온 도시를 가득 채웠다.

"신은 정녕 우크라이나를 버렸는가!"

녹아내린 피부가 그대로 드러난 사람들이 실성한 채 히죽거리며 무의미한 구호를 장난처럼 흘리고 다닌다거나, 타버린 옷을 벗어 던지고 나체로 발버둥 친다거나, 옷과 피부가 붙어버려 인조 피부라도 이식된 것처럼 보이는 사람들이 비틀거리며 어디론가 움직이는 모습이란 공포영화에서나 보던 좀비와 다름없었다.

직접 타격을 면한 지역에서부터 방사능 오염을 무릅쓰고 구조 활동이 시작되었으나 수십만이 순간적으로 몰사한 도시에서 구조 활동이 될 리가 없었다. 그럼에도 살아있는 사람들은 기어다니면서 타인의 목숨을 구하는 일에 매달렸고 생을 마치는 사람들의 손을 잡고 기도를 올려 마지막을 빌어주었다. 키이우 시민의 죄는 단지 그 시각 그곳에 있었다는 사실뿐이었다.

우크라이나 전선의 모든 전투는 멈추었다. 키이우의 비극이 전해지자 분노한 병사들은 견딜 수 없는 복수심에 들끓었지만 이미 우크라이나는 국가로서의 모든 기능을 잃어 어떠한 전쟁도 전투도 수행할 수 없는 상태가 되고 말았다. 젤렌스키 대통령 부부를 비롯해 우크라이나의 정치 군사 지도자 태반이 사망한 데다 이들을 대신할 수 있는 인사들도 대부분 심각한 부상이나 정신적 타격을 입어 전투는 중단될 수밖에 없었다.

우크라이나를 향하던 모든 군수물자의 선적 또한 멈추었다. 미사일, 탱크, 대포 같은 살상무기는 의료와 구호물자로 대치되었고 전 세계로부터 의사와 간호사를 비롯한 의료 인력이 우크라이나로 몰려들어 우크라이나는 더 이상 전쟁의 당사자가 될 수 없었다.

"러시아가 곧 두 번째 핵폭탄을 터뜨린다!"

누군가의 염려는 바로 뉴스가 되어 우크라이나 전역을 공포로 물들였다. 당장의 피해를 넘어서 낙진이 바람을 타고 이동하는 대로 두려움에 미쳐 자살자가 속출하는 가운데 우크라이나 정부는 어찌할 바를 모르고 갈팡질팡했다. 하지만 이런 와중에도 우크라이나 정부는 전력을 다해 국제사회에 보복을 호소했다. 특히 미국과 영국, 프랑스에 푸틴 러시아의 파멸만이 세계가 나아가야 할 유일한 길임을 목이 터지도록 외쳤다.

"미국과 나토는 할 수 있는 모든 보복을 다 가할 거요."

바이든 대통령도 스톨텐베르크 나토 사무총장도 각국 정상들도 다짐을 거듭하며 한자리에 모였지만 결론을 내리지 못한 채 회의는 겉돌기만 했다. 러시아가 핵공격을 하면 푸틴은 그 즉시 끝이라 주장했던 전 세계의 목소리들은 완전히 자취를 감추었다. 이제껏 겪어보지 못했던 처참한 비극 앞에서 인류는 분노하는 한편 끝 모를 공포에 사로잡혔다. 푸틴과 러시아를 악마라고 규탄하면서도 푸틴의 눈치를 보기 시작했고 이런 분위기는 나토 정상회의에 그대로 반영되었다.

"이 회의가 보복만을 논의하는 자리가 되어서는 안 됩니다. 물론 가장 뼈저린 보복을 결의해야 하지만 그에 앞서 무엇보다도 이러한 비극이 다시는 반복되지 않도록 하는 게 더욱 중요합니다."

보복이라는 핵심 단어는 들러리로 자리를 바꾼 채 간혹 언급될 뿐이었다.

"더 이상 러시아를 자극하지 않아야 합니다. 푸틴은 러시아를 향한 그 어떤 사소한 보복 행위에 대해서도 핵으로 반격한다 선언했습니다. 푸틴이 못 할 것이라는 희망적 신념은 모두 허물어졌습니다. 그는 결국 해버리지 않았습니까? 우리가 또다시 푸틴은 핵전쟁을 일으키지 못할 거라 스스로를 속여가며 지구의 종말을 걸고 러시아를 공격하는 건 한마디로 미친 짓입니다."

프랑스의 마크롱은 신경질적인 목소리를 내뱉었다.

"프랑스 국민은 극도의 분노에 차있습니다. 사태를 이 지경에 이르게 한 건 모두 나토 정상들의 잘못이라는 겁니다. 더이상 푸틴을 자극하지 말라는 경고가 수백만 건입니다. 바이든 대통령, 미국 국민은 그렇지 않습니까?"

수십 명 정상들의 눈길이 바이든에게로 날아가 꽂혔다.

"이번에 푸틴의 핵 협박이 통하면 앞으로 이런 일은 계속 반복해 일어날 것이오. 지금은 용기를 내야 할 순간이란 말이오."

하지만 바이든뿐이었다.

프랑스, 독일 정상은 모두 다른 곳을 바라보고 있었고 다른 수많은 정상들 중 누구 하나도 바이든과 눈을 마주치려 하지 않았다. 어떠한 재래식 공격에 대해서도 사르맛을 비롯한 중핵으로 응수하겠다는 푸틴의 경고는 바이든의 설득에 비해 천 배는 위력이 있었다. 아이러니컬하게도 이 순간 나토 정상 회담을 이끄는 사람은 바이든이 아니라 푸틴이었다.

"내가 보기에는 푸틴의 휴전 조건이 그리 과도하지 않던데 러시아의 휴전 조건이 뭐였지요? 에르도안 대통령, 정확히 푸틴이 원하는 게 뭡니까?"

독일 총리의 눈짓에 에르도안이 기다렸다는 듯 얼른 일어나 입을 열었다.

"도네츠크와 루한스크에 자치공화국을 세우고 우크라이나의 나토 가입을 철회하는 거요. 전쟁 초기 내가 이스탄불에서 러시아와 우크라이나 간 휴전 협상을 다섯 차례나 주관했는데 그때 우크라이나 측에서는 나토 가입에 그리 열성적이지도 않았소. 그렇게 보면 이번 푸틴의 제안은 절대 과하지 않소."

대부분의 나토 정상들이 고개를 끄덕여 찬성을 표했다. 그리고 모두의 눈길은 또다시 바이든을 향했다. 나토 정상들의 모습을 지켜보던 바이든의 표정은 차갑게 굳어있었다. 무슨 생각을 하는지 잠시 다른 곳에 시선을 두었던 그는 한숨을 내쉰 뒤 자리에서 일어났다.

"인류의 미래에 대해 이토록 무책임한 여러분의 행태에 깊이 실망했소."

바이든은 마지막 한마디를 단호히 내뱉고는 회의장을 떠나고 말았다.

"나와 미국 국민은 어떠한 희생을 치르더라도 이 핵 협박에 굴복하지 않을 것이오."

회의장이 술렁거리는 가운데 생각에 잠겨있던 영국 총리가 벌떡 일어나 바이든의 뒤를 따르려다 말고 다시 자리에 앉았다. 폴란드 총리와 새로 가입한 핀란드 총리도 서로의 얼굴을 한 번 쳐다보고는 말없이 자리를 지킬 뿐이었다.

"휴전 협상 조건을 생각해봅시다."

이어 누군가의 말이 공허한 회의장을 울렸다.

"꺄아아악, 아아아악! 엄마!"

잠수함을 쪼개버릴 듯한 옐레나의 날카로운 비명이 고막을 진동하자 케빈은 벌떡 일어났다. 얼굴에 불길한 한 줄기 기색이 스침과 동시에 그는 침상에서 뛰어 내려갔다.

"흐흐흐흑, 엄마!"

미하일을 비롯한 일당들은 식당 바닥에 내팽개쳐진 옐레나의 전화기에서 흘러나오는 키이우의 참상에 말을 잊고 있었다.

"키이우에 핵폭탄이 떨어져 옐레나의 엄마와 동생이 죽었어요."

휴대폰에서 흘러나오는 뉴스 화면을 목도한 케빈은 급히 통신 컴퓨터로 달려갔다. 네브래스카의 전략사령부에서 전문이 도착해있었다. 어금니를 악물고 전문의 내용을 망막에 빨아들인 케빈은 침을 한 번 삼킨 후 식당으로 갔다.

"엄마, 엄마! 불쌍한 우리 엄마!"

옐레나는 미친 듯 엄마를 부르다 거의 실신하기 직전이었다. 케빈이 의료함을 뒤져 안정제 주사를 놓자 옐레나는 잠이 들었다. 그러나 얼마 후 깨어난 옐레나의 눈빛은 완전히 달라져있었다.

"푸틴, 이 개자식! 죽일 거야!"

그녀는 케빈에게 사정했다.

"대장, 이 잠수함 핵 쏠 수 있잖아요. 제발 푸틴한테 핵 쏘면 안 돼요?"

"……."

"키이우에 핵이 떨어졌어요. 사람들이 다 죽었다고요. 엄마도, 동생도 죽었어요."

"확인됐어? 전화만 안 되는 거 아냐?"

"사촌한테 확인했어요. 시체조차 안 남고 그 자리에서 증발했대요. 동생은 새까맣게 타 죽고요. 제발 쏴요. 당신들도 다 우크라이나 사람들이잖아. 대장 빼고 다 우크라이나 사람들이잖아! 대장한테 부탁해줘! 대장한테 사정해줘!"

옐레나의 피맺힌 절규에 로만이 울먹이며 사정했다.

"대장, 솔직히 이 잠수함 팔다가 죽을 확률이 더 커요. 옐레나 소원대로 러시아에 핵폭탄 쏩시다. 대장은 쏠 수 있잖아요."

로만뿐만이 아니었다. 비탈리도 나자르도 코바사도 애타는 눈길로 케빈을 바라보고 있었다. 그러나 케빈은 더 이상 그들의 말에 대답하지 않고 모두에게서 얼굴을 돌린 채 여전히 무거운 얼굴로 생각에 잠겨있을 뿐이었다. 또다시 간절한 부탁과 요청이 이어졌다.

"대장!"

종내는 옐레나의 절규와 함께 단원들의 고함까지 울렸다. 그리고 어느 순간, 모든 고함과 소란이 멎었다. 모두가 얼어붙은 가운데 옐레나는 어느새 몸 깊숙이 숨겨두었던 소형 플라스틱 권총을 꺼내 들어 케빈을 향해 겨누고 있었다.

"당장 핵을 쏴. 아니면 내가 널 쏠 거야."

삐―

살얼음 같은 적막의 순간에 이상한 수신음이 들렸다. 그러자 묵묵히 서있던 케빈은 마치 총구를 겨누고 있는 옐레나가 없는 존재인 듯 그녀를 철저히 무시한 채 통신 컴퓨터로 다가가 네브래스카의 전략사령부에서 수신된 전문을 해석하기 시작했다. 작업은 오래 걸리지 않았다. 그저 기계처럼 몇 개의 코드를 맞춰가던 케빈은 침착히 검토까지 마쳤다.

"쏘라고. 쏴! 핵을 쏘라고! 무슨 개수작을 하는거야!"

윽박지르듯 총을 흔들어대며 고함을 치는 옐레나를 물끄러미 바라보는 케빈의 표정은 그 어느 때보다 가라앉아있었다. 그는 마치 석상과도 같은 얼굴로 모두를 보고 있었다.

뒤죽박죽인 상황 속에서 모두의 눈길이 향한 케빈의 입술, 이어진 나직한 목소리는 그들을 향해 짧고 낯선 단어를 내밀었다.

"오퍼레이션 네버어게인."

순간 세 개의 금속성이 동시에 사방에서 철컥 소리를 냈다. 이어 비현실적인 광경과 이상한 모습들이 옐레나의 시선에 들어왔다. 비탈리. 코바사. 그리고 로만까지. 늘 삐딱하게 걸음을 걷던 비탈리는 더할 나위 없이 꼿꼿이 서있었다. 항상 입술을 이죽이며 헛소리를 떠들던 코바사는 감정 하나 없이 굳은 얼굴이었다. 그리고 그녀와 침대 위에서 사랑을 나누던 로만은 시뻘게질 정도로 부릅뜬 눈으로 그녀를 노려보고 있었다. 그 낯선 공기 속에서 위화감을 더하는 것은 그들 손에 쥐어진 권총이었다. 비탈리와 로만의 권총이 그녀의 머리를, 코바사의 권총이 나자르의 머리를 겨누고 있었다.

"어."

얼빠진 나자르의 목소리가 짤막히 끊어지는 곳에는 케빈이 서서 미하일에게 총구를 겨누고 있었다. 아무 흔들림 없이 미하일을 겨누고 있는 글록19의 짧고 검은 총신은 그에게서 터져 나오려는 당혹감과 분노를 가로막고 있었다.

누구도 말을 꺼내지 않고 움직이지도 않는 얼어붙은 시간이 한참이나 이어진 끝에 미하일의 입이 열렸다.

"케빈."

의외로 커다란 동요 없는 목소리가 차분히 흘러나왔다. 언제나 과격했던 미하일은 이 순간 그 누구보다 가라앉은 얼굴로 독백하듯 말을 이어갔다.

"어렴풋이 느낄 수 있었어."

"……."

"그래. 처음부터 계획된 것이었나? 껍데기만 남은 내게 접근했던 것도, 내게 살아갈 의미를 불어넣었던 것도, 없는 다이아몬드를 탈취하려던 것도, 그 자리에 잠수함이 있었던 것도. 다 계획이었나. 저 오데사의 깡패 놈들도, 케빈 너도 다 군인이었던 건가."

미하일의 메마른 목소리와 그보다 더 말라붙은 눈길에 케빈은 다만 고개를 끄덕였다.

"너희는 누구지? 솔직하게 말해줘."

"미군이야."

나자르와 엘레나의 입에서 신음과 함께 욕설이 튀어나왔지만 미하일은 그저 다시 물었다.

"미군이 어째서 미국의 핵잠수함을 탈취한 거지?"

"미국은 러시아에 핵을 겨눌 수 없으니까."

선선히 나온 짧은 대답은 모든 것을 설명하고 있었다. 총구가 가리키는 곳에 답이 있었다. 미하일. 그리고 우크라이나의 과격분자에게 탈취된 것으로 위장된, 그러나 미군에 의해 철저히 통제되고 미국의 필요에 의해서 쓰일 로드아일랜드.

"그랬군."

처연한 웃음이 이어졌다.

"우리 소행이어야 했던 거겠지? 미국의 핵잠수함을 훔친 것은 우크라이나, 우크라이나의 미하일이라고. 우크라이나의 정신 나간 미하일이 핵잠수함을 가졌으니 러시아는 함부로 행동하지 말라고. 그런 작전이었고 나는 꼭두각시였군."

미하일은 한 발짝 케빈의 총구 앞으로 가까이 다가갔다.

"케빈. 나는 너를 만나 다시 태어났어. 삶의 의지를 되살렸다. 이 전쟁이 끝나면 루슬라와 알리사를 찾아내 예쁜 묘지를 만들어주는 게 나의 꿈이었어. 그들의 묘지에 아빠는 끝까지 부끄럽지 않게 싸웠다고 말하며."

"……."

"하지만 의미 없는 일이었군. 불바다가 된 고국의 소식이 귀에 쑤셔 박히고도 영원히 쏘아지지 않을 핵을 눈앞에 놓아둔 채 나는 미국의 엄포용 마네킹처럼 서있을 뿐이야. 그래, 그조차도 여기까진가?"

이제 그들을 향한 총구가 불을 뿜을 차례였다. 미국의 극비 작전이 성공한 지금 가치를 다한 우크라이나인을 살려둘 이유는 없었다. 비탈리와 코바사의 총구를 머리에 둔 옐레나의 비명과도 같은 고함이 이어졌다.

"개새끼, 반드시 죽일 거야. 세상에서 제일 잔인하게 죽일 거야!"

"자, 이제 쏴라. 케빈. 나는 어차피 밤낮 죽으려고 애썼던 사람이야."

미하일의 낮은 목소리가 이어지고 옐레나와 나자르의 고함과 욕설이 섞여드는 가운데 뚫어져라 미하일을 보고만 섰던 케빈은 고개를 저었다. 이어 케빈은 천천히 총구를 내리며 말했다.

"핵을 쏠 거야. 러시아에."

"뭐?"

반사적으로 튀어나간 목소리에 간단한 대답이 이어졌다.

"러시아에 핵미사일을 발사할 거다. 그게 작전이야."

"지금 무슨, 그러면 대체 왜!"

"변명할 생각은 없어. 하지만 러시아에 핵을 쏠 거라는 계획은 변하지 않아."

이어 케빈이 눈길을 주자 로만과 비탈리, 코바사도 서서히 총구를 내렸다. 그들은 옐레나의 권총을 빼앗아 압수한 것 외에는 별다른 행동을 하지 않은 채 세 사람을 자유롭게 놓아두고 한 발짝 물러섰다.

"미하일, 옐레나, 나자르."

옐레나와 나자르의 죽일 듯 노려보는 눈동자가 향해왔지만 케빈은 아랑곳 않고 여느 때와 같이 높낮이 없는 목소리를 이어갔다.

"이 잠수함은 지금부터 러시아에 핵공격을 시작한다. 나의 지시를 따라줄 수 있나?"

"뭐라는 거야, 미친 새끼야!"

옐레나의 거친 욕설이 있었지만 그녀조차도 그것을 끝으로 아무 말도 하지 못했다. 핵이라니. 그토록 외쳤지만 막상 현실이 되어 나오는 순간 무게가 달랐다. 누구도 아무 말도 아무 행동도 할 수 없었다. 시간이 필요한 일이었고 동시에 너무도 시간이 부족한 일이었다. 한참 고개를 숙인 채 우두커니 서있던 미하일은 이윽고 케빈을 향해 물었다.

"왜지. 어째서 내가 필요하지?"

케빈은 대답하지 않은 채 물끄러미 미하일을 바라만 보았고 미하일은 예전 케빈과 보낸 시간을 떠올리고 있었다. 어째서인지 알 수 없었지만, 그 이유를 헤아리려 애쓰지 않았지만 미하일은 결국 말없이 고개를 끄덕였다.

"씨발, 어쨌든 푸틴 그 새끼한테 쏜다는 거잖아."

옐레나와 나자르 또한 한마디 짧은 욕설을 내뱉으면서도

뒤따랐다. 러시아에 핵을 쏜다, 그 섬뜩하고 무시무시한 목표 아래 소요는 완전히 멎어 숙연함으로 이어졌다.

곧 자동항법장치에 좌표가 입력되고 로드아일랜드는 네브래스카의 전략사령부에서 수신된 작전 위치로 이동을 시작했다. 온 세계가 푸틴의 협박에 대응을 하지 못한 채 얼어붙은 순간, 그렇게 한 대의 핵잠수함은 은밀하게 깊은 바닷속에서 움직이고 있었다.

"여러분 모두 나의 지시를 완벽하게 따라주어야 한다. 전략핵잠수함의 핵미사일 발사 과정은 의외로 아주 단순하다. 잠수함이 수중에서 수평으로 자세를 잡은 상태가 되면 발사관이 수직으로 하늘을 향하게 된다. 잠수함의 자세가 매우 중요하기 때문에 여러분의 협조가 반드시 필요하다. 이 자세를 안정적으로 잡기 위해서는 외부의 방해가 없어야 하므로 여러분들이 소나와 센서를 집중적으로 감시해주어야 한다. 미사일은 트라이던트2 한 종류라 발사는 의외로 간단하다. 무엇보다 중요한 것은 잠수함이 발사 위치로 진입하면 여러분들이 모깃소리만큼의 소음도 만들어서는 안 된다는 사실이다."

조국의 복수라는 사명감 아래 함내는 엄숙했다. 아까의 소란은 없었던 일인 양 모두가 진지함 속에서 집중해 각기 맡은 역할을 수행했다. 네브래스카의 전략사령부에서 연신 도착하는 전문에 온 신경을 쏟아가며 컴퓨터를 바라보던 케빈은 어느 순간 입술에 손가락을 갖다 댄 후 작은 목소리를 내밀었다.

"전원 비상. 위치로."

속삭임처럼 새어 나온 소리에 일당은 모두 숨이 멎을 정도로 긴장했다.

"5분 후 미사일을 발사한다."

불과 5분이라니. 위치를 발각당하지 않는 안전거리에서 발사를 실행하는 순간까지 주어진 시간은 그토록이나 짧았으나 모두 평생의 그 어느 때보다 조심스럽게 맡은 바 실수가 없도록 침착히 움직였다. 전원 눈 한 번 깜박임 없이 각자의 모니터에 눈길을 고정시킨 가운데 케빈은 발사 위치에 도달하여 잠수함을 수평으로 정지시켰다. 이어 십여 개의 컴퓨터 화면을 일일이 점검한 케빈의 입에서 명령이 나왔다.

"제1 음탐사 이상 보고하라!"

로만이 작게 속삭였다,

"이상 없습니다."

"제2 음탐사 보고하라!"

비탈리 역시 속삭였다.

"아무것도 안 들립니다."

"센서는?"

"조용합니다."

코바사의 숨죽인 목소리까지 이어지자 케빈은 마지막으로 전략사령부와 교신한 후 한없이 무거운 표정으로, 그러나 매우 명료한 동작으로 컴퓨터 키 판을 하나하나 두드렸다. 일체의 소리가 나지 않아야 하는 잠수함이었기에 키 판을 두드리는 속도는 빠르지 않았고 독수리처럼 날카로운 눈이 모니터의 인자 상황을 좇아가며 마지막 커맨드를 넣었다.

코드를 입력하시오.

잠수함에서의 핵 발사는 핵가방과는 달리 외부에서 보내온 코드를 필요로 하지 않았다. 보통의 경우라면 함장이 모르는 코드를 부함장이 입력하고 함장은 이 과정을 감시함으로써 사고를 막는 프로그램이 규칙이었으나 지금은 케빈이 모든 과정을 진행하고 코바사가 승인했다. 목에 건 카드에 새겨져있는 숫자와 특수 문자로 이루어진 스물네 자리의 승인 코드가 코바사의 두터운 손가락으로 또박또박 입력되었다.

코드 패스, 목표 지명, 혹은 좌표를 기입하시오.

전략사령부의 전문과 자신이 가진 노트를 대조하며 좌표를 분초까지 입력해 넣은 케빈은 무려 열 번 가까이 확인에 확인을 거듭했다.

모스크바 비드노예를 목표물로 지정한 게 맞습니까?

수중 발사 모드를 유지할까요?

에어 컴프레서가 작동 모드로 들어갑니다. 계속 진행할까요?

이어지는 지시문들마다 케빈이 묵직한 동작으로 키를 누르자 마지막 지시문이 나타났다.

2분 후 발사됩니다. 계속 진행할까요?

이어서 1:59, 1:58, 1:57. 취소 의사를 묻는 모니터의 지시문이 깜박이기 시작했다.

2분 안에 사정이 달라지면 취소 버튼을 누를 수 있었으며 반대로 더 이상의 유예를 두지 않고 발사를 결행할 수도 있었다. 이것이 바로 잠수함이 가진 마지막이자 유일한 안전 장치. 전략핵잠수함의 함장들은 이 순간을 피해 자리를 비키라는 조언을 받곤 했다. 타이머를 바라보다간 어마어마한 압박감과 죄책감에 취소 버튼을 누를 수 있는 까닭이었다. 외부와의 완전한 단절 속에서 세상에서 가장 위험한 무기의 발사를 결단하는 일은 그런 것이었다. 1:30, 1:29. 타이머의 숫자가 조금씩 줄어드는 가운데 저마다 터질 듯한 긴장을 억누른 일곱 쌍의 눈이 숨죽인 채 모니터에 고정되어있었다.

"미하일."

케빈은 폭발할 것만 같은 공기 속에서 미하일을 불렀다.

"말해."

핵폭탄이 터지는 바로 그 순간의 상상으로부터 자유로울 수 있는 사람은 아무도 없었다. 미하일 또한 타는 듯한 눈으로 모니터의 명멸하는 지시문에서 시선을 떼지 않은 채 대답했고 케빈은 운전석으로 돌아가 잠수함의 수평계에 눈을 둔 채 말했다.

"컴퓨터 앞에 서라."

"뭐?"

"네가 커맨드를 눌러."

1분 7초 후 발사됩니다. 계속 진행할까요?

생각할 시간도 여유도 없었다. 입술을 깨문 미하일은 가타부타 더 이야기를 하지 않고 컴퓨터 앞에 섰고 475킬로톤의 핵탄두가 가져올 어마어마한 결과 앞에서 그는 주먹을 꽉 쥔 채 줄어드는 시간을 기다렸다. 0:40, 0:39, 0:38. 폭발과 함께 날아가 버릴 러시아를 생각하고 그 안에서 타 죽는 평범한 시민을, 온갖 끔찍한 짓을 저지르던 군인을, 그리고 루슬라와 알리사를, 그런 광경들을 번갈아 상상하던 그는 갑자기 고함쳤다.

"케빈!"

모깃소리만 한 소리조차 결코 내서는 안 된다던 잠수함의 정숙이 깨어지고 미하일은 다시 외쳤다.

"모스크바가 불타는 것이 맞나! 우크라이나에 끔찍한 범죄를 저지른 그 개자식들이, 루슬라와 알리사를 죽인 그 악마 같은 새끼들이 모조리 타 죽는 것이 맞아? 군대가 부서지고 크렘린이 무너지고 푸틴이 불타 죽는 게 맞나!"

케빈은 말리는 대신 짧게 답했다.

"푸틴은 죽게 될 거야."

0:20, 0:19, 0:18. 미하일은 그 순간 뭐라 알아듣지 못할 고함과 함께 결행의 버튼을 눌렀다. 명멸하던 모니터의 지시문은 더 이상 깜박이지 않은 채 선명한 숫자를 드러냈고 섬뜩하도록 빨간 숫자는 점차 줄어들었다.

0:02, 0:01.

트라이던트2가 압축공기의 힘으로 발사관을 차고 나가는 충격과 소음이 함내를 울렸다.

슬라브 행진곡

우크라이나에 핵이 터지자 전 세계는 얼어붙었다.

아무리 사소한 재래식 공격에도 중핵으로 대응한다는 푸틴의 목소리는 며칠간이나 세계 모든 뉴스 미디어를 장악했고 나토 국가들은 물론 미국 국민들조차도 두려움에 떨었다. 행여 자국의 지도자들이 러시아에 대해 도발적 발언을 하지는 않을까 신경을 곤두세우는 가운데 포세이돈 핵어뢰와 차르 봄바, 사르맛의 실험 장면이 러시아 군부로부터 대량 공개되었고 인류는 거의 패닉 상태에 빠졌다. 푸틴의 일거수일투족은 세계 모든 국가에서 사람들의 최우선 관심사였으며 그는 어느새 세상의 중심에 서있었다.

중국의 시진핑이 푸틴의 요구 사항을 그대로 담은 휴전안을 들고 나오자 사람들은 반대는커녕 오히려 안도했다. 이제는 우크라이나의 비극도 대량 희생도 더 이상 사람들의 관심사가 아니었다. 어떠한 조건이 달렸든 무조건 휴전만이 전 세계인의 바람이었고 푸틴을 거스른다는 것은 오히려 악이었다.

이러한 반전은 러시아 국민을 열광하게 했다. 애초부터 전쟁을 지지했던 국민들은 물론 전쟁을 반대했던 국민들도 하루아침에 전 세계가 러시아를 두려워하는 모습을 보며 생각을 바꿔나갔다. 잠시 가라앉는 듯했던 푸틴의 지지도는 정점에 달했다.

"푸틴이 러시아를 살렸다! 이제 다시 러시아가 미국과 나토의 눈치를 보는 일은 없다! 위대한 러시아의 부활을 기뻐하라! 푸틴을 경배하라!"

연일 솟구치는 인기와 지지도에 푸틴은 마침내 전쟁 승리를 선포하기로 하고 크렘린 궁의 성 게오르기 홀에서 전군 지휘관 회의를 열었다. 장소를 대통령 궁이 아닌 성 게오르기 홀로 정한 건 지휘관 회의에서 전쟁 승리를 선포한 이후 바로 연회를 열기 위해서였다. 이 전군 지휘관 회의에는 군 장성들 외에도 러시아를 움직이는 각계각층의 인물들이 모두 초대되었고 초대를 받은 이는 단 하나도 빠지지 않고 모두 참석해 회의를 지켜보았다.

"크하하하! 이것이 위대한 러시아의 승리가 아니고 무엇이겠는가! 러시아가 다시 정상으로 복귀하는 서곡이 아니면 무엇이란 말이냐. 위대한 루스의 전사들아, 잔을 높이 들라!"

차이콥스키의 슬라브 행진곡이 크렘린 대연회장에 흐르는 가운데 푸틴은 벅찬 기쁨을 견딜 수 없어 쉴 새 없이 잔을 들어 러시아의 영광을 외쳤다.

"보았느냐, 러시아의 힘을! 이것은 포세이돈의 승리이고 차르 봄바의 승리이며 사르맛의 승리란 말이다. 러시아는 러시아의 길을 걸었고 수많은 환난 끝에 결국 승리를 쟁취했다. 러시아의 핵전사들이여, 조국은 이 황홀한 승리를, 그 찬란한 영광을 오로지 그대들에게 바친다. 러시아 국민들은 영원히 이날을 잊지 않으리, 가슴속 깊은 곳에 그대들의 이름을 간직하리."

비록 기쁨에 들떠 마구 튀어나오는 말이었지만 한 마디 한 마디가 푸틴에게는 진심이었고 진실이었다. 세계 2위인 줄로만 알았던 러시아 군사력은 막상 뚜껑을 열어놓고 보니 2차 대전 수준이라 러시아의 위신을 실추시켰고 미래를 위태롭게 했다. 하지만 러시아는 기적적으로 살아났으며 이것은 모두 러시아가 가진 세계 최고의 핵무기들 덕분이었다.

"하마터면 서방의 정보전에 당할 뻔했습니다. 놈들이 핵을 쓰면 러시아는 끝이라고 마음대로 떠들고 속여대는 통에 수렁에 빠질 뻔했습니다."

"이제 우리는 진실을 알게 되었다. 더 큰 힘으로 세계를 향해 포효해야 한다. 다음은 차르 봄바다! 나토가 분열하고 초토화되는 걸 여러분도 모두 보지 않았나! 이 세상에 러시아를 상대로 핵전쟁을 하자고 덤벼들 나라는 없다. 미국도, 영국도, 프랑스도, 중국도 감히 영원한 제국 러시아를 상대로 덤빌 수는 없다. 다만 여기에는 하나의 조건이 있다."

모두의 눈길이 푸틴의 입술에 가서 꽂혔다.

"이 순간 이후 아무리 사소한 공격에 대해서도 러시아는 무자비한 핵 반격을 해야 한다. 이 원칙을 지키는 한 러시아는 산다. 하지만 이 원칙이 티끌만치라도 어긋나면 러시아는 허물어진다. 알겠는가? 이제 러시아가 어떤 길을 걸어야 하는지를."

"알겠습니다!"

크렘린에 모인 지휘관들의 우렁찬 다짐에 이어 국방장관이 나섰다. 그는 비장한 표정으로 홀을 메운 모든 인사를 향해 외쳤다.

"여러분, 우리는 러시아인입니다. 따라서 우리에게 러시아가 없는 세계란 아무 소용이 없습니다. 나는 우리가 반드시 핵을 한 번은 더 써야 한다고 봅니다. 미국이 재래식 공격에 미련을 가질 수 있기 때문입니다. 이때가 고비입니다. 우리는 그 어떤 사소한 재래식 공격에 대해서도 반드시 중핵으로 대응해야 합니다. 그래야만 러시아가 승리합니다."

지휘관 중 누군가가 목청껏 외쳤다.

"사르맛!"

그러자 여기저기서 열띤 목소리가 뒤를 이었고 이내 합창이 되어 웅장하게 울려 퍼졌다.

"사르맛!"

홀 안 가득히 울려 퍼지는 사르맛의 합창 소리에 국방장관은 만면에 웃음을 흘리며 잔을 높이 들었다.

"여러분, 위대한 블라디미르 푸틴 각하의 용기가 아니었으면 러시아는 또다시 굴욕의 구렁텅이에서 헤어나지 못한 채 놈들의 노예로 살 수밖에 없었습니다. 나는 오늘 우리 가슴속의 러시아를 되찾아주신 각하께 우리 모두의 심장을 바치자 제안하는 바입니다. 바치리, 나의 심장을!"

"심장을!"

"심장을!"

지휘관 회의가 끝나자 바로 연회가 시작되었다. 군 장성들은 물론 참관하던 인물들까지 더없는 기쁨을 나누며 술잔을 높이 들었고 차이콥스키의 슬라브 행진곡이 크렘린 대연회장에 흐르는 가운데 다시 단상에 오른 푸틴은 겸손한 어조로 연설을 시작했다.

"먼저 이번 전쟁에서 조국 러시아를 위해 희생한 전몰장병들과 부상병 모두에게 러시아 대통령으로서 진심으로 깊은 감사와 위로를 올리는 바입니다."

여느 때와 달리 겸손함과 더불어 엄숙한 분위기를 더해가는 푸틴의 연설은 듣는 이들의 감정을 뭉클하게 하였다가 점차 고조되며 고양감을 끌어올렸다. 듣는 이들 모두가 감동했지만 그중에서도 가장 크게 사무친 이는 푸틴 그 자신이었다. 러시아에 영광을! 러시아에 영광을! 말미에 이르러 푸틴은 젖먹던 힘을 다해 악을 쓰듯 외쳤고 그것을 마지막으로 길지 않은 연설이 끝나자 연회장은 박수와 환호로 뒤덮였다.

"러시아 만세!"

"러시아가 돌아왔다!"

"영원한 통치자 푸틴 대원수를 위해!"

성 게오르기 홀은 환호와 칭송이 난무했고 러시아 국영방송의 카메라들은 이 모든 장면 하나하나와 소리 한 음절 한 음절을 담는 데 정신이 없었다.

"살인마! 당신은 살인마야. 우리의 톨스토이와 도스토옙스키가 그리도 자랑스러워하던 러시아 정신을 더럽혔어. 수십만이 넘는 사람을 몰살시키고 만세를 부르는 사이코패스의 집단 히스테리로 전락시키고 말았어!"

돌연 한 남자의 날카로운 음성이 환호와 박수로 가득한 게오르기 홀에 파고들었다. 순식간에 얼어붙은 공기 속 무수한 눈동자가 소리의 진원지를 찾다 연미복 차림의 한 신사에게서 멈추었다.

"당신이 내세우던 위대한 러시아는 핵폭탄 한 발로 끝났어! 당신은 역사상 처음으로 핵으로 인류를 협박한 악인이야. 핵폭탄을 터뜨려 러시아의 영광을 회복한다는 건 사탄의 유혹일 뿐이야. 세계가 이 길로 가기를 원하나? 러시아는 절대 그걸 원하지 않아. 지금이라도 라스콜니코프를 따라. 회개하란 말이야. 아악!"

연미복 신사는 달려온 경비병들에 의해 팔이 꺾이고 목이 졸리면서도 절규를 멈추지 않았다. 한 장성이 경비병의 총을 빼앗아 개머리판으로 입을 내리찍고서야 그는 피를 토하고 비명을 지르며 그 자리에 쓰러지고 말았다.

"어서 끌어내!"

경비병들이 발버둥 치는 신사를 질질 끌고 나가는 순간 파티장의 샹들리에 불빛이 모두 꺼져 칠흑 같은 어둠 속으로 빠져들었다.

"뭐야?"

"누구야?"

"경비병!"

푸틴의 경호원들이 어둠 속에서 총을 뽑아 든 채 황급히 푸틴을 에워쌌다. 여기저기서 고함이 터져 나오고 파티장이 순식간에 아수라장으로 변하려는 순간 잠깐 들어왔던 전등불은 다시 꺼졌다 켜지기를 반복했다.

"불 켜!"

"이거 왜 이래!"

모두가 명멸하는 불빛에 혼란스러워하는 순간 모스크바 방위사령관의 입에서 단말마의 비명이 터져 나왔다.

"공습경보다!"

"공습경보!"

외침과 동시에 사이렌이 울렸다. 그때 걸려 온 비상전화를 받은 방위사령관의 얼굴이 백지장처럼 창백해졌다.

"레이더를 게오르기 홀로 연결해!"

그는 전화기를 붙든 채 대형 모니터를 가리켰다. 그의 부관이 황급히 채널을 맞추었다.

"저게 뭐지?"

모니터 앞으로 몰려든 사람들은 대형 화면 한 귀퉁이에서 깜박이는 하얀 점 하나를 볼 수 있었다.

"저게 뭐야?"

모두 의아해하는 가운데 모니터는 다른 장면으로 바뀌었다.

"엇, 저건!"

인공위성이 촬영한 동영상이었다. 어느 바다인가의 수면을 뚫고 푸른 창공을 향해 직선으로 쏘아진 미사일이 화염을 뿜으며 한없이 솟아오르고 있었다.

"탄도미사일이잖아! 사르맛인가?"

최근 들어 텔레비전만 켜면 사르맛 발사 장면이 나오던 터라 홀 안의 모든 인사는 오늘의 파티를 축하하는 영상이라 생각하며 장쾌한 미사일의 비상에 눈길을 두었다.

"앗!"

화면을 지켜보던 로켓군사령관의 입에서 자신도 모르게 비명이 터져 나왔다. 그는 급히 통화 중인 모스크바 방위사령관을 향해 외쳤다.

"사령관, 저게 뭐요?"

모스크바 방위사령관은 이미 몸을 제대로 가누지 못한 채 부들부들 떨며 답했다.

"우리 로켓이 아니오. 저, 적의 미사일이오! 화면 상단의 시간을 보시오. 5분 전에 발사된 거요."

"뭐요?"

연회장은 순식간에 충격에 휩싸였다. 간신히 이성을 되찾은 방위사령관은 급한 통화를 마치자마자 푸틴에게 떨리는 목소리로 보고했다.

"북극 바다 밑에서 미사일 한 발이 발사됐습니다. 항적과 속도를 보아 12분 후 모스크바에 떨어집니다."

푸틴의 얼굴이 하얘졌다.

"무, 무어? 12분 후?"

"그렇습니다."

"여기 크렘린에?"

"크렘린인진 몰라도 모스크바에 떨어지는 건 확실합니다!"

"둠스데이는 어디 있나?"

운명의 날이란 뜻인 둠스데이는 핵전쟁이 터져 지상의 지휘통제센터가 마비되면 푸틴을 비롯한 지휘부가 타고 공중에서 핵전쟁을 지휘하는 비행기였다. 내부에는 첨단 통신시설과 생존시설이 갖추어져있어 공중에서 급유를 받으며 장기간 핵전쟁을 지휘할 수 있다.

"라잔의 공군기지에 있는데 매뉴얼대로라면 지금 각하는

크렘린 지하의 핵통제센터로 들어가셔야 합니다."

"그냥 비행기 타는 게 더 안전하지 않나?"

"아직 그럴 상황은 아닙니다. 먼저 정확한 상황 판단을 해야 할 것 같습니다."

"미국 놈들! 저거 미국 놈들 짓이지?"

당황한 푸틴은 비행기에 타고 싶어 했으나 사실 둠스데이는 핵전쟁이 극히 심화되어 지상에서 도저히 견디지 못할 지경이 됐을 때에야 탑승하도록 되어있었다. 무턱대고 비행기부터 타려 하는 그를 바라보는 사령관들의 눈에 불안의 그림자가 스쳤다.

"어서 급히 핵통제센터로 가셔야 합니다."

광기의 종언

핵통제센터에 도착한 푸틴은 눈에 띄게 초조한 모습이었다. 냉철한 계산도 이성적 판단도 상실한 그는 무척 허둥댔고 무엇보다도 자제력을 잃어가고 있었다. 핵통제센터의 모니터들은 날아오는 미사일을 포착한 레이더 화면을 그대로 담고 있었다. 푸틴은 위도와 경도를 가리키는 선들 사이로 조금씩 다가오는 하얀 점을 향해 증오를 뱉어냈다.

"저것이 모스크바에 떨어진다고? 빌어먹을 미국 놈들! 당장 사르맛을 쏴! 워싱턴에 한 발, 캘리포니아에 한 발!"

국방장관을 비롯한 사령관들과 핵통제센터 요원들은 푸틴의 입에서 아무렇지도 않게 튀어나온 한마디에 기겁했다. 사르맛을 쏜다는 건 지구 종말의 선언에 다름 아니었다. 일단 쏘고 나면 그다음에는 되돌릴 길 없는 지구의 파멸이었다. 모든 것이 불확실한 지금 상황에서 사르맛을 쏜다는 건 이성을 가진 인간이라면 누구도 생각할 수 없는 일이었다. 핵통제센터의 모든 사람은 눈과 귀를 의심했지만 잘못 보지도 잘못 듣지도 않았다는 사실을 거듭 확인할 수 있었다. 놀랍게도 푸틴은 계속 사르맛을 외치고 있었다.

"체게트를 가져와!"

"여기서는 체게트를 쓸 필요가 없습니다. 눈앞의 키보드를 쓰면 됩니다."

"이제 몇 분 남았나?"

"7분 남았습니다."

"빨리 쏴! 저게 떨어지기 전에 쏴야지! 개자식들, 이 지구상에서 미국이란 나라를 완전히 증발시켜버려!"

"그러면 러시아도 증발합니다."

"상관없어!"

사람들은 아무렇지도 않게 토해낸 푸틴의 이 한마디에 다시 한번 경악했다. 서로를 마주 보던 사령관들은 지나치게 흥분한 푸틴을 보며 의아함을 금치 못했다. 살아있는 한 영원히 러시아의 황제이며 백조가 넘는 천문학적인 돈을 가진 부족할 것 없는 사람이 왜 이렇게까지 악을 쓰며 세계의 종말을 외치는 걸까. 누군가는 푸틴이 그간 우크라이나에 핵을 쓰는 문제를 두고 지나치게 고심한 나머지 순간적인 공황 상태에 빠졌다 생각했고 다른 누군가는 그가 분노에 사로잡혀 이성을 상실했다 생각했다. 이유야 어떻든 지금의 푸틴은 매뉴얼과도, 이성과도, 단순한 계산과도 너무나 거리가 먼 상태에서 러시아와 세계의 종말을 아무렇지도 않게 외쳐대고 있었다.

핵전략사령관이 나섰다.

"대통령 각하, 일단 저 미사일을 지켜보아야 합니다. 저게 어디서 날아온 것인지, 위력은 얼마인지, 어디에 떨어지는지 그 결과를 보고 어떻게 대응할지 판단해야 합니다."

"뻔한 거 아냐? 미국 놈들이 대리 보복하는 거잖아. 빨리 대응해! 늦으면 이 크렘린도 모스크바도 다 날아가 반격도 못해!"

"날아오는 건 한 발입니다. 인공위성을 포함해 모든 수단을 다해 감시하고 있지만 날아오는 건 저 한 발뿐입니다. 결과에 따라 반응하는 게 맞습니다!"

"저게 사르맛 같은 거라면? 저 한 발이 이 크렘린을 다 날리면? 텍사스도 프랑스도 날리는 게 이 모스크바 하나 못 날리나? 당장 쏴! 내가 죽으면 누가 핵 발사 명령을 내린단 말이냐?"

"어느 나라에서 쏜 건지는 몰라도 다짜고짜 사르맛 같은 게 날아올 리는 없습니다. 그리고 핵 발사 명령은 문제없습니다. 각하 유고 시 국방장관 순으로 하나씩 아래로 내려오게 되어 있습니다. 모스크바가 날아가면 캄차카에서도 쏘고 잠수함에서도 쏩니다. 지구 전체를 날리고도 남습니다."

"뭐? 내가 죽어도 문제없다는 거야? 너 지금 그런 뜻이야?"

"그게 아니라 냉정하게 대응하자는 뜻입니다. 대통령님은 지금 지나치게 흥분하고 있습니다. 정신을 차리셔야 합니다."

"힘겹게 되찾은 러시아의 영광이 다 날아가는데 정신을 차리라고? 너는 매국노야! 러시아인이 아니야! 러시아의 열정이 무언지 전혀 모르는 놈이야! 너는 무어야? 핵사령관인가? 너는 지금 이 순간 직위해제야!"

"……."

"나가! 어서 이놈 끌어내."

곁에 있던 경호원들이 양쪽에서 핵전략사령관의 팔을 끼고 나가자 핵통제센터에는 긴장과 침묵이 흘렀다. 이제 푸틴의 지시에 따라 전 세계 멸망의 과정이 진행될 수밖에 없는 상황이었다. 누군가 모니터를 가리키며 소리쳤다.

"우리 요격미사일이 날아갑니다!"

모니터의 레이더 화면에 두 개의 점이 반대편에서 날아오는 하나의 점을 향해 다가가고 있는 모습이 잡혔다.

"저게 요격미사일인가?"

"그렇습니다."

"왜 두 발만 쏘나?"

"두 발 더 쏩니다! 시간상 네 발까지 쏠 수 있습니다."

두 개의 점 뒤로 또 다른 점 두 개가 날아가는 모습이 잡히자 푸틴은 침을 삼키며 초조한 표정으로 화면을 응시했다.

"저 미사일이 북극해에서 날아왔다고?"

"그렇습니다."

"그럼 틀림없이 미국 잠수함이야! 개자식들! 어, 그런데 저게 뭐야? 저게 왜 저래?"

잔뜩 기대를 머금은 눈길로 레이더를 지켜보던 푸틴의 눈길이 흔들렸다. 일직선으로 날아와 곧 요격미사일과 부딪칠 것 같던 하얀 점이 갑자기 수십 개의 점으로 확 퍼져버렸기 때문이었다.

"잡히지가 않아! 신형 플레어다!"

플레어란 날아오는 미사일이 상대 쪽에서 날아오는 요격미사일을 포착하고 스스로의 몸체를 퍼뜨리는 유도체를 말하는 것이었다. 누군가의 고함에 이어 모니터 감시요원의 긴장된 목소리가 귀를 찔렀다.

"요격에 실패했습니다! 곧 떨어집니다. 모스크바 외곽입니다."

곧 이어 감시요원들의 외치는 소리가 핵통제센터 안에 메아리쳤다.

"핵폭탄 투하! 핵폭탄 투하! 모스크바 비드노예, 비드노예 핵 투하!"

잠시 후 모니터에 비드노예 지역이 비치자 핵통제센터에는 탄식이 가득 찼다. 흔적도 없이 사라져버린 광장, 불타버린 가로수, 녹아내린 건물들. 익숙했던 도시의 모습은 간데없고 화재와 폐허, 그리고 널린 주검과 부상자들의 신음으로 도시는 순식간에 아비규환으로 변해있었다.

"으음!"

군사 지도자들은 침통한 한숨을 내뱉으면서도 어딘지 모를 낯섦에 눈길을 교환했다. 핵공격에 얼어붙을 대로 얼어붙었던 얼굴이 당혹스러운 표정으로 변해있는 걸 확인한 한 사령관이 확신을 얻은 듯 침중한 가운데서도 다소 희망적 어조로 말을 뱉어냈다.

"생각보다 작은데."

나머지 사령관들도 일제히 고개를 끄덕였다. 모두 안도하는 표정이었다. 로켓군사령관이 푸틴에게 밝은 목소리로 보고했다.

"아주 저용량입니다. 5킬로톤 미만으로 보입니다."

다른 사령관들 또한 낯빛이 되살아났다.

"파국은 피했습니다. 우크라이나 피폭 보복치고는 너무도 미약합니다. 이 정도는 우리가 받아들이는 게 맞는 것 같습니다."

"무슨 소리야?"

"사르맛을 쓸 필요가 없고 심지어는 그보다 작은 핵 대응조차 할 필요가 없다는 뜻입니다. 우리가 키이우에 터뜨린 게 백 킬로톤인데 이건 5킬로톤 미만입니다. 이걸로 끝내는 게 맞습니다."

"나는 어떠한 공격에도 중핵으로 대응하겠다 세계에 공언했어. 여기서 대응을 못 하면 나의 패배로 끝나는 거야. 그리고 나의 패배는 위대한 러시아의 패배야. 알겠나?"

"그러나 이것은 핵공격이라 하기에는 너무 약합니다. 어쩌면 오히려 항복이라 할 수도 있습니다."

"입 다물어! 나는 이번에 확실히 깨달았어. 석가모니가 수없는 고행을 거치면서도 깨닫지 못하던 걸 보리수 아래에서 문득 깨달았듯 나도 어느 순간 홀연히 깨달았단 말이야. 그간 전 세계는 뭐라 떠들었나? 러시아가 핵을 쓰면 파멸이고 참혹한 후과를 겪을 거라 온 세계가 떠들지 않았나? 그런데 결과는 어땠나? 나토는 내가 내건 조건을 토 달지 않고 받아들이기로 하지 않았나? 그토록 단단했던 나토가 한순간에 붕괴되지 않았냐는 말이야. 그리고 지금 이걸 봐. 로켓군사령관, 지금 보복이 아닌 항복이라 했나? 맞아."

푸틴은 모니터에 비친 주검과 부상자들을 보며 씨익 웃었다.

"놈들은 보복을 못 한 거야. 보복이 아닌 항복을 한 거지. 알겠나? 이 모든 게 무엇 때문이지? 바로 내가 힘을 보였기 때문이야. 놈들은 하나같이 겁에 질렸어. 이 지구가 모두 증발한다는 공포에 내몰렸단 말이야. 나는 여기서 멈추지 않아. 이 푸틴이 할 일은 여기서 조금 더 힘을 쓰는 거야. 그러면 완전한 승리야. 위대한 러시아가 다시 옛날의 소비에트처럼 우뚝서서는 전 세계를 호령하는 거야. 그게 지금 이 순간 나의 대응에 달려있단 말이다."

푸틴은 핵통제센터 안의 모두를 한 번 쓰윽 훑어본 후 목소리를 잔뜩 끌어올렸다.

"그대들이 선택하라! 핵어뢰 포세이돈과 핵폭탄의 제왕 차르 봄바, 그리고 궁극의 터미네이터 사르맛 중 하나를 선택하라! 이 한 발을 미국에 보낸다! 모두 보지 않았느냐? 미국은 절대 대응하지 못한다. 티끌만 한 대응이라도 기도한다면 이번에는 러시아가 가진 모든 핵탄두를 미국과 나토에 다 쏟아 붓는 것이다!"

너무나 엄청난 소리에 아무도 대답을 하지 못하자 푸틴은 기괴한 웃음을 흘리며 음습한 확신을 담은 목소리를 허공에 내던졌다.

"이 세상에 핵 보복을 할 수 있는 나라는 하나도 없다. 우리가 확고한 선언을 하고 확고히 실행에 옮기는 한. 이제 나는 안다! 아무도 그 고비를 넘어보지 못했지만 오직 나만이 넘어보았단 말이다. 핵폭탄이란 오로지 배짱과 용기이다. 그것이 없으면 핵폭탄은 그저 마네킹에 불과한 것. 배짱과 용기를 불어넣을 때 핵폭탄은 세계의 지배자로 군림한다. 이것이 석가모니가 깨달았던 것처럼 내가 깨달아낸 진리란 말이다. 그리고 이 지구상에 이러한 진리를 깨달은 유일한 인간이 바로 나다. 크하하하! 너희들은 믿지 못할 것이다. 예수의 열두 제자가 그를 믿지 못했듯이."

사람들은 어떤 판단을 해야 할지 몰라 불안하고 초조한 눈길로 서로의 기색을 살폈다.

"너희들은 선택하였느냐?"

사람들이 대답을 못 하는 사이 요원 한 사람이 전화기를 손에 든 채 다가왔다.

"대통령님, 시진핑 주석의 전화입니다."

푸틴의 표정이 환해졌다. 약속한 대로 그는 키이우에 핵폭탄이 떨어지자 바로 휴전 중재에 나서 사태 수습을 도왔고 지금 피폭 소식을 듣고는 동지의 의리를 보이기 위해 전화를 걸어왔을 터였다. 푸틴은 모두가 들을 수 있도록 마이크를 켜고 반갑게 전화를 받았다.

"시 주석!"

"지금 모스크바에 떨어진 미사일은 우크라이나 놈들이 탈취한 미국의 전략핵잠수함 로드아일랜드에서 발사된 거요."

"뭐라고요?"

"그 핵미사일 우크라이나 놈들이 쏜 거라고요."

"무슨 소리요? 미국의 전략핵잠수함을 어째서 우크라이나 놈들이 갖고 있단 말이오?"

"오데사의 곡물항에서 수리를 마친 직후 우크라이나 강도단이 탈취했소."

"시 주석은 그걸 어떻게 알고 있소?"

"놈들이 우리에게 잠수함을 팔아넘기려 했소. 하여 모든 정보를 우리에게 공개했고 우리는 실시간으로 카메라를 공유하며 완벽하게 검증했소. 사진이 2천 장도 넘소."

"그게 정확한 거요? 미국 놈들의 음모가 아니오?"

"지금 잠수함에는 여섯 명의 우크라이나인과 아시아인 하나가 타고 있소. 이들은 미국 경비병을 열다섯 명이나 죽였소. 우리와 연락하던 우크라이나 여자는 인터넷에서 오래전부터 친중 활동을 하던 사람이오. 그리고 두목은 부차에서 러시아 병사들에게 아내와 딸을 잃은 미하일이란 자로 우크라이나의 전쟁 영웅이오. 나머지는 범죄자들이오. 미국인은 하나도 없소."

"그런데 잠수함은 누가 운전하지?"

"그 아시아인이 잠수함 정비사 출신이오. 여하튼 우크라이나 놈들이 탈취한 건 틀림없소. 사진과 정보를 몽땅 보내주겠소."

"강도들이라면 어째서 잠수함을 팔아넘기는 대신 모스크바에 핵폭탄을 쏘지?"

"우크라이나 놈들 부모 형제가 다 죽었소, 키이우 핵투하로."

"그래도 강도들인데……."

"답답하군! 내 말 이해 못 하겠소? 우크라이나 놈들이 잠수함을 완전 장악하고 있다니까! 지금 북극에 있다고!"

시진핑은 악을 썼다. 그는 자신이 필요로 했던 한 발의 핵공격이 끝난 만큼 더 이상의 핵전쟁은 막아야 했다.

"다시 말하겠소. 두목은 미하일, 부차에서 아내와 딸이 러시아 병사들에게 집단강간 당하고 죽었소. 우리와 연락하던 여자는 옐레나. 9년 전 베이징에 왔던 친중파 여자요. 또 한 놈은 나자르⋯⋯."

"됐소! 급하니 일단 전화 끊읍시다."

푸틴은 급히 연방보안국에 전화를 연결했다.

"우크라이나 강도단이 오데사에서 미국의 전략핵잠수함을 탈취한 정보가 있나?"

"없습니다, 어, 혹시!"

"뭐야?"

"얼마 전 오데사의 우크라이나 해군사령부가 뒤집어져 정보를 수집 중인데 혹시 그것 때문인지 모르겠습니다. 아, 틀림없습니다. 해군사령부뿐만 아니라 키이우의 우크라이나 정부 고관들도 무기 밀거래 혐의로 미국 수사관들한테 가혹하게 조사받았는데 그 정도가 무기 밀거래치고는 너무 과도했습니다. 젤렌스키 보좌관들도 혹독하게 조사받았으니까요."

푸틴은 말없이 전화를 끊었다. 그는 협박과 공갈의 생리를 잘 아는 사람이었다. 잃을 것투성이인 미국과 나토라면, 아니 세상의 그 어떤 나라라도 핵 위협에 무릎을 꿇겠지만 오직 지금의 우크라이나만큼은 핵 위협에 굴하기는커녕 너 죽고 나 죽자며 끝까지 맞설 것이었다. 잃을 게 없는 그들을 상대로는 협박이 통하지 않을 것이라는 생각에 푸틴은 당황했다.

"으음!"

푸틴은 갑자기 머리가 텅 비어버린 듯한 기분에 어지럼증까지 느껴져 의자에 털썩 주저앉았다. 그러나 한참 멍하니 있던 그는 뇌리에 무언가 스치는 순간 주먹으로 책상을 쾅 내리쳤다.

"오하이오급 전략핵잠수함이 475킬로톤 이상의 핵탄두를 288개 싣고 있는 건 누구나 아는 사실이다. 그런데 잠수함을 탈취한 우크라이나 놈들이 이번에 쏜 건 5킬로톤의 작은 핵이다. 이 사실로 무얼 알 수 있는 거지?"

갑작스런 푸틴의 질문에 아무도 대답을 할 수 없었다. 침묵하고 있는 사령관들을 일일이 건너다보며 푸틴은 야릇한 미소를 지었다.

"세상을 다 속여도 날 속일 수는 없어. 저 잠수함에는 우크라이나 놈들만 있는 게 아니야. 수십, 수백 명의 미국 놈들이 숨어있음에 틀림없어. 생각해봐, 가족을 잃고 정신이 나가버린 우크라이나 놈들이라면 475킬로톤짜리가 잔뜩 있는데 5킬로톤을 쏠 리 있나? 저렇게 작은 걸 쐈다는 건 나의 사르맛을 겁내고 있다는 증거야! 그런데 우크라이나 놈들은 겁을 낼 리 없어. 따라서 저건 미국 놈들이 쏜 거란 말이다. 무슨 말인지 알겠나? 미국에 사르맛을 쏘는 게 정답이야."

"사진을 보시지요. 중국이 사진을 보낸다지 않습니까?"

모두가 묵묵히 듣고 있는 가운데 비교적 젊은 제1 핵군단장이 푸틴의 위험천만한 사고에 반발하고 나섰다. 국방장관이 거들었다.

"시 주석이 2천 장 넘는 사진을 보내준다 했으니 받아보고 판단하는 게 좋겠습니다."

푸틴은 피식 웃었다.

"사진? 사진이란 사람 속이는 데 쓰는 거야. 그리고 시진핑의 말을 다 믿을 수도 없어. 그자는 이중 심보란 말이야. 처음에는 우리가 핵을 쏘는 걸 원했지. 미국의 압도적 재래식 전력을 두려워하니까. 자기들이 대만을 침공할 때 미국이 개입하면 핵전쟁이 터진단 경고를 주고 싶었던 거야. 그래서 내가 핵을 쓰도록 유도했어. 나는 알면서 넘어가준 거고. 하지만 이제는 생각이 달라진 거야. 3차 대전이 터지면 가장 큰 피해를 입는 게 중국이거든. 하하하하! 시진핑 이놈, 내가 네 속셈을 모를 줄 아나!"

"미국의 전략핵잠수함을 인도받으려 했던 중국의 검증이 그리 허술할 리 없습니다. 그리고 무엇보다 미국 경비병이 열다섯 명이나 죽었다지 않았습니까?"

"그걸 어떻게 알아?"

"사진을 받아보시지요."

"필요 없어. 나는 다 알아. 우크라이나 놈들은 절대 5킬로톤을 쏘지 않아. 미국 놈들만이 겁먹고 그렇게 작은 걸 쏘지. 나의 결론은 분명해!"

사람들은 불안한 시선으로 펄펄 날뛰는 푸틴을 바라보았다.

"미국에 사르맛 한 발 쏜다! 기백을 가져야만 이긴다는 사실을 잊지 말아!"

사령관들 중 한 사람이 귓속말로 옆의 사령관에게 속삭였다.

"저 인간은 미쳤어!"

그는 묵묵히 고개를 끄덕였다. 미쳤든 안 미쳤든 최소한 핵 통수권을 가진 사람의 행동이 저래서는 안 될 것이었다. 같은 인식이 참모들 사이에 광범위하게 자리 잡고 있었는지 이 작은 속삭임은 차츰 그 범위와 소리의 크기를 늘려갔다.

"푸틴은 미쳤어, 러시아를 파멸시킬 자야!"

누군가 제법 큰 소리를 과감히 입 밖에 냈지만 푸틴의 심복 중 심복인 국방장관과 총참모장조차 묵묵히 듣기만 했다. 예전 같으면 누군가 나서 당장 목을 비틀거나 경호원을 불러 처치했을 일이었다. 심지어 로켓군사령관은 국방장관과의 비밀마저 옆의 사령관에게 귀띔했다.

"얼마 전에는 보드카에 잔뜩 취해 날더러 체게트를 누르라 했소."

모두가 푸틴을 걱정스럽게 바라보는 가운데 푸틴은 계속 포세이돈과 차르 봄바, 그리고 사르맛 중 하나를 고르라며 사령관들을 윽박질렀다. 이때 핵통제센터가 떠나가도록 경보음이 울리며 음성 경고가 터져 나왔다. 레이더에 미사일이 포착됐을 때 자동으로 터지는 경고였다.

"비상! 미사일 발사! 비상! 미사일 발사!"

핵통제센터 내 모든 사람들의 눈길이 모니터에 꽂혔다. 이번에는 레이더가 아니라 북극의 얼음 위를 감시하고 있던 인공위성에 잡힌 실물이었다. 바닷속 깊은 곳에서 발사된 듯 반경 백 미터의 거대한 해역에 새하얀 물결파를 만들어내며 검고 길쭉한 물체 하나가 해면을 뚫고 솟아올랐다. 그것이 힘차게 하늘을 향해 수직으로 솟구치는 영상을 보는 사람들이 신음을 터뜨렸다. 날아오르는 모습이 분명 미 해군 전략핵잠수함의 트라이던트2 미사일이었다. 순식간에 하늘 끝까지 날아오른 미사일이 화면에서 사라지자마자 푸틴의 반사적 음성이 핵통제센터를 울렸다.

"사르맛! 사르맛 발사!"

"목표물을 말씀하셔야 합니다!"

"목표물? 목표물 워싱턴!"

체포된 핵전략사령관 대신 부사령관이 지휘석에 섰다. 그는 국방장관을 쏘아보며 물었다.

"동의하십니까?"

"……."

국방장관은 말이 없었다. 핵무기 사용은 최소 세 사람이 동의해야 가능한 일이었다.

"대답하십시오. 동의하십니까?"

푸틴의 싸늘한 눈빛이 국방장관의 얼굴에 가서 머물렀지만 국방장관은 대답을 하지 않았다.

"비겁자! 당신을 즉시 해임한다! 총참모장, 당신이 지금부터 국방장관이야."

미국이든 러시아든 대통령은 위기 상황에서 즉각 참모를 해임할 수 있었고 새로이 지명된 자는 즉석에서 법적 자격을 갖게 되어있었다.

부사령관의 눈길이 신임 국방장관에게 향했고 똑같은 질문이 주어졌다.

"미국 워싱턴을 공격하는 사르맛 발사에 동의하십니까?"

"……."

신임 장관 역시 대답이 없자 푸틴의 날카로운 목소리가 공기를 갈랐다.

"뭘 생각하나? 저게 여기 떨어지면 이제 대답할 시간도 없어! 빨리 대답하란 말이야!"

푸틴의 채근에 튀어나온 신임 국방장관의 대답은 엉뚱했다.

"일단 저 미사일이 떨어지고 나서 무엇을 쏠지, 어디로 쏠지를 결정하는 게 맞습니다. 조금 전도 5킬로톤이었지 않습니까? 그때 각하 말씀대로 사르맛을 날렸다면 러시아는 증발했습니다."

"바보 같으니! 핵전쟁이란 빨리 강한 걸 쏘는 게 승자야. 놈들이 처음에는 약한 걸 쏘고 우리 반응을 본 거야. 가만히 있으니 이제 센 걸 쏘는 거잖아. 저게 여기 떨어지기 전에 어서 사르맛을 쏴야 한단 말이다. 온 세계가 이 러시아의 위력 앞에 벌벌 떠는 게 눈에 보이지 않나?"

신임 국방장관은 결코 물러서지 않았다.

"저 미사일의 위력을 보고 결정하는 게 맞습니다."

단호한 목소리로 푸틴과의 상황을 정리한 그는 레이더장교에게로 고개를 돌렸다.

"예상 탄착 지점은? 모스크바인가?"

미사일의 궤적을 감시하고 있던 레이더장교는 고개를 갸웃거렸다.

"이상합니다. 극초고각 발사 같습니다."

"극초고각 발사라면?"

"미사일이 대기권에 올라갔다 그 자리로 다시 떨어지게 발사하는 것입니다."

"그러니 탄착 지점이 어디란 말이야?"

"탄착 지점이 발사 지점입니다. 북극에서 쏜 게 북극에 떨어집니다."

이해할 수 없는 상황이었다. 모두가 어리둥절해하고 있을 때 로켓군사령관을 비롯한 몇몇 장성들이 눈짓을 교환했다. 핵전략부사령관 또한 상황을 짐작하고는 핵통제센터장에게 다가갔다.

"미사일 하강! 미사일 하강!"

경고음과 더불어 모니터에서 사라졌던 미사일이 다시 모습을 나타냈고 미사일은 상승할 때와는 비교가 안 되는 빠른 속도로 하얀 빙하 사이의 바다에 직선으로 내리꽂혔다. 하지만 물보라만 퍼졌을 뿐 핵폭발 때와 같은 거대한 규모의 해일 같은 것은 전혀 생기지 않았다.

"뭐야, 이게? 미사일이 맞나?"

푸틴은 모니터 앞으로 다가섰다. 핵전쟁 지휘부 역시 비상한 눈초리로 모니터와 푸틴을 지켜보았다.

"이게 도대체 무슨 장난질이야?"

지휘부의 누군가가 탄성인지 한숨인지 알 수 없는 것을 내뱉었다.

"각하, 저것은 메시지입니다."

"무슨 메시지?"

"북극 빙하 밑의 저 잠수함은 475킬로톤의 핵탄두를 288개나 싣고 있습니다. 그러나 첫 발은 5킬로톤, 그리고 지금은 핵탄두조차 없는 빈 껍데기를 쏘았습니다."

"그래서?"

"최소한의 경고이자 항의를 보이고, 이제는 지구가 핵전쟁으로 가서는 안 된다는 메시지를 보내온 겁니다. 이제 그만하자는 메시지 말입니다."

"그만? 그만하자고? 미친놈들! 겁쟁이들! 그따위 협박에 벌벌 기어? 너희들은 모두 다 병신들이야!"

푸틴.

길길이 날뛰던 푸틴은 갑자기 그를 부르는 목소리에 뒤를 돌아보았다. 그곳에는 동글동글한 얼굴에 벗겨진 머리 위로 반점이 있는 노인, 고르바초프가 나타나 있었다. 온화한 얼굴로 푸틴을 쳐다보며 고르바초프는 고개를 저었다. 여기서 그만하라는 듯, 그러면 아무 일도 없을 거라는 듯 따스한 미소를 지어 보인 그의 머리에서 돌연 붉은 피가 솟구쳤다. 쓰러져가는 고르바초프의 뒤로 권총을 쥔 젊은 사내가 모습을 드러냈다. 푸틴. 젊은 날의 푸틴이 총구에서 연기를 날리며 쓰러지는 고르바초프를 보고 있었다.

짝짝짝.

스탈린이었다. 깨끗하게 빗어 넘긴 머리와 기다란 콧수염을 기른 그는 공산당원복의 깃을 세운 채 똑바른 자세로 서서 박수를 치다 두 팔을 활짝 벌렸다. 반드시 해야만 하는 일이 있다, 물러서서는 안 되는 때가 있다, 푸틴, 바로 지금이 그때가 아니면 언제란 말이냐, 푸틴! 스탈린은 푸틴을 꽉 끌어안고 그의 귀에 속삭였다. 그때 네가 고르바초프를 쏘지 못했기 때문에 여기까지 온 거야. 위대한 러시아를 잃고 만 거야!

"위대한 러시아!"

푸틴은 홀린 듯 걸어가 모니터 앞의 시티코프를 밀어젖히고 직접 전화기를 잡았다. 연결된 곳은 핵전략사령부가 아닌 사르맛이 배치된 시베리아 우즈르 기지. 기지사령관이 연결되자 푸틴은 즉각 핵 발사를 지시했다. 사르맛, 워싱턴, 그런 단어들이 푸틴의 고함에 섞여 터져 나왔다.

"나의 직접 명령에 따라 모든 절차를 생략한단 말이다! 알아듣겠나?"

핵통제센터는 얼어붙었다. 결국 사르맛은 쏘아지는 것이었다. 모두의 머릿속에 이 순간부터 벌어질 일이 그려졌다. 지구에서 사라져버린 워싱턴, 완전히 파괴된 모스크바, 세계의 온갖 비밀스러운 기지에서 날아오른 검은 쇳덩어리들이 아찔한 현기증으로 모두의 머릿속을 메우다 종내는 멸망, 두 글자로 화하여 인류의 끝을 선언하고 있었다. 다리에 힘이 풀려 주저앉은 자, 숫제 눈물을 흘리는 자 등 절망이 내려앉는 가운데 수화기에 대고 고함치는 푸틴은 마지막 확인을 마치고 있었다.

"푸틴."

이번에는 고르바초프도 스탈린도 아니었다. 푸틴의 탁한 눈동자에 알렉세이 소콜로프 핵전략부사령관이 한 걸음 가까이 다가오는 모습이 들어왔다. 그는 푸틴의 전화기를 거머쥐며 나직이, 그러나 또박또박 말했다.

"여기서 멈추시오."

"너 이 새끼! 이 역사적인 순간을 망쳐놓으려고! 경호원, 이 자식을 쏴!"

그러나 즉각 움직여야 할 경호원들의 반응이 없자 푸틴은 획 고개를 돌렸다. 그의 말이라면 불속에 뛰어들래도 뛰어들던 경호원들은 총을 꺼내는 대신 오히려 한 걸음 물러서있었다. 푸틴을 향한 소콜로프의 목소리가 이어졌다.

"모르겠소? 모스크바 시민들 중 복수를 원하는 사람은 극소수일 뿐이오. 제발 더 이상의 전쟁은 없었으면 하는 게 모두의 간절한 꿈이야. 모스크바 시민들은 오히려 몇십 배 큰 비극을 당한 우크라이나 국민을 위해 기도를 시작했소. 그게 러시아요. 그게 러시아 정신이란 말이야. 당신은 위대한 러시아라는 환상으로 국민을 마비시키고 자신의 더러운 탐욕만 채운 추악한 장사꾼이고."

"이 더러운 배신자가! 다들 뭐 하나! 이자를 당장 죽여!"

소콜로프는 고개를 저었다. 푸틴의 눈에 아무것도 하지 않고 서있는 경호원들이, 오히려 자신을 바라보고 있는 방위사령부 군인들의 모습이 들어왔다. 이어 주위에 늘어선 핵심 간부들의 얼굴이 들어왔다. 모두의 얼굴은 얼음같이 굳어있었다. 바로 아침까지 푸틴과 함께 러시아의 영광을 외치던 이들은 이 순간 거짓말처럼 푸틴을 싸늘한 눈으로 바라보고 있었다.

"푸틴, 당신은 백 킬로톤짜리 핵을 키이우에 쏘았고 우크라이나는 그 이십분의 일밖에 되지 않는 핵으로 대답했지. 그것도 그 수많은 사람이 죽어나간 우크라이나가. 그건 경고요. 동시에 화해의 악수요. 내게도 핵이 있으나 공멸을 원하지 않는다는, 피눈물을 삼키며 건네온 메시지란 말이오. 세상의 누구도, 우크라이나와 러시아의 그 어느 누구도 공멸을 원하지 않소. 오직 당신 하나밖에는. 오직 당신만이 그 추악한 권좌를 잃을까 두려워 세상을 멸망으로 몰아넣고 있단 말이오.”

“이 새끼가 지금!”

머리끝까지 열이 차오른 푸틴은 고함을 쳤으나 다음 말은 이어지지 않았다. 한 사령관의 알아듣지 못할 비난이 날아들었다. 또 다른 사령관의 목소리가, 이어 누군지도 모를 이들의 목소리가 마치 환청인 양 사방에서 날아들며 그의 목소리를 삼키고 있었다.

“당신은 사리사욕을 위해 나라와 국민을 팔아먹었어. 당신은 러시아 국민의 이름으로 재판을 받아야 해.”

“각하. 이 이상은 넘어가면 안 됩니다. 서로 핵을 쏘는 최악의 사태를 적이 먼저 멈추었습니다. 5킬로톤짜리 핵탄두란 그런 제스처입니다. 부디 여기서 멈추십시오!”

“러시아를 무너뜨린 건 당신이야. 러시아를 망가뜨린 사기꾼!”

“누구도 이렇게 되기를 원하지 않았어. 당신을 제외한 그 누구도!”

“푸틴, 세상의 파멸을 원하는 건 오직 당신 하나뿐이야. 그러느니 당신이 사라져야 해.”

끝도 없이 쏟아지는 목소리 속에 푸틴은 휘청거렸다. 눈을 끔뻑 감았다 뜬 그는 비로소 현실을 보고 있었다. 흔들리고 있었다. 세상의 가장 높은 곳에 세워져있던 그의 권좌가 무너지고 있었다. 그것도 그의 최측근들에 의해. 크렘린의 모든 이들이, 모스크바의 모든 이들이, 러시아의, 세계의 모든 이들이 그에게서 등을 돌리고 있었다. 무엇이 그렇게 만들었을까. 무엇 때문에.

"그 병신 같은 핵탄두!"

비틀거리던 푸틴의 입에서 신음이 흘렀다. 주마등처럼 지금까지의 사건들이 떠오르며 어렴풋이 느낄 수 있었다. 모스크바 외곽에 떨어진 작은 핵탄두는 그를 정조준해 쏘아진 것이었다. 고작 5킬로톤이라는 미스터리의 정체는 그런 것이었다. 모스크바를 통째로 불태우는 대신 오직 푸틴의 심장에 꽂기 위해 쏘아진 것이라고, 공멸이라는 선을 넘어간 오직 단 한 사람만을 향한 칼날이라고 이제야 외치고 있었다.

이에 그가 할 수 있는 행동은, 세상에 내보일 수 있는 반격은 여전히 하나뿐이었다. 그는 고함을 치며 다시 전화기를 잡았다.

"쏘아! 쏴야만 해! 사르맛을 쏘아 러시아의 위엄을 보여야 해!"

"푸틴!"

"영원하라! 러시아의 영광이여!"

총성이 울렸다. 초점이 사라지며 텅 비어버린 눈이 흔들렸다. 한쪽 손을 허공에 뻗은 채, 창공을 비상하는 사르맛의 사진이 붙은 체게트를 붙잡은 채, 푸틴은 붉은 양탄자 위로 미끄러지듯 쓰러졌다. 숨결을 다해가는 시체 위로 몇 개인지 모를 총구가 향해있었다.

스 노브임 고돔!

우크라이나 부차의 시립병원.

넘쳐나는 환자들을 감당치 못해 매일 소란과 소음으로 가득한 이 병원의 휴게실이 하루 중 유일하게 조용한 시간이었다. 좁고 작은 플라스틱 의자들이 촘촘히 늘어서있고 낡은 텔레비전 하나만이 놓인 공간에, 아직 어둠이 가시지 않은 새벽의 고요함 위로 텔레비전 속 아나운서의 음성이 흘러나오고 있었다.

"페르비 카날 아침 뉴스입니다.

푸틴 사후 권력 투쟁이 격화될 거라는 예상을 깨고 후계자로 거명되던 인사들이 칩거하고 있습니다. 아무래도 전범으로 지목될 우려 때문이라는 분석이 나오고 있는데요. 이런 가운데 경제학자 출신의 대통령 권한대행은 최종 배상 협상과 관계없이 향후 백 년간 우크라이나에 연간 4백3십억 세제곱미터의 천연가스를 무상으로 공급하기로 결정했다고 합니다. 이에 대해 우크라이나는 크게 환영하는 분위기입니다."

"다음 뉴스입니다.

브치옴의 여론조사에 의하면 러시아 국민의 67퍼센트가 러시아의 유로 가입에 찬성하고, 국민의 65퍼센트가 나토 가입을 원하는 것으로 집계되었습니다. 1945년 이후 무려 80년간 서방과 대치하는 국가 이념을 지켜온 러시아의 놀라운 변화입니다. 이에 미슈스틴 대통령 권한대행은 자유와 번영이야말로 러시아 국민의 오랜 숙원이며 정부는 국민의 바람을 실현하기 위해 노력을 다할 것이라 다짐했습니다."

턱을 괸 손가락으로 입술을 매만지며 뉴스를 듣던 케빈은 등을 뒤로 젖히고 눈을 감았다. 대수롭잖은 뉴스들 몇 개가 이어지는 가운데 그의 얼굴에 작은 미소가 번졌다. 두어 환자만이 조용히 오가는 휴게실에서 하루의 유일한 휴식을 잠시나마 취하는 때, 그러나 얼마 지나지 않아 눈을 뜬 케빈은 뒤를 돌아보았다. 톡톡 문 두드리는 소리와 함께 정장을 차려입은 중년 사내가 들어와 그를 빤히 바라보고 있었다.

"당신을 찾아왔소. 케빈."

군데군데 먼지가 얼룩져 번들거리는 코트를 의자에 툭 던져놓은 샤프먼은 정말로 긴 여행을 해온 듯 피로한 얼굴로 케빈의 옆에 걸터앉았다.

"정말 찾아지지 않더군. 당신은 물론 그 세 사람도, 나자르도, 엘레나도, 미하일도. 결국 만난 미하일이 당신의 위치를 알려주었소."

"그랬군요."

"당신이 맞소? 로드아일랜드의 일곱 번째, 아니 첫 번째가."

"맞습니다."

"그렇군. 당신을 찾아 온 우크라이나를 다 뒤졌소. 꼭 묻고 싶은 것이 있었거든. 나와 대화를 해주겠소? 나는 연방수사국의 제이슨 샤프먼이오. 로드아일랜드 탈취 사건을 수사하다 밀려났지."

"사건에 깊이 들어왔었군요."

"그랬소. 그것은 범죄자가 아닌 이들이 저지른 범죄였소. 일어날 수 있는 실낱같은 가능성을 겹치고 겹쳐도 일어나기 어려운 일이 너무나 당연한 듯 벌어졌지. 그렇다면 그것은 작전이었소. 내게는 어디까지 개입된 작전인가가 중요했소. 누구의 작전인가에 따라 범죄냐, 범죄가 아니냐가 구분될 테니까."

모자를 벗어 쥔 샤프먼의 손에 힘이 들어갔다.

"돌이켜보면 믿을 수 없는 일이었소. 미국이 핵잠수함을 일개 강도단에게 빼앗기다니. 들고 나는 행선지마저 최고의 비밀인 잠수함이 하필 우크라이나의 오데사에 떠오르고, 하필 그곳에 잠수함 조종사가 있었고, 열다섯 명의 경비병을 순식간에 제압해서 사살하고. 이후 그 잠수함은 북극으로 향하여 러시아에 핵을 쏘았소. 겨우 5킬로톤짜리 핵을."

조금씩 얼굴이 상기되며 높아지던 샤프먼의 목소리에 케빈은 살짝 손을 들어 주위의 환자들을 가리키며 고개를 저었다.

"병원입니다."

"미안하오. 그러나 나는 알아야만 하겠소. 나의 추측이 어디까지 맞았고 무엇을 놓쳤는지. 케빈, 부디 진실을 알려주시오. 옐레나도 미하일도 오직 당신만이 진실을 말할 자격이 있다고 하였소."

어느새 일어선 샤프먼은 숫제 고개를 숙이다시피 애원하고 있었다. 그를 물끄러미 바라보던 케빈은 이내 천천히 입을 열었다.

"오퍼레이션 네버어게인. 그것이 작전명이었습니다. 제가 발안하고, 바이든 대통령이 허가한."

케빈은 담담한 목소리로 모든 일의 전말을 풀어놓기 시작했다. 에티오피아에 찾아온 스토니부터 바이든과의 만남, 이후 세계의 정세, 미하일의 불운과 그와의 조우, 로드아일랜드의 아인혼이 받았던 임무에서부터 오데사의 그날, 그리고 키이우에 날아왔던 핵폭탄과 북극으로 향한 로드아일랜드, 마지막 순간 미하일에게 맡겼던 스위치까지. 그간의 서사가 이어지는 내내 한마디도 놓치지 않겠다는 듯 귀를 기울여 듣던 샤프먼은 무어라 말할 수 없는 표정으로 대목마다 신음을 흘리고 있었다.

"원래 475킬로톤의 핵탄두만이 장착되는 로드아일랜드에는 5킬로톤의 핵탄두와, 핵탄두가 들어있지 않은 트라이던트2가 따로 준비되어있었습니다. 그리고 우리는 모스크바에 5킬로톤의 핵탄두를, 이어서 빈 미사일을 쏘았습니다."

"아아, 처음부터 준비되었던 것인가!"

"벼랑 끝까지 내몰린 푸틴이 핵을 쏘면 무슨 일이 생길까. 모든 이들이 굴복이냐, 파국이냐를 생각할 때 나는 러시아의 자각을 생각했습니다. 그 두 발의 미사일은 그런 러시아에 보내는 메시지였습니다. 그 이상을 원하는 자는 오직 푸틴뿐이라고. 그의 손을 놓고 화해의 손을 잡으라고."

케빈의 긴 이야기를 다 들은 샤프먼은 대답 없이 창가로 향해 담배를 물었다. 비로소 다 짜맞추어진 이야기를 거듭 되새기며 그려가던 그는 어느덧 습관처럼 검증에 빠져있던 머릿속을 비우고 밝아오는 하늘에 시선을 던진 채 멍하니 서있는 자신을 발견했다. 다 타버린 담배가 입술에 닿고서야 움찔한 그는 케빈을 똑바로 바라보지 못한 채 자신 없는 목소리를 내밀었다.

"나는 그저 열다섯 구의 시체가 궁금했을 뿐이었소. 시진핑도, 푸틴도 속아 넘어갈 수밖에 없었던 미군 열다섯 명의 시체. 그들이 불시에 기습을 받아 죽었다면 작전사령부의 작전이라고 생각했소. 약물에 중독된 채 저항하지 못하고 죽었다면 대통령의 허가를 받은 미국의 작전이라고 생각했지. 어디까지 관련된 것인지, 수사관으로서 누구를 기소할지 판단하려던 것인데."

케빈은 고개를 저었다.

"위를 볼 필요가 없습니다. 그저 선뜻 거래에 동의한 사형수들이었어요. 남겨진 가족을 위해 스스로 나섰기에 숨소리한 번 내지 않은 채 총알을 받았던 것입니다."

"아."

샤프먼은 더 말을 잇지 못했고 이야기를 끝마친 케빈은 일어서 복도 끄트머리로 시선을 돌렸다. 그의 시선이 향한 곳에는 젊은 여자가 어린 소녀의 휠체어를 밀며 복도를 지나면서 이야기를 나누고 있었다. 이어 쿵쿵, 복도를 울리는 소리가 나고 친밀한 듯 정답게 이야기를 나누며 걷던 그들에게 한 여자가 달려오더니 다짜고짜 휠체어를 밀던 젊은 여자의 멱살을 잡았다. 따귀라도 한 대 때릴 듯 손을 들었던 여자는 이내 울음을 터뜨렸고 젊은 여자는 고개를 숙인 채 한참을 서있다 다시 휠체어를 밀기 시작했다.

"밀라나 알렉산드로브나. 러시아 여성입니다. 스토니 대령의 동생 마이크의 약혼자지요. 여기서 봉사를 하고 있어요."

"멱살을 잡았던 여자는 우크라이나 사람이오?"

케빈은 고개를 끄덕이며 샤프먼을 이끌고 휴게실을 나섰다. 건물 가운데가 비어 휴식을 취하는 사람들이 햇볕을 볼 수 있도록 만들어진 공간에는 아침이 되어 나온 환자들과 보호자들이 몇몇 앉아있었다. 케빈은 사람들과 인사를 나누었다.

"나탈리아. 마찬가지로 러시아 사람입니다. 수니코바, 저 사람도요. 저 사람은 야로슬라프."

"러시아에서 온 봉사자들이 생각보다 많군요. 원망을 많이 들을 텐데."

케빈은 웃었다. 그러고는 샤프먼을 돌아보며 고개를 저었다.

"아니요. 이번엔 틀렸습니다. 야로슬라프는 우크라이나 사람입니다. 그가 돌보는 환자가 러시아인이에요."

흠칫 놀라 고개를 든 샤프먼의 표정이 이상하게 변했다. 몇 번 환자와 케빈을 번갈아 보던 그는 믿을 수 없다는 듯 물었다.

"러시아인 환자를 돌본다고? 우크라이나인이? 어째서?"

"글쎄요. 왜일까."

"믿을 수가 없소. 어떻게 그런 일이 있을 수가."

"사실은 흔한 일입니다."

대수롭잖게 말한 케빈은 환자들에게서 시선을 떼어 먼 곳으로 향했다. 어디를 찾는 것인지 건물들 너머 하늘 어딘가를 더듬던 그는 이내 조용한 목소리를 내어놓았다.

"사람은 자신이 미약하고 가난하면 불안과 고통에 파르르 몸을 떨지요. 하지만 나를 바쳐서 남을 이루어주겠다고 나설 때 사람은 신에 한없이 가까워집니다."

"……."

"사람이 신을 본떠서 만든 것인지, 신이 사람을 본떠서 만든 것인지. 어쨌든 나는 그들을 미약한 신이라 불러요."

어느 순간부터 샤프먼은 정원의 광경에서 눈을 뗄 수가 없었다. 러시아인 환자의 입에 수프를 떠먹여주는 우크라이나인의 얼굴에 스며든 푸근한 미소, 우크라이나인 환자의 휠체어를 밀며 작은 목소리로 노래를 불러주는 러시아 여성의 입술, 그들끼리 서로 오가며 살짝 고개를 숙여 보내는 인사, 실은 누가 누구인지 구분할 수도 구분할 필요도 없는 모습들. 정신없이 하나하나의 표정을 훑어가던 그는 이내 망연자실하여 비틀거리며 신음과도 같은 목소리를 흘려냈다.

"푸틴은 결코 이길 수 없는 싸움을 걸었던 거였군."

케빈은 희미한 미소를 떠올리며 답했다.

"처음부터 러시아의 신은 저기에 있었으니까."

어슴푸레한 새벽빛이 온전히 걷히고 모습을 드러낸 해가 건물 사이로 볕을 드리웠다. 그늘진 환자들의 얼굴에 하나둘씩 밝고 따사로운 빛이 내려 들며 어디선가 스 노브임 고돔! 작은 목소리가, 그리고 또 어디선가 즈 노브임 로좀! 답하는 소리가 들려왔다. 낮고 높은 목소리가 이어지고 이어지며 새하얀 눈이 내려앉은 정원을 메워나갔다.

"스 노브임 고돔!"

케빈의 입에서도 작은 인사가 흘렀다.

— 끝 —

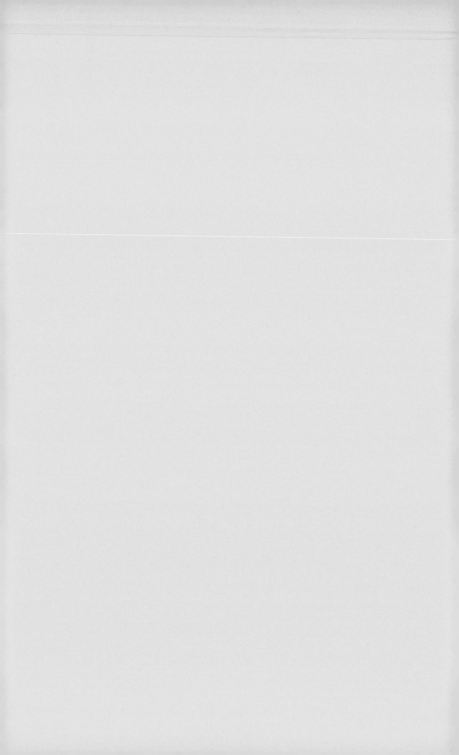